新潮日本古典集成

竹取物語

野口元大 校注

新潮社版

目次

竹取物語　細目

凡例

一、本書は、現代の読者が、古典としての『竹取物語』を、原典に則して読もうとする際に、最も読みやすく信頼できる最良のテキストを提供する目的のもとに編修した。
一、本文は、高松宮家の允許《いんきょ》により、同宮家蔵の有栖川《ありすがわ》宮家伝来「竹物語」を底本とし、直接には新典社刊の影印本によった。
一、本書では、底本の本文を尊重はしたが、『竹取物語』の現存伝本の性格を考慮して、あくまでそれを墨守する態度はとらず、適宜諸本を参照し、また諸本のいずれもが原形を保持しないと認められる場合には、稀に私意による改訂を加えた箇所もある。
一、底本を改訂した箇所は、すべて巻末の「本文校訂一覧」に示した。
一、本書では、『竹取物語』の古い本文の面影をなるべく復原することを志すとともに、現代の読者にとって親しみやすいテキストであることを目ざした。そのために、およそ次の基準によって校訂を加えた。
1　全編を十の章段に分けて、内容にそった標題を立てた。また、各章段の内部を適宜小段落に分け、頭注欄に内容を要約した小見出し（色刷り）を立てた。
2　本文表記は底本によらず、仮名遣いは原則として歴史的仮名遣いに従い、無表記の撥音は補った。また、ある程度の統一をはかって、適宜漢字を宛て、濁点・句読点を施した。読みにくいかと思われる漢字には、なるべく振仮名を加えた。仮名・漢字の字体は現行普通のものを用いた。

3　会話および心中語には「　」を附して他と区別し、かつ会話は別行とした。会話中に他人の言葉を引用する場合には『　』を用いた。

4　和歌は二字下げ別行とし、かつ上下句別二行書きとした。

5　消息文は一字下げ別行とした。

一、注は、傍注および頭注により、引用文以外は現代仮名遣いに従った。

傍注は色刷りとし、現代語訳および簡単な文脈指示にあてた。〔　〕内には、本文に省略されている主語・客語やその他の語句を示し、（　）内には、会話の話者および和歌の詠者を示した。

頭注は、単なる口語訳では及びえない説明および和歌の解釈を主としたが、まま＊印を附して、部分的な注をこえる解説にあてた。頭注は見開き二頁の範囲で収め、引照番号もその二頁を通して附した。そのため若干繁簡のよろしきを失したものがある。注解は平易を旨とし、漢文体のものは書き下して掲げた。

一、校訂および注釈にあたり、諸先学の業績に多大の学恩を蒙った。直接に参照したのは次の諸書である。記して深甚の謝意を表する。

田中大秀『竹取翁物語解』（天保二年成）

加納諸平『竹取物語考』（天保末ごろ成立）

山田孝雄・山田忠雄・山田俊雄『昭和校註 竹取物語』（昭和二十八年　武蔵野書院）

岸上慎二・伊奈恒『詳解竹取物語』（昭和三十二年　東宝書房）
阪倉篤義『竹取物語』（日本古典文学大系　昭和三十二年　岩波書店）
岡　一男『竹取物語評釈』（昭和三十三年　東京堂）
松尾　聰『竹取物語全釈』（昭和三十六年　武蔵野書院）
中田剛直『竹取物語の研究　校異篇・解説篇』（昭和四十年　塙書房）
片桐洋一『竹取物語』（新典社原典シリーズ6　昭和四十七年）
片桐洋一『竹取物語』（日本古典文学全集　昭和四十七年　小学館）
三谷栄一『竹取物語』（鑑賞日本古典文学　昭和五十年　角川書店）

一、巻末の解説は、古典としての『竹取物語』が、今なお清新な魅力をもつことの秘密について、各方面からの解明を試みることを主とし、作者と時代環境、海外の新思想への憧憬や現実批判の精神動向などとのかかわりに触れ、併せて伝本・素材・影響など、一般的な概説にまで及ぼそうとした。

一、巻末の附説は、物語中の人名について概説し、作者の苦心の跡をたどるための案内とした。

一、巻末に附録として、『竹取物語』関係資料を収録した。その第一は、近年最大の発見として話題を呼んだ『斑竹姑娘』（竹姫）であり、発見者百田弥栄子による対訳の形で全文を掲げ、『竹取物語』との対照表を添えた。以下の諸資料は、いずれもこの物語の成立および影響関係を探るのに必要と考えられるものを選んで収めた。

一、巻末に掲げた図録は、頭注欄の言葉による説明では不十分なものを補うものである。なるべく典拠のあるものを選んだ。頭注欄の参照指示と引き合せて利用されたい。

竹取物語

一　かぐや姫の生ひたち

[一]今は昔、竹取の翁《おきな》といふものありけり《人があったのだよ》。野山にまじりて竹を取り《分け入って竹を取っては》つつ、よろづのことに使ひけり《いろいろのことに使ったのであった》。名をば、[二]讃岐《さぬき》の造《みやつこ》となむいひける。その竹の中に、本《もと》光る竹なむ一筋ありける《根もとの光る竹が一本》。あやしがりて《ふしぎに思って》、寄りて見るに、筒《つつ》の中光りたり。それを見れば《〔切って〕筒の中を見ると》、[三]三寸ばかりなる人《三寸ほどの大きさの人が》、いと《まこと》うつくしうて居たり《にかわいらしい様子で坐っている》。

翁言ふやう《翁が言うには》、

「われ朝ごと夕ごとに《私が毎朝毎夕》見る竹の中に[四]おはするにて知りぬ《おいでになるので分りました》、[五]子になり《おなり》給ふべき人なんめり《になるはずの人のようです》」

とて、手にうち入れて《掌にちょんとのせて》家へ持ちて来《き》ぬ。妻《め》の媼《おんな》[六]にあづけて養はす《育てさせる》。

竹取の翁、小さ子を発見

一　物語や説話の語り起しの慣用句。「けり」の結びとともに用いられるのが通例。「今」は語り手と聴衆が向き合っているこの時であり、「昔」は現実とは次元を異にした、別の時間の世界である。語り手の話術の中で、聴き手の想像の中で、今が昔となり、聴衆は物語の現場に立ち合うことになる。解説参照。

二　大和国《やまとの》広瀬郡散吉《さぬき》郷に住んだ讃岐氏の一族か。散吉と讃岐は同音。「造」は朝廷から任命された郷の長の意であろうが、後に「造麻呂《みやつこまろ》」とあり、個人名となったものであろう。附説参照。

三　一寸は、約三センチメートル。この物語では以下「三」という数がしばしば出てくる（次頁五行目、他）。一種の神聖数だったといわれる。

四　このように神秘的な異常出生の子は神の子だとする信仰があった。「おはす」次行の「給ふ」と最初から無条件で敬語が使われているのは、その反映である。

五　「子」に「籠《こ》」をかけた洒落《しゃれ》。竹は籠になる。とすれば竹の中のあなたも、当然わたしの子になるはずの人だ、というのである。

六　底本「女」。老女の意の媼は「おんな」で、女の「をんな」と区別されたが、物語類でも中世以降の写本では仮名遣いが乱れて、「おんな」が「女」と表記されるのが普通のこととなった。

かぐや姫の成人・命名式

うつくしきことかぎりなし《かわいいことといったらこの上ない》。いと幼ければ、[一]籠《こ》に入れて養ふ。

竹取の翁、竹を取るに《際に》、この子を見つけて後《のち》に[二]竹取るに、節を隔《節と節と》てよごとに《の間の空洞ごとに》、黄金《こがね》ある竹を見つくること《が入っている竹を見つけることが》重なりぬ。かくて、翁やうやう《だんだん》豊かになりゆく。

この児《ちご》、養ふほどに《食物を与えるにつれ》、[三]すくすくと大きになりまさる。[四]三月《みつき》ばかりになるほどに、よき程なる人になりぬれば《一人前の背丈の人になってしまったので》、[五]髪上げなど[六]左右《さう》して《手配して》、髪上げさせ《髪を結い上げさせ》、[七]裳《も》着す《着せる》。[八]帳《ちやう》の内よりも出ださず、いつき養ふ《大切に養育する》。この児の容貌《かたち》の[九]けうらなること《はなやかに美しいことは世間に類がなく》、世になく、家《や》の内は、[一〇]暗き所なく、光り《光明が》満ちたり《あふれるようだ》。翁、心地あしく《気分が悪く》苦しき時も、この子を見れば、苦しきこともやみぬ。腹立たしきこともなぐさみにけり《腹立たしいことも紛れて気が晴ればれするのだった》。

[一一]翁、竹を取ること久しくなりぬ。[一二]勢ひ猛《まう》の者になりにけり《豪富の長者になったのだった》。この子いと大きになりぬれば《すっかり大きくなったので》、[一三]名を、[一四]御室戸《みむろど》斎部《いむべ》の秋田《あきた》を呼びて、つけさす。秋田、[一五]なよ竹の[一六]かぐや姫とつけつ《名づけた》。このほど三日、うちあげ《成人・命名式の三日間 酒宴をして》

一 小さい子なので、商売用の籠に入れたというのであるが、また原話が鶯《うぐい》姫《すひめ》伝説であったことに関連するのではないかとも思われる。附録参照。

二 上の「竹を取るに」と重複するが、口語りの調子がそのまま残されたもの。

三 自然タケノコを連想させる。また古代では、異常に速《すみ》やかな成長は神異性の表れと考えられた。

四 ここでも「三」があらわれる。九頁注三参照。

五 「髪上げ」は女子の成人式。幼女は髪を肩のあたりで切り放っていたが、その髪を元結《もとゆい》で頭上に束《つか》ね、末を背に下げ髪とした（図録一）。平安中期からは裳《も》着《ぎ》が女子成人式となるが、ここはその過渡期であろう。

六 あれこれ指図し、命令すること。

七 女性の正装用の衣服。表着《うわぎ》の後腰《うしろごし》につけ扇状に裾《すそ》を引く。（図録一）

八 「帳」はカーテンの類。または帳台（図録一）。人に見せず深窓に養う貴族の風習を模したものである。

九 「きよら」に同じか。六四頁注四参照。

一〇 以下、この子の神異性の徴証。古代では容貌の美は光にたとえられることが多い。允恭《いんぎよう》天皇の妃衣通姫《そとおりひめ》はその光が衣服を透過して外に現れたことからの名であり、光源氏《ひかる》や耀《かがや》く日の宮（藤壺）などもその例。

一一 話の筋が説明に流れてそれたので、もとに引き戻した語り口。

一二 勢威が盛んな者の意。多くは財力についていう。

遊ぶ。よろづの遊びをぞしける。一七男はうけきらはず呼び集《つど》へて、いとかしこく遊ぶ。

世界の男たちの渇仰《かつごう》の的となる

世界の男、貴《あて》なるも賤《いや》しきも、このかぐや姫を、得てしがな、見一八てしがなと、音に聞きめでて惑《まと》一九ふ。そのあたりの垣《かき》にも、家の門《と》にも、をる人だにたはやすく見るまじきものを、夜は安く寝《い》二〇も寝《ね》ず、二一闇の夜に出でても穴をくじり、垣間見《かいばみ》二二、惑ひあへり。さる時よりなむ、「よばひ」二三とは言ひける。

大いに歓を尽す 歌舞万般の遊楽 男という男は誰彼かまわず
世の中の男は 手に入れたいものだ 妻にしたいものだと噂に憧れて夢中になる 翁の家の周辺の
家人でさえも容易に見られるわけではないのに 〔男どもは〕安らかに
闇夜にやって来てまで〔垣に〕穴をあけ 誰も彼も夢中である その時以来〔求婚のことを〕 言うようになったのである

一三 命名式は、右の髪上げ・裳着に引き続いて行ったもの。この間の叙述は時間の経過を示すものではなく、名前の由来の説明がはさみこまれたもの。
一四「御室戸」は地名。「御諸《みもろ》」と同じで、神を祭る所の意。「斎部」は祭《さい》祀《し》を掌《つかさど》る氏族。「秋田」は豊穣《ほうじょう》を表わすめでたい名。附説参照。
一五 竹のように細くしなやかな女性を連想させる語。
一六「かぐ」はカガヨフ・カギロヒ・カグツチと同根でキラキラ光る意。全体で「木《こ》の花咲くや姫」と同じ命名法。垂仁《すいにん》天皇の妃に迦具夜比売命《かぐやひめのみこと》がある。
一七 女性の成人式は同時に結婚の資格を得たことであり、その披露《ひろう》の趣である。
一八 当時の風習では、女は夫以外の男性に顔を見せない。したがって男が女を「見る」、女が男に「見ゆ」(見られる) ということが、すなわち結婚を意味した。
一九「まとふ」は清音。
二〇 寝もせず。「寝《い》」は名詞。「寝《い》を(も)寝《ぬ》」という慣用句としてのみ用いられる。
二一 月のない夜。ただ暗い夜の意味ではない。
二二 上一段動詞「かいばみる」の連用形。「かきまみ」の音変化。物の隙間からこっそりのぞきこむこと。
二三 本来「呼ぶ」の未然形に反覆継続の助動詞「ふ」がついた「よばふ」の名詞形。それに「夜這ひ」をかけた洒落。作者はこの語源を信じてはいない。そこから滑稽が生ずる。解説参照。

一 底本「人の物とも」。「物」の草体と「お」は類似。いずれにしてもやや通じがたい。誤りがあるかと思われる。

二 次行「君達」の「たち」が敬意を含む複数を表わすのに対し、「ども」は敬意を含まない。

三「君達（の）夜を明かし日を暮らす（もの）多かり」の意。「君達」は上層貴族の子弟をいう。

四 無用なの意。底本「ようなき」を「えう(要)なき」「やう(益)なき」の誤りとする説もあるが、底本のままでよい。

五人の貴公子の求婚

五 恋愛情趣を好み、その道に精通している人。必ずしも悪い意味ではない。

六 加納諸平の説（『竹取物語考』）によれば、「石作の皇子」は丹比島《たじひのしま》、「庫持の皇子」は藤原不比等《ふひと》、「石上麻呂足」は石上麻呂で、「阿部御主人」と「大伴御行」はそのまま、持統朝から文武朝にかけて活躍した実在人物を寓するという。全部が全部と言わないまでも、実在人物らしい名を利用することによって、物語に真実味を加えようとする手法と認めてよい。附説参照。

＊ 当時の国政の全機能が集中していた太政官《だいじょうかん》の最高首脳部を公卿《くぎょう》というが、それは大臣・大中納言と参議からなる。その中でも参議と中納言以上との待遇には格段の差があり、ここで最終的に求婚者としてえりすぐられたのが中納言以上となっていることには、十分意味がある。

求婚者の狂熱

二つまどひ

一人の音もせぬ所に惑ひありけども、なにの験《しるし》あるべくも見えず。家の人ども二にものをだに言はむとて、言ひかくれども、ことともせず。あたりを離れぬ君達《きんだち》三、夜を明かし、日を暮らす、多かり。おろかなる人は、「四用《よう》なき歩《あり》きは、よしなかりけり」とて、来《こ》ずなりにけり。その中に、なほ言ひけるは、五色好みといはるるかぎり五人、思ひやむ時なく、夜昼来けり。その名ども、六石作《いしつくり》の皇子《みこ》・庫持《くらもち》の皇子・右大臣阿部御主人《あべのみうし》・大納言大伴御行《おほとものみゆき》・中納言石上《いそのかみ》麻呂足《まろたり》、この人々なりけり。世の中に多かる人だに、すこしも容貌《かたち》よしと聞きては、見まほし

人の気配もない所にまで〔男どもは〕／全然／効果がありそうにも思えない／召使たち／せめて何か一言なりとことづけようと／話しかけるけれども〔召使さえ〕相手にも／しない／熱意に／欠ける人は／つまらぬことだったな／依然として言い寄ったのは／粋人と評判される者だけ五人で／恋情がしずまる時がなく／世間にいくらでもいる程度の女でさえ／噂に聞くと／我が物にした

うする人どもなりければ《がる人たちであったものだから》、かぐや姫を見まほしうて、ものも食はず思ひつつ《思いつづけ》、かの《姫の》家に行きて、[七]たたずみ歩《あり》きけれど、かひあるべくもあらず《どうにも効果がありそうでもない》。文《ふみ》を書きてやれども《恋文を書いて送っても》、返りごともせず《〔姫は〕返事もしない》。わび歌など《嘆きの和歌などを》書きておこすれども《よこすけれども》、[八]かひなしと思へど、[九]霜月《しもつき》・師走《しはす》の降り凍り、[一〇]水無月《みなづき》の照りはたたくにも《雷がとどろく時にも》、障《さは》らず来たり《かまわずやって来ている》。

この人々、ある時は、竹取を呼び出でて、

「娘を、われに賜《た》べ《下さい》」

と伏し拝み、[一一]手をすりのたまへど《手を合わせておっしゃるが》、

(翁)[一二]「おのが生《な》さぬ子なれば《儲けた子ではないので》、心にも従はずなむある《私の思う通りにならないでいます》」

と言ひて、〔そのまま〕月日過ぐす。かかれば《こんな状態なので》、この人々、家に帰りて、ものを思ひ、祈りをし、[一三]願《ぐわん》を立つ。思ひやむべくもあらず《だが恋情がおさまるはずもない》。「さりとも《だからといって》、つひに男婚《あ》はせざらむやは《最後まで男と結婚させないことがあろうか》」と思ひて、〔その点に〕頼みをかけたり。[一四]あながちに《むりにも》〔姫への〕心ざしを見え[一五]ありく。

七 立って動いていたものがすぐに立ちどまり、やがてまた動く、といった様子。

八 「書きておこすれどもかひなし。かひなしと思へど」が原文で、同語が重なることから一方が脱落したものであろう。懸詞《かけことば》的省略とみるのはやや無理か。

九 「霜月」は旧暦十一月。「師走」は十二月。一年で最も寒さの厳しい季節。

一〇 「水無月」は旧暦六月。最も炎暑の耐えがたい季節。「水無月の土さへ裂けて照る日にもわが袖乾《ひ》めや君にあはずして」(『万葉集』巻十)

一一 懇願の気持の表現として、掌《てのひら》をすり合せて拝むようにする。「手をするする聞え取りて」「手をすりて立ち居拝む」(『うつほ物語』)。もみ手ではない。

一二 「おの」はすでに古い感じの語で、常に「おのが」の形でのみ用いられる。

一三 「願」は常に音読する語。多くは願が成就したら堂を建て仏像を造るなどの誓いを立てる。ここでは手ごたえのない恋の苦しさに、この恋情をとどめ給えと祈念する意。『伊勢物語』六十五段にも例がある。

一四 自分のやむにやまれぬ気持にかられて、他人をかえりみる余裕のないさま。

一五 「見ゆ」は「見られる」の意。もと「見る」の未然形に受身・自発の助動詞「ゆ」(「る」の古形)の付いたもの。何とか自分の熱意のほどを汲み取ってほしいと願って歩き回るのである。

竹取の翁、かぐや姫を説得

一 これを見つけて《目にとめて》、翁《おきな》、かぐや姫に言ふやう《言うには》、

「二 わが子の仏《私の大切な子よ》、三 変化《へんぐゑ》の人と申しながら《申しますものの》、ここら大きさまで《こんな大きさになるまで》養ひたてまつる心ざし《〔私の〕気持は》、おろかならず《並々ではありません》。翁の申さむことは《私が申し上げることを》、聞き給ひてむや《聞き届けて下さるでしょうか》」

と言へば、かぐや姫、

「何事をか《どんなことでも》、のたまはむことは《おことばどおりに》、うけたまはらざらむ《お受けいたさぬことがありましょう》。変化のもの《化生のもの》にて《という》侍りけむ四 身とも知らず《身の上とも気づかず》、親とこそ思ひたてまつれ《ただ親とばかり存じ上げております》」

と言ふ。翁、

「嬉《うれ》しくものたまふものかな《嬉しいことをおっしゃるものですね》」と言ふ。五「翁、年七十に余りぬ。今《〔命の程は〕》日とも明日《あす》とも知らず《分らない》。この世の人は、男は女に婚《あ》ふことをす《結婚する》、女は男に婚《あ》ふことをす。その後《のち》なむ、門《かど》ひろくもなり侍る《一族が繁栄するようにもなります》。いかでか《どう》、さることなくてはおはせむ《して結婚せずにいらっしゃってよいものでしょうか》」

かぐや姫の六 いはく《言うことに》、

一 人々の姫に寄せる真剣な様子。

二 普通は「あが仏」の形（六九頁注一二）で用いるが、ここでは特に「子」であることを強調したものか。仏は最も尊崇し大切にするものゆえの表現。

三 仏教語。古い字音が固定して「グヱ」と表記されることが多かった。神仏などが仮に人間の姿をとってこの世に現れるものの意。翁の言葉が鄭重《ていちょう》を極めるのも、一つにはその意識の反映であろう。当時は無気味な妖怪《ようかい》といった語感はない。

＊ このあたり、子に対する愛を表明し、変化《へんげ》の人という拒否の口実を封じ、養育の労を強調しておいて、改めてわが願いを承知せよという翁の説得の口調は、簡単ではあるが、まことに巧妙である。

四 この「けむ」は、今まで全く知りませんでしたが、お言葉によりますと、実は……であったのだということですが、の意。

五 姫の承諾を受けて、大げさな喜びをまず表わして相手の言葉を撤回させにくくしておき、さて、と形を改めて本題に入ろうとする。同一人の言葉でありながら、間に「と言ふ」が割り込んでいるのは、その気分の表現。以下、自分の老齢の心細さを言い、世の男女の道を説き、それが家門の繁栄につながり報恩の道であることを暗示しておいて、結婚をすすめる。

六 このように直接話法の引用部分の前後に「いはく」と「と言ふ」を置くのは、漢文訓読に特有の語法

「七なんでふさることはし侍らむ《どうして結婚なんてできますものか》」

と言へば、

「〔あなたは〕変化の人といふとも、女の身持ち給へり《女性の身体を具えていらっしゃる》。翁のあらむかぎりは《私の生きている限りは》、かうてもいますがりなむかし《今の独身のままでもおいでになれましょうよ》。この人々の、年月を経て《長い年月にわたって》、かうのみいましつつのたまふことを《いつもこのようにおいでになってはおっしゃることを》、思ひ定めて《よく判断して》、八一人一人に婚ひたてまつり給ひね《どなたかお一人とご結婚なさいませ》九」

と言へば、かぐや姫いはく、

「よくもあらぬ容貌《かたち》を《美人でもないのに》、一〇〔相手の〕深き心も知らで、〔結婚し相手が〕あだ心つきなば《浮気心を起したならば》、後《のち》くやしきこともあるべきを《後悔することになるでしょうに》、と思ふばかりなり一一。一二世のかしこき人なりとも《天下の高貴な人であっても》、深き心ざしを知らでは《ご愛情のほどを確認せずには》、婚ひがたしとなむ思ふ《結婚するわけにはいかないと思うのです》」

と言ふ。

翁いはく、

「一三思ひのごとくものたまふかな《そうおっしゃると思っていましたよ》。一四そもそも《いったい》、いかやうなる《どのような》心ざしあ《愛情がある人》

であった。

七「なんでふ」は「なにといふ」から転化した語。本来は連体修飾語であるが、転じて副詞的にも用いられ、その場合は反語的に強い否定の言い方となる。

八「ひとり」を強めた言い方。幾人かいるうちの誰か一人の意。「一人一人に婚《あ》ひなば、いま一人が思ひは絶えなむ」(『大和物語』百四十七段)

九「ね」は完了の助動詞「ぬ」の命令形。このあたり鄭重な言葉遣いをしながらも、抗弁しかねている姫に対して、かさにかかった口調がある。

一〇「を」は元来間投助詞であるが、ここでは「容貌なるを」の省略形で、接続助詞風の用法としてよい。

一一有無を言わせぬ翁のもの言いに対し、「結婚などとんでもない」と言ったのは実はこういう心配をするからなので、決して御心に背《そむ》こうというつもりなのではありません、と弁明する調子。そうしながら心の内で必死に対応策を考えるのである。次の「世のかしこき……」以下はその考えがまとまった上での発言。

一二「語を寄す世間の豪貴の女《むすめ》よ、夫を択《えら》ばむには意《こころ》を看《み》よ、人を看ることなかれ。又寄す世間の女の父母《ぶも》よ、願はくは此の言をもてこれを紳《おび》に書《しる》せよ」(紀長谷雄《きのはせお》「貧女吟」)。もと富家の娘で結婚に失敗し貧窮孤独な境涯に落ちた女の嘆きをうたった詩の結語。

ゆかしき物見せ給え

一三翁は、わが事成れりと、すっかり安心している。

一四訓読語。もったいぶった口調。

らむ《と》人にか、婚はむ《結婚しよう》と一思《おぼ》す。かばかり心ざしおろかならぬ人々にこそあんめれ《どなたもこんなに並たいていでない愛情の持主ではありませんか》」

かぐや姫のいはく、

「なにばかりの深きをか、見むといはむ《二どれほどのお心の深さか判別しようというのではありません》。いささかのことなり《ほんの少々のことです》。人の心ざし《この人たちの愛情は》等しかんなり《三等しいとのこと》。いかでか《とても》、中に《その中で》劣《おと》り優《まさ》りは知らむ《分りますまい》。五人の人の中に、ゆかしき物を見せ給へらむに《〔私の〕四見たい物を見せて下さるお方に》、御心ざし優《まさ》りたりとて、仕《つか》うまつらむと《お仕え申しましょうと》、そのおはすらむ《そこにおいでの五》人々に申し給へ」

と言ふ。

「よきことなり《(翁)結構なことです》」

と六承《う》けつ《承知した》。

一 「おもほす」の転化。「思ふ」の敬語。

二 翁の安心を損わぬように、ごく気軽になだめるような調子である。女の私のことですから、どれほどの心深さを判別できるというわけでもありません、の意。

三 「等しかり」の終止形に伝聞・推定の助動詞「なり」が複合する場合には、このように撥音便《はつおんびん》化するのを例とする。深窓の姫は直接には求婚者の言動をまったく知らず、翁たちから間接に伝えられるところから判断する以外にないのである。

四 「ゆかし」は「心ゆく」(満足する)の「ゆく」と同根で、その形容詞形。見たい・聞きたい・知りたいなど、心があることに切にすすむ状態をいう。「給へらむに」は、「給ふ」の命令形に助動詞「り」の未然形、それに仮想の助動詞「む」の連体形のついたもの。「り」は状態の存続を示すから、私のほしいものを目前に見せて、それが継続的であるようにして下さる(つまり「賜ふ」を婉曲《えんきょく》にいう)ような人があったら、そのお方に、の意。

五 「らむ」は現在の事態を推量する助動詞。さきに「かうのみいましつつ」(前頁四～五行目)とあったように、現在も求婚者たちはつめかけているのだが、姫は彼らとは遮断《しゃだん》された家の奥にいるのである。ただ翁らを通して彼らの消息を知る気持の言い方。

六 姫にひそかな策略があるとも気づかぬ翁は、簡単に了承する。

三　五つの難題——仏の石の鉢

求婚者たち課題を承諾

日暮るる《日暮れ時》ほど、〔五人は〕七例の集まりぬ。八あるは《ある人は》笛を吹き、あるは歌をうたひ、あるは唱歌《しやうが》九をし、あるはうそぶき《口笛を吹き》、扇鳴らしなどする《扇を打って拍子をとり》に、翁《おきな》、〔五人の前に〕出でていはく、

「一〇かたじけなく《もったいなくも》、きたなげなる所に《むさ苦しい住いに》、年月を経《へ》てものし給ふこと《おいで下さいますこと》、一一極まりたるかしこまり《この上なく恐縮に存じます》」と申す。「『（翁）翁の命《私の寿命は》、今日明日とも知らぬを《もう目前に迫っているのだから》、かくのたまふ《こう言って下さる》君達《きんだち》にも、よく思ひ定めて仕うまつれ《お仕え申せ》』と〔姫に〕申すも一二ことわりなり。『（かぐや姫）いづれも、劣り優りおはしまさねば、一三御心ざしのほど《ご愛情の深さ》は見ゆべし《分るでしょう》。仕うまつらむことは、それになむ定むべき《その結果できめましょう》』と言へば、これ《これは》、よきことなり《まことによい考えです》。人の御恨みもあるまじ《お互いに怨恨も残らないでしょう》」

七　「例のように」「例によって」の意味の慣用語で、常に副詞的に用いられる。

八　「あるいは」と同じであるが、仮名文では「あるは」の形を用いるのが例。「あるいは」は訓読語。当時は主格としてのみ使われた。以下、几帳面《きちようめん》に五人の所作がすべて列挙されているところなど、素朴な文章技法といえる。

九　楽譜を口でうたうこと。当時の合奏では横笛が主旋律を受け持ったので、笛の譜を、タ・ラ・ハ行の音に置き換えてうたうのが普通で、一種の声楽の役割をした。

一〇　「かたじけなく」は「ものし給ふ」にかかるが、意味上直結するというより、「きたなげなる所に……ものし給ふ」という事態が結果として「かたじけなし」という感情を喚起したことを示す。

一一　きわめて固苦しい男性用語である。

一二　このあたり文脈にやや混乱がある。誤脱説もあるが、かりに、翁の説得が筋道立っていて姫に異論をさしはさむ余地なく、こういう望ましい結論になったのだ、という翁の自讃の弁と解釈しておきたい。

一三　このあたり脱文が推定される。古本の本文には、この上に、「定めがたし。ゆかしく思ひ侍るものの侍るを見せ給はむに」とあるが、あまり説明的でそのままには信用しがたい。田中大秀の『竹取翁物語解』は、「ゆかしき物見せ給へらむに」を補っている。内容的には従ってよい。

と言ふ。五人の人々も、

「よきことなり」

と言へば、翁、〔かぐや姫に〕入りて言ふ。

難題の提示

かぐや姫、

「石作《いしつくり》の皇子《みこ》には、仏[一]の石の鉢《はち》といふ物あり。それを取りて賜《た》べ」

と言ふ。

「庫持《くらもち》の皇子《みこ》には、東《ひんがし》の海に蓬莱《ほうらい》[二]といふ山あるなり[三]。それに白銀《しろかね》[四]を根とし、黄金《こがね》を茎《くき》とし、白珠《しらたま》《真珠》を実として立てる木あり。それ一枝、折りて賜はらむ《頂きましょう》」

と言ふ。

「いま[五]一人には、唐土《もろこし》にある火鼠《ひねずみ》[六]の皮衣《かはぎぬ》を賜《たま》へ。大伴《おほとも》の大納言には、龍《たつ》[七]の頸《くび》に五色[八]に光る珠あり。それを取りて賜へ。石上《いそのかみ》の中納言には、燕《つばくらめ》[九]の持《も》たる子安《こやす》の貝、一つ取りて賜へ」

一 釈迦の成道《じょうどう》の時、四天王が石の鉢を奉ると、釈迦はそれを重ねて押し、一つの鉢としたと伝える。その容量は、約四リットルほどで、雑色にして黒が多く、はなはだ光沢《こうたく》がある（『高僧法顕伝』）とか、その色は青紺にして光れり（『水経注』）という。他に『大唐西域記』『南山住持感応伝』などにも見える。

二 中国の伝説中の仙境。「渤海《ぼっかい》の東に……五山あり。幾億万里なるを知らず。……一に岱輿《たいよ》と曰ひ、二に員嶠《いんけう》と曰ひ、三に方壺《はうこ》と曰ひ、四に瀛州《えいしう》と曰ひ、五に蓬萊と曰ふ。……其《そ》の上の台観皆金玉、其の上の禽獣《きんじう》皆純縞《じゅんかう》、珠玕《しゅかん》の樹皆叢生《そうせい》し、華実皆滋味有り。之《これ》を食ひて皆老いず死なず、居る所の人皆仙聖の種なり」（『列子』湯問《とうもん》）

三 「なり」は伝聞の助動詞なので、通例「あなり」と表記されるところ。諸本に異同があるが、これが正しければ、ラ変動詞の連体形に接続するようになったことが確認される最も早い例といえるが、疑問。

四 中世以前は清音。

五 阿部御主人《あべのみうし》をさす。この言い方は、求婚者が三人であった原話の面影をとどめるか。解説参照。

六 「神異記に云ふ、火鼠（比禰須美）、其の毛を取り織りて布と為す。もし汚《けが》れば火をもちて之を焼き、更に清潔ならしむ」（『和名抄《わみょうしょう》』）。また『和名抄』によると「かはごろも」が正式の名で、「かはぎぬ」は俗語。

七 「それ千金の珠は必ず九重の淵《ふち》にして驪龍《りりょう》（黒龍）の頷《あぎと》（あご）の下に在り」（『荘子』雑篇）

と言ふ。翁、

「一〇難《かた》きことにこそあんなれ《できそうもないことのようですね》。この国にある物にもあらず《この日本にある物というわけでもない》。かく難きことをば《こんなむずかしいことを》、いかに申さむ《どのように申し上げたものか》」

と言ふ。かぐや姫、

「一一なにか難からむ《何のむずかしいことがありましょう》」

と言へば、翁、

「一二とまれ《とにも》、かくまれ《かくにも》、申さむ」

とて、出でて、

「一三かくなむ《かような次第です》。聞こゆるやうに見せ給へ《娘の申すようにお見せ下さい》」

と言へば、皇子たち・上達部《かんだちめ》一四、聞きて、

「一五おいらかに《いっそのこと》、『一六あたりよりだに《通りがかりでなりと》一七な歩《あり》きそ』とやはのたまはぬ《とはおっしゃれないものか》」

と言ひて、倦《う》んじて《うんざりして》、みな帰りぬ。

八 青・黄・赤・白・黒の五色に光って見える珠。
九「子安貝」は宝貝の異名。形が女陰に似るところから生命力・生産力の護符《ごふ》とされ、出産の時これを握ると美しく賢い子が生れるという信仰は今日まで広く分布している（図録二）。燕《つばめ》も、中国でも日本でも神秘な生殖力をもつと考えられたので、両者が結合されたのであろう。解説参照。

一〇 予想外の難題に、翁からすでにたじたじの体《てい》。
一一 取り付く島もないそっけない口調である。
一二「ともあれ、かくもあれ」の転化。
一三「かくかくしかじか」と具体的に説明したのであるが、物語では前文と重なるので省略した表現。
一四 公卿に同じ。官では参議以上、位では三位以上の最上層の貴族。ここでは阿部右大臣・大伴大納言・石上中納言をさす。「かんだちめ」と読まれるのが普通だが、「かんだちべ」ともいう。底本漢字表記。
一五 直訳すれば「おだやかに」であるが、ここでは、下の「のたまはぬ」にかかり、……と言ってくれたほうがよほど穏当だ、の意。
一六 わざわざやって来るなどもってのほか、別の場所へ行くためにこの辺を通ることさえお断りだ、の意。「より」は動作の行われる場、通過点を表わす助詞。現代語のように起点を示す用法ではない。
一七 うろついてくれるな、の意。「な……そ」は女性的もしくは懇願的な優しい禁止の表現。

石作の皇子の策略と失敗

なほ《でもやはり》、この女見では世にあるまじき心地《手に入れずには生きていられそうもない気持が》のしければ、「[一]天竺《てんぢく》にある物も、[二]持《も》て来《こ》ぬものかは」と思ひめぐらして、石作の皇子は、心[三]の支度ある人《計算にたけた》にて、「天竺に二つとなき鉢を、百千万里の程行きたりとも《道のりを行ったところで》、いかで取るべき《どうして手に入れられようか》」と思ひて、かぐや姫のもとには、「今日《けふ》なむ、天竺へ、石の鉢取りに[四]まかる《出向きます》」と[五]聞かせて《知らせておいて》、[六]三年ばかり《三年ほどたって》、[七]大和《やまと》の国十市《とをち》の郡《こほり》にある[八]山寺に、[九]賓頭盧《びんづる》の前なる鉢の、ひた黒に《まっ黒に》[一〇]墨《すみ》つきたるを《すす墨のついているのを》取りて、錦《にしき》の袋に入れて、[一一]造り花の枝につけて、かぐや姫の家に持て来て見せければ、かぐや姫、あやしがりて見れば《信じられない気持で見ると》、鉢の中に文《ふみ》あり。披《ひろ》げてみれば、

(石作の皇子)[一二]
海山の道に心をつくしはて
　ないしのはちの涙流れき

かぐや姫、[一三]「光やある《光があるか》」と見るに、螢《ほたる》ばかりの光だになし《螢ほどの光さえもない》。

(かぐや姫)
置く[一四]露の光をだにも宿さまし

一 インドの古称。魏《ぎ》・晋《しん》・六朝《りくちょう》時代の中国で行われた呼称で、唐代以後「印度」を多く用いる。当時は中国・日本と合わせて三国と呼び、全世界を意味した。

二 持って来ずにおくものか。「ものかは」は、そうと決ったわけではない、そうとあきらめられるものではない、の意。

三 「支度」は明細に見積る原義から、準備・用意・計算などの意。「心の支度ある」は、物事の比較計料に明るい能力、または性質をもつ意。

四 尊貴者の意向を受けて退出する、の原義による用法で、単に「行く」の謙譲語というだけではない。

五 使者によって相手の耳に入れたのである。

六 ここでも特異数の「三」が見られる。

七 現奈良県桜井市附近。

八 「廃小倉山寺、二あり。一は多村《おおむら》に在り。一は倉橋の小倉山に在り」(『大和志』十市郡・古蹟部)

九 釈迦の弟子、十六羅漢《らかん》の第一尊者。古くは寺の食堂《じきどう》に安置し毎日飲食を供えた(図録二)。鉢はその用。

一〇 炊事の煙などが長年流れ込んでいたのであろう。

一一 鄭重《ていちょう》に物を贈る場合、季節の草木につける風習があった。適切なものがない時は造花の枝を代用した。

一二 海を越え山を越えて遥《はる》かな道中に辛労辛苦をし尽して泣き、石の鉢のために血の涙が流れたことでした。「ないし」は「泣きし」の音便形に「石」をかけ、「はち」は「鉢」に「血」をかける。「石の鉢」の物名《ぶつめい》

をぐら山にてなにもとめけむ

とて、〔鉢を〕返し出だす。〔皇子は〕鉢を門《かど》に捨《す》てて、この歌の返しをす。

一五 〔皇子〕白山《しらやま》にあへば光の失《う》するかと
はちを捨てても頼まるるかな

と詠《よ》みて〔姫のもとに〕入れたり。かぐや姫、返しもせずなりぬ。〔皇子の弁解を〕耳にも聞き入れざりければ、〔皇子は〕言ひわづらひて《釈明に窮して》帰りぬ。かの鉢を《あの鉢を》捨ててまた言ひ寄りけるよりぞ、《それでもさらに言い寄ったことがもとで》一六 面《おも》なきことをば《あつかましいことを》、「はぢを捨つ」とは言ひける《言うのである》。

歌《か》。一説に「尽し」に「筑紫《つくし》」をかけるという。やや無理か。下句に三つの「な」の頭韻《とういん》がある。

一三 仏の石の鉢は不思議な光沢《こうたく》が特徴とされた。一八頁注一参照。物語叙述としては唐突である。

一四 （仏の石の鉢と主張なさるのなら）せめて露ほどの光だけでもあったらよかったのに。暗いという小倉山でなどどうして探し求められたのでしょうか。「小倉山」に「暗」をかける。小倉山は多武峰《とうのみね》村大字倉橋の上にある倉橋山の峰の名（『大和志』十市郡）。ただし、かぐや姫がどうして小倉山寺の鉢だと見抜いたかは、この物語の叙述では分らない。神通力とすれば、他の四話と合わない。解説参照。

一五 （この鉢も光はあったのですが）白山のように輝くあなたの前に出されたので光が見えなくなったのかと、鉢を捨てましたが、まだもしかして光が復活するかとあてにしているのですが、恥も外聞も捨ててひたすらあなたのお情けを頼みとしています。「白山」は有名な歌枕、加賀にある。小暗い小倉山に対する。「鉢」と「恥」をかける。懸詞の場合、清濁は無視してよい。

一六 「面なし」は本来自分自身のことに関して、面目ない・恥ずかしい、の意であるが、このころになると、他人の事に関して、臆面《おくめん》もない・恥を恥とも思わぬ、の意に転じてきた。あるいはこの意義転化が自覚されていたのかもしれない。「鉢」と「恥」をかける。

四　蓬萊の珠の枝

庫持《くらもち》の皇子《みこ》は、心たばかり《策略にたけた》ある人にて、朝廷《おほやけ》には、「[一]筑紫《つくし》の国に[二]湯浴《ゆあ》みにまからむ《下向したい》」とて、暇《いとま》申して、かぐや姫の家には《〔一方では〕》、「珠《たま》の枝取りになむまかる」と言はせて《〔家来をして〕》、下《くだ》り給ふに、[三]仕《つか》うまつるべき人々《お供申すべき人々》、みな[四]難波《なには》まで御送りしける。皇子、「いと忍びて《ごく内密に》」とのたまはせて《おっしゃって》、人もあまた《お供も大勢は》率《ゐ》ておはしまさず《連れていらっしゃらない》。近う仕うまつるかぎり《お側近くお仕えする者だけで》して出で給ひぬ《ご出発になった》。御送りの人々、[五]見たてまつり送りて《お見送り申し上げて》帰りぬ《〔京へ〕》。「おはしぬ《〔筑紫へ〕おいでになったと世間に見せかけられ》」と人には見え給ひて《〔皇子は〕三日ほどたって》、三日ばかりありて、漕《こ》ぎ帰り給ひぬ《〔難波へ〕》。かねて《前もって》、事みな仰せたりければ《事はすべてご命令ずみだったので》、その時《当時の》[六]一《いち》の宝なりける鍛冶《かぢ》工匠《たくみ》

一　筑前・筑後両国の称。さらに九州全体をさすこともある。

二　病気療養のための湯治と申し立てて賜暇を願うのであるが、万端にわたり手落ちのない性格を表わす。大宰府《だざいふ》附近の次田《すいた》温泉（現在は武蔵温泉）が万葉時代から知られていた。

三　皇子という身分に応じて、他《た》行《ぎょう》には当然定められた格式があり、また皇子の引き立てを期待する人々などが多数随従することも、当時は当然視されていた。

庫持の皇子の謀計

四　現在の大阪市およびその附近の古称。ここから船に乗るのである。

五　「見送る」の謙譲表現。こうした複合動詞に敬語が添えられる場合、この例のようにその中間に挿入《そうにゅう》されるのが普通である。

六　底本「ひとつの」。ここは、第一の・最高の、の意味なので、もと「一の」とあったものを伝写過程で誤って訓読したものと認める。「一の宝」は比喩《ひゆ》的な言い方で、現在人間国宝というに近い。

七　家の中に金銀細工用の炉を築き、人がのぞいたり、また炉の火が外に洩《も》れたりするのを防ぐために、三重に囲いを設けたというのである。

八　古来この物語中随一の難解箇所とされ、明解を得ない。大胆な臆測《おくそく》をすれば、「かみにく……とあけて」

の間に脱落が生じて意味不明となり、前文とのつながりにも、誤りが累加されたのではないか。『源氏物語』絵合の巻に頭中将《とうの》が全力を挙げて絵巻の調整に苦心する条があり、そこに、「中納言は人にも見せで、わりなき窓をあけて描かせ給ひける」と見える。「わりなき窓をあけて」は和文では極めて珍しい表現であり、このすぐ前に有名な「物語の出できはじめの祖云々《おやうんぬん》」の言及がある。そこで、ここも「かみにく……わりなき窓をあけて」と、脱落の一部を補えようか。家の周囲を閉鎖し、明り取りや空気抜きとして最小限の天窓か何か設けただけという厳重さで、の意となろう。

九 横長の形をした、蓋《ふた》つきの大型の箱。(図録一二)

一〇 綾《あや》・綺《き》・錦《にしき》など豪華な織物で櫃などを覆うのが、贅《ぜい》を尽す当時の風であった。

一一 仏典に見える想像上の植物。三千年に一度花開く霊花で、得がたいものの喩《たと》えとする。普通天竺《てんじく》に産するというが、『うつほ物語』では、蓬萊《ほうらい》の不死薬と並んで悪魔国の優曇華と見える。ここは蓬萊の珠の枝のはずのものを、流言として優曇華の名が登場する。『今昔物語集』中の竹取説話の難題の一つが優曇華であることからも注目される。解説参照。「華」の呉音「ゲ」を「グヱ」と表記するのは当時の慣用。

一二 ここで、かぐや姫は庫持の皇子の奸計《かんけい》を全く見抜くことができず、情況のままに一喜一憂する人間として描かれている。解説参照。

かぐや姫の危機

六人を召し取りて《召し寄せて》、たはやすく《容易には人が》人寄り来《く》まじき《近寄れそうもない》家を造りて、竈《かまど》[七]を三《み》重《へ》にしこめて《囲いこんで》、工匠《たくみ》ら《〔その中に〕》を入れ給ひつつ、皇子も同じ所に籠《こも》り給ひて、知らせ給ひたる《領有なさっている荘園のすべて十六箇所》かぎり十六所《そ》を、かみにく[八]とあけて、珠の枝を作り給ふ。かぐや姫のたまふ様《やう》《かぐや姫のおっしゃる様式》に違《たが》はず作り出でつ《こしらえあげた》。いとかしこくたばかりて《まことに徹底した計略をこらして》、難波にみそかに《こっそり》持て出でぬ《〔作り枝を〕持ち出した》。

《(皇子)》「船に乗りて帰り来にけり」と殿に《お邸に》告げやりて、いといたく《〔皇子は疲れて〕》苦しがりたるさまして居給へり《〔難波に〕滞留なさる》。迎へに《〔京から〕》人多く参りたり。珠の枝をば、長櫃《ながびつ》[九]に入れて物覆《おほ》[一〇]ひて《覆いをかけて》、持ちて参る。いつか聞きけむ《いつ聞きつけたのか》、《(世間の人)》「庫持の皇子は、優曇華《うどんぐゑ》[一一]の花持ちて、上《のぼ》り給へり《上京なさった》」とののしりけり《大騒ぎをしたことだ》。これをかぐや姫聞きて、[一二]「われは、この皇子に負けぬべし《負けてしまうのだ》」と、胸つぶれて思ひけり《胸がつぶれる思いでいたのであった》。かかるほどに《こうしているうちに》、門《かど》をたたきて、

〔従者〕「庫持の皇子、一おはしたり《ご到着です》」

と告ぐ。

〔取次ぎ〕「旅の御姿ながらおはしたり《旅装束のままおいでになりました》」

と言へば、〔翁が〕会ひたてまつる《お会い申す》。皇子のたまはく、

「命を捨てて《命を投げ出して》、かの《例の》珠の枝持ちて来たる《持って来たのですよ》」二とて、「かぐや姫に見せ《お見せ》たてまつり給へ《申して下さい》」

と言へば、翁《おきな》、持ちて〔奥へ〕入りたり。この珠の枝に、三文《ふみ》ぞつけたりける《手紙が付けてあった》。

〔庫持の皇子〕四いたづらに身はなしつとも珠の枝《え》を
　手折《たを》らでただに帰らざらまし

〔姫は〕これを《この歌を》、あはれとも見でをるに《五見ても全く感銘もせずにいると》、竹取の翁、走り入りていはく、

「この皇子に〔あなたが〕申し給ひし《申し上げられた》蓬莱の珠の枝を、一つの所もあやまたず《一点のまちがいもなく》、持ておはしませり《持っておいでになっています》。〔これ以上〕なにをもちて《何を理由に》、とかく申すべき《言いのがれできましょう》。旅の御姿なが

一 「おはす」は、「あり」「行く」「来る」などの尊敬語。「たり」は、そういう状態になっていることを示す助動詞。ここは、おいでになって、ここにいらっしゃる、の意。

二 以上は翁に対する挨拶で、それがすんで、さてと居ずまいを正した感じの言葉が続く。同一人物の言葉を中断して、間に「と」「とて」などが挾《はさ》みこまれるのは、こういう場合が多い。

三 当時の風習として、風雅な手紙は季節の木草の枝につけて捧げられるが、ここでは珠の枝が主となりながらも、やはり文が結びつけられ、志の深さを強調しようとする。

四 たとえ我が身を破滅させることになろうとも、あなたのお望みの珠の枝を手折ることもしないで空《むな》しく帰って来たりはしなかったでしょう。

五 「見で」は、「見て」と清音に読む説もあるが、上に「あはれとも」と「も」が添えられていることからすれば、やはり否定の語気であろう。皇子の歌は、形は一応整っているものの愛情が心に沁《し》みて感じられないというのである。

＊ 当時の人々の考え方では、和歌は真心の表現であり、日常語ではとにかく歌では偽りは隠せないと信じられた。理性では皇子の偽計を見抜けぬかぐや姫にも、この歌は直観的に胡散《うさん》に感じられたのである。この間に翁は皇子の前に戻っている。

ら、わが《ご自分の》御家《おほんいへ》へも寄り給はず[六]しておはしたり。はや《はやく》この皇子に婚《あ》ひ《お》

つかうまつり給へ」《仕え申しあげなさい》

と言ふに、〔姫は〕ものも言はで、頬杖《つらつゑ》[七]をつきて、いみじく嘆かしげに《ひどく嘆かわしそうな様子で思い》思

ひたり。《沈んでいる》この皇子、

「今さへ、《今となってまで》なにかと言ふべからず」《何やかやと言いのがれはさせぬぞ》

と言ふままに、《言うやいなや》縁《えん》[八]に這《は》ひ上《のぼ》り給ひぬ。翁[九]、ことわりに思ふ。《もっともだと容認する》

「(翁)この国に見えぬ《この日本では見られぬ》珠の枝なり。このたびは、いかで辞《いな》び申さむ。《お断り申せよう》人《人》

ざまも、《がらも》よき人におはす」

〔姫に〕など言ひゐたり。かぐや姫の言ふやう、

「親ののたまふことをひたぶるに《ひたすらに》辞《いな》び申さむことのいとほしさに《お気の毒なので》」

と、[一〇]取り難《がた》き物を、かくあさましく《予想外にもこうして》持て来たることをねたく《いまいましく》思ひ、

翁は、閨《ねや》[一一]のうち、《寝室の中を》しつらひなどす。《整え用意したりなどする》

翁、皇子に申すやう、

六「ずして」も訓読調の語調。仮名文では、「で」を用いるのが普通。

七 現代語の「ほほ」を、当時は「つら」と言った。また「つらづゑ」と濁るのも室町時代以降らしい。頬杖をつくのは、屈託したり、思い沈んだりする気分の表れで、必ずしも不作法の感じはない。

八 これまで皇子は表御殿で接待されており、奥御殿の姫の居室との連絡には翁が走り回っていたのだが、わが事成れりとばかり、皇子が姫の部屋の前の縁に強引に入り込んだのである。

九 こういう無躾《ぶしつけ》な態度を制すべき立場の翁さえ、もともと姫の結婚を望んでいることもあり、皇子の苦心辛労に同情讃嘆してもいて、止めようとしない。

一〇「と」底本になし。このあたりやや文脈不整。最小限の手当てとして仮に「と」一字を補った。「いとほしさに」の後に、結婚拒否の口実として不可能なはずの難題を出したのに、の気持の表現が省略されたものと解する。あるいは「取り難き物を」は姫の言葉の中で、この後あたりに脱落があったのかもしれない。

一一 当時の結婚は、男が女のもとに続けて三夜通い、三日目にはじめて露顕《ところあらわし》と称する披露《ひろう》の宴を開いて公表する習慣であった。ここでは翁が早くもその初夜の準備をはじめたというのである。

「いかなる所にか、この木はさぶらひけむ[一]。あやしく《ふしぎなほど》麗《うるは》しく、めで《すばら》たきものにも《しいものでございますな》」

と申す。皇子、答[二]へてのたまはく、

「一昨々年《さをとし》の如月《きさらぎ》《二月》の十日ごろに、難波《なには》より船に乗りて、海の中に《大海のまっただ中に出て》出でて、行[三]かむ方《かた》も知らずおぼえしかど《分らぬ心細い思いをしましたが》、『思ふこと成らで《願うことが成就せずに》、世の中に生きて何かせむ《何になろうか》』と思ひしかば[四]、ただ空《むな》しき風にまかせて《あてどもない風のままに》歩《あり》く[五]。『命死なばいかがはせむ《この命が尽きたならそれまでだ》。〔自分が〕生きてあらむかぎり、かく歩《あり》きて、蓬莱といふらむ[六]山に遭《あ》ふや《出合うかしらと》』と、海に漕《こ》ぎ漂《ただよ》ひありきて、わが国の内をば離れて《日本の領域を離れて》、〔外洋を〕歩きまかりしに《航行していきましたところ》、ある時は、浪荒れつつ《しけ続きで》、海の底にも入りぬべく《すんでのところ海底に沈みそうになり》、ある時には、風につけて《風向きのままに》知らぬ国に吹き寄せられて、鬼のやうなるもの出で来て、〔私を〕殺さむとしき《殺そうとしました》。ある時には、来《き》し方《かた》行く末も知らず《方角を失って》、海にまぎれむとしき《大海で行方不明になるところでした》。ある時には、糧《かて》[七]尽きて、草の根[八]を食ひ物としき。ある時は、言はむかたなくむくつけげなるもの出《言葉で言い表わしようもない無気味な妖怪が出現して》

一「さぶらふ」は「あり」の謙譲語。ただし当時は「侍り」を使うのが普通で、この物語中でもこの一例のみ。あるいは「侍けむ」の誤読から生じた本文か。

二「答ふ」には、古風な男性語の語感がある。女流の仮名文では普通「いらふ」を用いる。

三 蓬莱《ほうらい》がどこか知らないのだから、どの方角を目ざしてよいのか分らないのである。

四 この庫持の皇子の冒険談では、文末に回想の助動詞「き」「し」「しか」の頻用《ひんよう》が不自然なほど目につく。ことさらに直接体験であることを強調する口調である。地の文が「けり」を基調とするのに対して、表現意識が著しく異なっていることに注意。解説参照。

五「歩く」は移動する意。「あゆむ」のように一歩一歩足を運ぶことに限定されず、乗物や鳥にもいう。

六「らむ」は、書物や人づての話でのみ知っているという気持を表わす。

七「糧」は携行用の食糧。

八 たまたま漂着した無人島などでも、まともな食物が得られず、草の根でやっと飢えをしのいだ、の意。

九「旅の空」という成語は、現代でも通用するが、「そら」は本来空虚でしっかりとした根拠にならぬ空間を意味し、極めて不安定で心配な感じを伴う語。

一〇 当時は色の複数を示す二八頁四行目のような用法が普通で、このように現代語と同じ用法は稀《まれ》である。

一一「行く方、行く空」の意とする説が多いが、「そら」は訓読語で、仮名文の「すら」と同じと認めてよい。

で来て、食ひかからむとしき。ある時には、海の貝を取りて、命を継ぐ。

[九]旅の空に、助け給ふべき人もなき所に、[一〇]いろいろの病《やまひ》をして、行[一一]く方そらも覚えず《目ざす方向さえも分らなくなり》、船の行くにまかせて、海に漂ひて、五百日といふ《五百日目という》[一二]辰《たつ》《日》の時ばかりに、海の中にはつかに《あるかなきかに》山見ゆ[一三]。船のうちをなむ[一四]、せめて《目をこらして》見る〔近づいてみると〕。海の上に漂へる山[一五]、いと大き[一六]にてあり。その山のさま《その山の様子はといえば》、高く麗《うるは》しく、『これや《これがたぶん》、わが求むる山ならむ《私が探し求める山だろう》』と思ひて、さすがに《〔嬉しいものの〕やはり》怖ろしく覚えて、山のめぐりをさしめぐらして《漕ぎめぐらせて》、二、三日ばかり〔様子を〕見ありくに、天人の装《よそほ》ひしたる女、山の中より出で来て、[一七]白銀《しろかね》の金鋺《かなまり》を持ちて、〔あちこち〕水を汲《く》みありく。これを見て、船より下りて、〔皇子〕『この山の名を何とか申す』と問ふ。女、答へていはく、『これは蓬萊《ほうらい》の山なり』と答ふ。これを聞くに、嬉《うれ》しきことかぎりなし。この女[一八]『かくのたまふは誰《たれ》そ』と問ふ。〔私が名乗ると〕『わが名は、うかんるり[一九]』と言ひて、

——蓬萊に漂着

一二 ほぼ現在の午前八時ごろ。当時でも宮廷の正式制度としては十二時の定時法が採用されていたが、一般日常の生活では、昼夜をそれぞれ六等分する不定時法が用いられていたので、季節による変動がある。

一三 このあたりから文末の表現が一転して現在形となる。臨場感を盛り上げるためで、庫持の皇子の「心たばかり」のほどを見るべきである。

一四 この「を」については、諸説一致しない。なお接続助詞的に解して、一点に瞳《ひとみ》をこらしにくい小舟の中ではあるが、の意とすべきか。

一五 蓬萊等の五山は、海中に浮んで常に潮波のままに漂い、しばらくも安定することがなかった。仙聖の苦しみを知った天帝が十五頭の巨大な鼇《すっぽん》にこれを支えさせたという（『列子』湯問《とうもん》）。これから亀山、亀の尾山などの名が出た。

一六 形容動詞「大きなり」の連用形に、助詞「て」のついたもの。その山がものすごく大きいと感じられる状態（海上にそびえて揺れ動くためにその感じが一層強められるのであろう）で、そこに存在している意。

一七 銀製のわん。「しろかね」は清音。

一八 底本「この女の」。女が皇子に名を問い、すぐ続けてわが名を名乗ったとするのが通説。他人に名を問う場合の礼儀だからというが、なお落着かない。島原本のみ「この女に」とあるが、意改のおそれもある。

一九 諸説あるが異境の仙女らしい名と見れば足りる。

――珠の枝を得て帰還

ふと《すっと》山の中に入りぬ。

その山、見るに、さらに登るべきやうなし《まったく登ることができそうにもない》。その山のそばひら《かたわら》をめぐれば、世の中になき《人間世界にはない》花の木ども立てり。[一]黄金《こがね》・白銀《しろかね》・瑠璃《るり》色の水、山より流れ出でたり。それには色々の玉の橋渡せり《その川には色様々な玉で造った橋を》。そのあたりに《その橋の附近に》、照り[二]輝《かかや》く木ども立てり。その中に《その木の中では》、この取りて持ちてまうで来たりしは《持参いたしましたのは》、[三]いと《はなはだ》悪《わろ》かりしかども《劣っていたのですが》、『のたまひしに《「姫の」ご注文に》[四]違《たが》はましかば《違っていては》』とて、この花を折りてまうで来たるなり《帰って参ったのです》。

山はかぎりなく[五]おもしろし《すばらしい》。世にたとふべきにあらざりしかど《人間世界では比較するものもないほどでしたが》、この枝を折りてしかば《折り取ってしまいますと》、さらに心もとなくて《ただもう気がせいて》、船に乗りて、追風吹きて、[六]四百余日になむ、まうで来《き》にし。[七]大願力《だいぐわんりき》にや《と申すものでしょうか》。難波より、昨日《きのふ》なむ、都にまうで来つる。さらに《まったく》潮《しほ》に濡《ぬ》れたる衣《ころも》をだに脱ぎ替へ[八]なでなむ《さえ着替えもせずに》、こちまうで来つる《こちらにお伺いしました》」

竹取の翁の感動

とのたまへば、翁、聞きて、うち嘆きて詠める《感に堪えて溜息をついて詠んだ歌は》、

一 「崑崙《こんろん》山、五色の水を出だす」（『博物志』）などの記事を念頭においたものか。

二 「かかやく」は清音。

三 このあたりから再び文末表現が「し」「しか」の回想形にもどる。現在との対比意識が話の結びとして強くなったためである。

四 「まし」は事実に反する仮想を表わし、通例「…ましかば……まし」の形で用いられる。ここも下に「悪《あ》しからまし」などの省略された形。

五 目の前がぱっと開けるような、晴々した感じ。

六 往路の五百日と合わせて、これもちょうど三年となる計算である。

七 仏（特に阿弥陀如来《あみだにょらい》）の衆生《しゅじょう》救済を願う業《ごう》によって生じた功力《くりき》、と解するのが通説であるが、神仏に大願を立てた結果としての功力としたほうが、ここには適合する。「多くの大願を立て給ふ」（『源氏物語』明石）。「にや」の後に「ありけむ」などが省略された形。

八 「なで」は、完了の助動詞「ぬ」の未然形に打消しの接続助詞「で」のついたもの。用例は極めて稀《まれ》。

九 代々の竹取りを業とする者でも、野や山の中で、こんなに辛《つら》く苦しい目にばかりあったことがあるだろうか、ありはしません。「くれ竹の」は「よ」にかかる枕詞。「よ」は竹の節《ふし》と節との間の空洞の部分であるが、「代」をかける。「竹」「よ」「節」は縁語。

一〇 今まで海の潮《しお》とかぐや姫恋しさの涙で常にぐっしょり濡れていた私

九 くれ竹のよよの竹とり野山にも
さやはわびしき節《ふし》をのみ見し

これを、皇子聞きて、

「ここらの日ごろ思ひわび侍りつる心は《こんなに長い間辛い思いをしておりました心は》、今日なむ落ちゐぬる《今日はじめて落着きましたよ》」

とのたまひて、返し《返歌を》、

一〇 わが袂《たもと》今日《けふ》乾《かわ》ければわびしさの
ちぐさの数も忘られぬべし

とのたまふ。

かかるほどに《そうこうしていると》、一一 男《をのこ》ども六人、連《つら》ねて《つれだって》庭に出で来たり。一人の男《をのこ》、一二 文挾《ふんばさみ》に文《ふみ》をはさみて申す。「一三 内匠寮《たくみづかさ》の工匠《たくみ》、一四 漢部内麻呂《あやべのうちまろ》申さく《申し上げます》、珠の樹を作りつかうまつりし《製作奉仕いたしましたこと》こと、一五 五穀《ごこく》を断《た》ちて千余日に力を尽したること《千日以上にもわたって努力したこと》、少なからず《並々ではありません》。しかるに一六 禄《ろく》いまだ賜はらず。これを賜ひて《〔私に〕》、一七 わろき家子《けこ》に賜はせむ《〔私から〕》」

の袂も、目的を達した今日はこのように乾いたのですから、これまで辛苦が種々限りなかったことも、自然忘れてしまうでしょう。

一一「をとこ」が男性の意であるのに対し、「をのこ」は身分の低い男をさし、従者・召使の意で用いられることが多い。

一二 文書を挟《はさ》んで貴人に差し出すのに用いた一メートル半ほどの木の杖《つえ》。訴状・怠状《たいじょう》（謝罪状）など改まった文書を正式に提出する際の作法であるが、ここでは誇張のおかしみがある。（図録二）

一三 底本をはじめ多くの本は「くもんつかさ」。片桐洋一説により改める。「内匠寮」は、調度の製作や装飾のことに当り、金銀工・玉石帯工・鋳工・細工など多数の工匠が属していた。

一四 中国系の帰化人らしい氏名である。彼らの技術に対する通念があったのであろう。附説参照。

一五 米・麦・粟《あわ》・黍《きび》・豆を断って神仏に祈念をこめ。

偽計の暴露

一六 労に報いるための手当、賜り物。当時は通常、絹・布・衣服の類であった。

一七「わろき」はふつつかなの意、謙称である。「家子」はよく分らない語であるが、妻子・眷属《けんぞく》、あるいは召使などの意らしい。ここでは配下の細工人たちをさす。この内麻呂の言葉は、この上なくしかつめらしく荘重な言い回しで、当人たちが真面目であるほど、滑稽感がある。

と言ひて、〔文を〕捧げたり。竹取の翁、この工匠《たくみ》らが申すことを、「何事ぞ」と、〔首を〕傾《かたぶ》き《かしげている》をり。皇子は、われにもあらぬ《人心地もない様子で》気色《けしき》にて、肝《きも》消えゐ《不安に駆》給へり《られていらっしゃる》。

[一]これを、かぐや姫聞きて、

「この奉《たてまつ》る文を取れ」

〔召使に〕と言ひて、〔文を〕見れば、文に申しけるやう《書面で訴えていた趣旨は》、

皇子の君、千日《千日の間》いやしき工匠《たくみ》らともろともに、同じ所に隠れ居給ひて、かしこき《りっぱな》珠の枝を[二]作らせ給ひて《作らせなさって》、[三]官《つかさ》も賜はむと仰せ給ひき《下さろうと仰せられました》。これを[四]このごろ案ずるに《つらつら考えますのに》、『[五]御つかひとおはしますべきかぐや姫《ご側室におなりになるはずの》の要《えう》じ給ふべきなりけり《ご所望の品だったのだ》』と承りて、この宮より《このお邸から》賜はらむ《頂戴いたしたい》。

と申して、

「賜はるべきなり《当然下さるはずのものです》」

〔口上でも〕と言ふを聞きて、かぐや姫の、[六]暮るるままに思ひわびつる心地《がっくりと気落ちしていたのが》、

一 漢部内麻呂の申し立て。

二 「作らせ」の「せ」は使役とも尊敬とも解しうるが、この訴状の趣旨からすれば、自分たちの労役《ろうえき》を強調するほうがよりふさわしい。また次頁五行目の翁の言葉の中にも「作らせたる物」と見えるので、使役と解しておきたい。

三 注文通りみごとな出来栄えを示すならば、通常の禄はおろか、朝廷に申請して公の官職にもつけてやろうと、約束したというのである。

四 その時はそのお言葉をそのまま信じたのですが、約束が履行されぬまま時がたち、このごろ改めてよく思案しておりましたところ、の意。堅苦しい言い方。

五 「御つかひ」は御使い人の意。皇子と竹取の翁の娘との身分差からして、結婚とはいっても、かぐや姫は正式の妻と世間から公認されるわけではない。常識的に言えば、皇子の召使の列にしかはいれないことが、この言葉によって暗示されている。

六 日が暮れていくというのは、皇子と閨《ねや》を共にしなければならない夜が近づいてくるということ。姫にとっては絶体絶命の心境であった。

七 翁は歌の贈答をした時のまま皇子と対座していたのである。

八 「こそ……（已然形）」という係り結びの語勢は非

笑ひ栄えて《晴れ晴れと笑って》、翁を[七]呼びとりて《呼び寄せて》言ふやう、

「まことに蓬萊《ほうらい》の木かとこそ[八]思ひつれ。〔それなのに〕かくあさましき《とんでもない》虚事《そらごと》にてありければ、〔この枝を〕はや返し給へ」

と言へば、翁答ふ、

「さだかに《はっきりと》、作らせたる物と聞きつれば、返さむ《返してやるのも》こといと易《やす》し」

と、[九]うなづきをり。

かぐや姫安堵す

かぐや姫、心ゆきはてて《すっかり晴れ晴れした心で》、ありつる《さきほどの》歌の返し、

[一〇]まことかと聞きて見つれば言の葉を
　　飾れる珠の枝にぞありける

と言ひて、〔返歌と共に〕珠の枝も返しつ。竹取の翁、〔皇子と〕さばかりかたらひつるが《あれほど意気投合していたのが》、[一一]さすがに覚えて《気がさして》[一二]眠《ねぶ》りをり。皇子は、[一三]立つもはした、居るもはしたにて《立ってみても坐ってみても身の置き所がない様子で》、ゐ給へり。〔ようやく〕日の暮れぬれば、〔闇に紛れて〕すべり出で給ひぬ。

失敗の結末

かの[一四]愁訴《うれへ》せし工匠《たくみ》をば、かぐや姫、〔庭前に〕呼び据《す》ゑて《ひかえさせて》、

常に強いので、それを承《う》けて次の文が起されるとき、現代語では逆接的なつなぎの言葉を補って理解することを要求される例が多い。ここで、それだけ思い入れの大きい表現がされているのは、かぐや姫の大きな解放感・安堵《あんど》感を表わすもの。

九 論理的に明快に割り切った言葉とは逆に、まだ信じきれずあきらめきれぬ内心を、何とか納得させようとしている様子である。

一〇 お話をうかがっては真実のものかと思いましたが、実物を吟味してみますと、黄金の葉ならぬ言の葉を飾っただけの珠の枝であったことです。「聞く」と「見る」を対照させ、「枝」と「葉」は縁語。和歌では相手に関することでも敬語は用いないのが通例。

一一「さすがに」は、当然予期されたところと矛盾した事態になった場合に用いられる。ここでは、あれほど皇子の話に感激し、先走って寝室の用意までしたのだが、今更あれはだまされていたのだったと、掌《てのひら》を返すような態度も取りにくい気がして、の意。

一二 狸寝入りである。

一三「はした」は、中途半端で引っ込みがつかず、われと我が身をもてあます気持をいう。

一四 内心の苦悩や不平を他人に洩《も》らし、訴える意の下二段動詞「うれふ」の連用形が名詞となったもの。悩みや心配を内面に含み持つ意の「うれひ」は、これが鎌倉時代以後に転じた語。

「うれしき人《〔危機を救ってくれて〕》どもなり」

と言ひて、禄《ろく》いと多くとらせ給ふ《お与えになる》。工匠《たくみ》らいみじく喜びて、

「思ひつるやうに《思ったとおりだったなあ》もあるかな」

と言ひて、帰る道にて《帰って行くその途中で》、庫持の皇子、〔工匠らを〕血の流るるまで[一]懲《ちよう》ぜさせ給ふ《こらしめられる》。禄得しかひもなくて、皆とり捨てさせ給ひてければ、〔工匠らは〕逃げ失《う》せにけり。

かくて、この皇子は、

「[二]一生の恥、これに過ぐるはあらじ《まさるものはあるまい》。女を得ずなりぬるのみにあらず《わが物とできなくなったばかりでなく》、天下《てんか》の人の見、思はむことのはづかしきこと[三]」

とのたまひて、ただ[四]一所《ひとところ》《お一人で》、深き山へ入り給ひぬ。[五]宮司《づかさ》、候《さぶら》ふ人々、みな手を分かちて、求めたてまつれども《お探し申すけれども》、御死にもやし給ひけむ《お亡くなりにでもなったのか》、え見つけたてまつらずなりぬ《お見つけ申すことができずにしまった》。皇子の、御供に隠し給はむとて《皇子が〔お姿を〕お供の人にお隠しになろうとして》、年ごろ見え給はざりけるなりけり《幾年もの間お姿をお見せにならなかったのである》。[六]これなむ《これをだね》、「[七]たまさかなる」とは

一 底本「調せさせ」。ただし「調ず」という漢語には、こらしめる・いためつけるなどの意味はない。むしろ「テウず」の音表記と見るべきであろう。「懲」の音はチョウであるが、『うつほ物語』などにも、この字に当る語を「てうず」と表記することは普通の例である。ここもその例と見たい。「させ」は使役とも尊敬ともとれるが、庫持の皇子には二重敬語を用いるのが例ではないので、使役と解しておく。

二 これも漢文訓読調の強い言い方である。

三 名詞でとめるのは、詠嘆をこめた強調表現である。

四 所・宮・殿など、場所を表わす語で、人を意味させるのは、間接・婉曲《えんきよく》な言い回しで、それが敬意の表現となる。逆に本名を直接に呼ぶのは、相手を見下した高圧的なもの言いとなる。

五 「宮司」は宮家の事務を扱う役人で、朝廷から任命される。「候ふ人」はその指図を受ける召使。

六 以下、語り手が直接聴衆に語りかける形。

七 諸本「たまさかる」。本文は古本による。ここは諸説区々でなお定見のない箇所。底本のままで「魂離《たまさか》る」と解し、珠を原因とした失恋のために魂を亡失した意といい、また珠のため世を離れる意ともいう。しかしこれでは他に比してやや面白味に欠ける。「たまさかなる」は、漢字を宛てれば「邂逅」(『霊異記《りよういき》』『名義抄《みようぎしよう》』)。年ごろ身を隠していた皇子にやっとめぐりあった、の意に、「珠悪《さが》なる」をかけた洒落《しやれ》である。

る。『江談抄《ごうだんしょう》』や『宇治拾遺』に、小野篁《おののたかむら》が「無悪善」をサガナクテヨカランと読んだ話を伝えるが、「さが」が悪と解しうることの古さを認めてもよいのではないか。なお写本の字面で「な」「る」は類似することから、一方が脱落する可能性は大きい。

〔世間で〕言ひはじめける。

五　火鼠の皮衣

阿部の右大臣、唐土に火鼠の皮衣を求む

右大臣阿部御主人《あべのみうし》は、財《たから》ゆたかに、家《いへ》[一]ひろき人にておはしけり。その年来たりける[二]唐人船《もろこしぶね》の王慶《わうけい》といふ人のもとに、文《ふみ》を書きて、火鼠《ひねずみ》の皮といふなる《とかいうそうな》物、買ひておこせよ《よこしてくれ》。とて、仕《つか》うまつる人の中に心たしかなるを《心のしっかりした人を》選びて、[三]小野房守《をののふさもり》といふ人をつけて、〔手紙に〕遣《つか》はす。〔房守は〕持て到りて、[四]かの唐土《もろこし》にをる王慶に黄金《こがね》をとらす。王慶、文を披《ひろ》げて見て、[五]返事書く。

火鼠の皮衣《かはぎぬ》、この国に《唐の国にも》なき物なり。音には聞けども《噂には聞くものの》、いまだ見ぬ物なり。世にある物ならば《もし実在のものであるならば》、この国にも持てまうで《持参しそうな》来《き》[六]なまし《ものですが》。いと難《かた》き交易《あきなひ》なり。しかれども、もし天竺《てんぢく》にたまさかに《万が一にも》持て渡しな《渡来しているの》

一　さきの「門《かど》ひろく」（一四頁一一行目）と同じ。一家一門が多く繁栄している意。「家《いへ》」は、「屋《や》」（四二頁一二行目）が建物をいうのに対し、そこに住む家族を主にいう。

二　中国からの交易船。当時、貿易は政府の直轄で、私人の通商は厳禁されていたが、珍奇な財貨と大きな利益を求めて、密貿易も多かった。博多港が中心地。解説参照。

三　上の「心たしかなる」と選ばれた人。それを小野氏としたのは最初の遣隋使たる小野妹子《おののいもと》、この物語成立のすぐ前に小野　篁《たかむら》の渡唐拒否事件があったことなどから、唐人との折衝にふさわしいと考えられたもの。

四　王慶は唐人船の持主であるが、自ら博多に来航したのではなく、彼の持船に便乗した房守が、唐土《もろこし》にいる王慶に注文書と代金を届けたのである。

五　この返事は房守に託したのではなく、別の船便に託して日本に送ったのであろう。房守は皮衣を入手するまでは唐土に残留しているのである。

六　カ変動詞連用形に完了（ここではむしろ強意）の助動詞「ぬ」の未然形がついた形。下の「まし」は、この場合強い疑念を含めた想像を表わす。

七　仏教語で、釈迦の時代の商人組合の長。有徳《うとく》で富裕な名士であった。天竺《てんじく》ということから、仏教語をそのまま用いたのであろう。

ば《ならば》、もし七長者のあたりにとぶらひ求めむ《尋ね求めたら》〔あるかもしれぬ〕に。なきものならば《結局実在せぬものなら》、使《つかひ》に添へて、金をば返したてまつらむ《ご返却いたしましょう》。

と言へり。

皮衣の到来

八かの唐人船《もろこしぶね》来けり〔博多に〕。「小野房守まうで来て《帰朝して》、〔京へ〕まう上《のぼ》る」といふことを〔大臣が〕聞きて、歩み疾《と》うする馬をもちて《足の速い馬でもって》走らせ〔使いを〕、迎へさせ給ふ時に、〔房守は〕馬に乗りて、筑紫《つくし》より、ただ九七日に《七日間で》上りまうで来たる。〔王慶の〕文を見るにいはく、

火鼠の皮衣、からうじて人を出だして求めて奉る《人手を惜しまず探し出したので差し上げます》。今の世にも昔の世にも、この皮は、たはやすくなき物なりけり《容易にあるものではなかったのです》。昔、かしこき《尊い》一〇天竺《てんぢく》の聖《ひじり》、この国に《唐の国に》持て渡りて侍りける《おりましたのが》、一一西の山寺にありと聞き及びて、一二朝廷《おほやけ》に申して《申請して》、からうじて買ひ取りて奉る。値《あたひ》の金少なしと、一三国司《こくし》、使《つかひ》に申ししかば《申したので》、王慶がもの加へて買ひたり。いま《更に》金《砂金》五十両一四賜はるべし《いただきたい》。船の帰らむにつけて《帰航するのに託して》、賜《た》び送れ《送って下さい》。もし金賜《金を下》

八 この間に、次の王慶の手紙の中にあるような捜索が行われたのであり、年月でいえば、やはり三年間ほどが経過したのであろう。

九 『延喜式《えんぎしき》』によると、当時京から大宰府《だざいふ》までの行程は十四日とされていた。その半分の日数であるから強行日程であることが分る。文末が「来たる」と連体止めになっているのも、そうした感嘆をこめての表現であろう。

一〇 インドの高僧の、仏法弘布《ぐぶ》のために昔中国にやってきた際に携帯した皮衣が、の意。「ける」の連体形の後に「皮衣」が省略された形。

一一 インドからシルク・ロードを通って中国に到達したのだったが、かろうじて西の辺境までたどり着いたところで、その高僧も力尽き、皮衣もそこに人知れずとどまったという気持。その古い昔のかすかな風聞の痕跡《こんせき》を発見し、追った苦心と労力と費用を考えてみてくれ、というのである。

一二 当然寺では宗教的な秘宝として守られており、単に財力だけで入手は不可能なので、政治力で朝廷を動かすことまでやって、ようやく成功したのだという。

一三 国家権力によって寺から皮衣を上納させた地方官が、王慶の派遣した使者に、代金がこれでは不足だと上積みを要求したので。

一四 一両は十六分の一斤の重さをいうが、現代の単位に換算してどれだけになるか必ずしも明らかでない。

はぬものならば《さらぬのであれば》、[一]皮衣の質《しち》、返したべ《お返し下さい》。

と言へることを見て、

「なに思す《何を気になさるのか》。いま、金少しにこそあんなれ《金を少々だけのことではないか》。嬉《うれ》しくしておこせたる《計らってよこしてくれ》かな《たことだ》」

とて、唐土《もろこし》の方《かた》に向かひて、〔大臣は〕伏し拝み給ふ。

この皮衣《かはぎぬ》入れたる箱を見れば、種々《くさぐさ》の[二]うるはしき《美麗な》[三]瑠璃《るり》を[四]いろへて作れり《作ってある》。皮衣を見れば、[五]金青《こんじやう》の色なり。毛の末には黄金の[六]光しさしたり。宝と見え、麗《うるは》しきこと並ぶべきものなし《比べられるものがない》。[七]火に焼けぬことよりも、けうらなること並びなし《華麗さにおいて比類がない》。

「うべ《なるほど》、〔こうだから〕かぐや姫好《この》もしがり給ふにこそありけれ《お好みになるわけだったのだな》」

〔大臣は〕とのたまひて、「あなかしこ《ああありがたい》」とて、箱に入れ給ひて、[八]ものの枝につけて、御身の化粧いといたくして《念入りにして》、〔婿として〕「やがて泊りなむものぞ《そのまま泊ることになろうよ》」と思《おぼ》して、〔皮衣に〕歌詠み加へて、持ちていましたり。その歌は、

一 「質」は約束の保証として預けておくもの。ここでは、送った皮衣は前金を受け取った契約の保証であり、残金五十両完済を条件として引き渡されるものだ、の意。

二 この語には、同じ美しさでも、特に異国的な、非日常的な美をいうにふさわしい語感がある。蓬莱《ほうらい》の珠の枝についても用いられていた（二六頁一行目参照）。

三 七宝《しっぽう》の一。青色の貴石であるが、古代にはガラスも同一視されることが多かった。ここでも「種々の」とある以上、青のほか赤・黄・緑などのガラスを象眼《ぞうがん》などの装飾に使ったものであろう。

四 幾種類もの色を取り合せて彩色すること。

右大臣の喜悦

五 最も深い空の青色。『色葉《いろは》字類抄』に「俗に紺青、同じなり」。

六 「し」は強意の間投助詞。「さす」は色を帯びる意。底本「光しさゝたり」。

七 火に焼けぬことが宝物として第一条件のように言われているが、それよりも何よりも、の意。

八 前の二人もそうだったが、ここでも漠然と「ものの枝」と言い、季節感や気のきいた取り合せの趣向を誇るような意図がない。そうした傾向が極度に発達した女流文学に比すれば、美意識においてはなはだ素朴であり、またそれにもかかわらず「ものの枝」に言及しなければすまない几帳面《きちようめん》さも注意される。

九 あなたに対する限りない恋の炎に私の身は焦がれ

（阿部の右大臣）かぎりなき九思ひに焼けぬ皮衣《かはごろも》
たもと乾きて今日《けふ》こそは着め

と言へり。

竹取の翁の期待

（竹取の）家の門《かど》に（皮衣を）持ちて到りて、（大臣は）立てり。竹取、出で来て（皮衣を）取り入れて、かぐや姫に見す。かぐや姫の一〇、皮衣を見ていはく、

「うるはしき皮一一なんめり。（でも）わきて《とりわけ》真《まこと》の皮ならむとも知らず《であるかどうか分りません》」

竹取、答へていはく、

「とまれかくまれ《とにもかくにも》、（大臣を）まづ請《しやう》じ入れ《招き入れ》たてまつらむ。世の中に見えぬ《世間に類のない》（立派な）皮衣のさまなれば、『（真の皮と）これを』と思ひ給ひね《お思いなさい》一二。人ないたくわびさせたてまつらせ給ひそ《あまり人にひどく辛い思いをおさせしないで下さいよ》一三」

と言ひて、（大臣を室内に）呼びすゑたてまつれり。「かく呼びすゑて《こうして請じ入れた以上は》、この度《たび》はかならず婚《あ》はせむ《結婚させよう》」と、嫗《おんな》の心にも一四思ひをり。この翁《おきな》は、かぐや姫一五のやもめなるを嘆かしければ《独身でいることが嘆かわしかったので》、よき人《身分のある人》に婚《あ》はせむと、思ひはかれど、

ていたのですが、やっとどんな火にも焼けぬというこの火鼠の皮衣を手に入れました。今まで悲嘆の涙に濡れていた私の袂《たもと》も今日は乾いて、気持よくあなたに一緒に着ていただけましょう。「思ひ」に「火」をかける。夫婦が共寝をすることを、袖を交わすといい、互いの衣服を引き重ねて夜着とする意。

一〇 主格助詞に「の」が用いられるのは、「いはく」という体言化された語にかかるため。

一一「めり」は視覚によって認めたものを、……のようだ、……らしいと表現する語。ちょうど聴覚の場合における「なり」にあたる。接続も「なり」と同様終止形からで、ラ変型活用語の場合、撥音便化するのが例。見たところ綺麗《きれい》な皮のようですね、の意。

一二 完了の助動詞「ぬ」の命令形。

一三「給ふな」が強い高圧的な禁止命令であるのに対し、この「な……給ひそ」の形は、女性相手のやさしい口調、あるいは下手に出ての懇願的な口調である。ことにここでは「せ給ひ」という二重敬語が姫に向って用いられており、なだめすかそうとする翁の心情がうかがわれる。

一四 翁の意中はいうまでもないが、の気持でいう。

一五「やもめ」は男女ともに用いる。ここの「を」は「紫草《むらさき》のにほへる妹《いも》を憎くあらば」（『万葉集』）、「親をうらめしければ」（『枕草子』）と同様、「嘆かし」という感情の対象を取り立てて示す用法である。

皮衣の焼失と右大臣の落胆

[一]せちに「否《いな》」〔姫が〕と言ふことなれば、え強ひねば《強制もできないので》、〔嫗の期待も〕ことわりなり。

かぐや姫、翁にいはく、

「この皮衣は、火に焼かむに焼けずはこそ《火に焼いても焼けなかったら》[二]、真《まこと》ならめ《本物だと》と思ひて、人《あの》の言ふことにも負けめ《方の求婚に対して我を折りましょう》。『世になき物なれば、それを真と疑ひなく思はむ』〔あなたは〕とのたまふ。なほ《でもやはり》、これを焼きて試みむ《確かめてみましょう》」

と言ふ。翁、

「それ、さも言はれたり《もっともな言い分ですね》」

と言ひて、大臣に、〔姫が〕「かくなむ申す」と言ふ。大臣、答へていはく、

「この皮は、唐土《もろこし》にもなかりけるを、からうじて求め尋ねえたるなり。なにの疑ひあらむ《何の疑いがありましょうか》」

〔唐人が〕[三]「さは申すとも《そう申したにしても》、はや焼きてみ給へ」

〔翁が〕と言へば、〔大臣が皮衣を〕火の中にうちくべて焼かせ給ふに、めらめらと焼け

一「せち」は「切」の呉音がそのまま国語化した語。心にどうしてもこれを貫きたいと、固く思いつめているさまをいう。

二「は」は強め。打消しの「ず」には「ば」がつかず常にこの「は」が接続して、中世に至るまでズワと発音されてきたが、意味上は仮定条件と大差ない。ここでは、さらに「こそ」によって強められて、焼けなかったらその時こそ、の意。この「こそ」の結びは「真ならめ」。上の「この皮衣は」がここまでかかっている。次行の「負けめ」の已然形は、気分的にはとにかく、文脈上は独立の已然形で、已然形自体が逆接の条件句を成立させている例である。でもそれまでは負けぬ、の気持を含めた言い方。

三 この一行、前文に続けて、阿部の右大臣の言葉とする説が多い。「申す」の主語を大臣と考えるためである。しかしそれでは、次行の「言へば」「焼かせ給ふに」の主語が、敬語との関連で解しがたくなる。また「さは申すとも」は慣用句「さは言ふとも」の丁寧語的表現とするのも、「さ」が前の大臣の言葉の内容を明確に承《う》けているのだから、いささか苦しい。これは、唐人が大臣に「申す」と解すべきであろう。

ぬ。

「されば《ほら御覧なさい》こそ。四 異物《こともの》の皮なりけり《皮でしたねえ》」

〔姫は〕と言ふ。大臣、これを見給ひて、顔は五草の葉の色にて居給へり《坐っていらっしゃる》。

六 かぐや姫は、「あな嬉し」と喜びてゐたり。かの詠《よ》み給ひける歌の返し《返歌》、箱《空箱に》に入れて返す。

（かぐや姫）七
なごりなく燃ゆと知りせば皮衣《かはごろも》
思ひのほかに置きて見ましを

とぞありける。〔大臣は空しく〕されば、帰りいましにけり《八 お帰りになったのだった》。

世の人々《世間の評判》、

「阿部の大臣、火鼠《ひねずみ》の皮衣《かはぎぬ》もていまして《持っていらっしゃって》、かぐや姫に棲《す》み給ふとな《九 結婚なさったとね》。ここにやいます《この邸にお住みなのですか》」

と問ふ。ある人《邸の人》のいはく、

「皮は火にくべて焼きたりしかば、めらめらと焼けにしかば《焼けてしまったので》、かぐ

四 下に「言ひつれ」などの省略された形。すでに一つの慣用句であったとしてよい。これを翁の言葉とする説もあるが、「さればこそ」の語調からして従いがたい。末尾を「なりけれ」とする本文はない。

五 血の気の失《う》せたまっ青な顔色をして。当時の慣用的表現らしい。「北の方は青草の色になりて……涙流して伏しまろび給ふ」（『うつほ物語』国譲下）

六 ここでことさらに「かぐや姫は」とするのは、絶望の極にある右大臣と対照して描く気持。

七 こんなにあとかたもなく燃えてしまうと予《あらかじ》め知っていたのだったら、心配して思い悩んだりしないで、火になどくべずに美しさだけを見ているのでしたのに。せっかくのものを惜しいことをしました。「思ひのほか」に「火の外」をかける。「せば……まし」は反実仮想。「ましかば……まし」が散文で用いられるのに対して、もっぱら和歌に用いる。

八 あり・をり・行くなどの敬語。仮名文では「おはす」が主流となり、「います」は古めかしく堅い語感がある。やがてサ変活用となるが、ここでは四段。三行後に「ここにやいます」とあるのは連体形で、四段活用であることが確実。

九 男が女の家に通い、夫婦として落着くこと。安定した結婚生活を営むこと。妻問い婚《こん》から婿取り婚への過渡的形態を反映した語である。

や姫、婚《あ》ひ給はず」
と言ひければ、これを聞きてぞ、一とげなきものを《やり遂げられないものを》ば、「二あへなし」と言ひける。

一「利気なし」「遂げなし」の両説がある。前者は気力が尽きてぼんやりしている意というが、他に用例の確かなものが見当らない。後者は狡猾《こうかつ》な外国商人にだまされて目的を遂げ得なかった意。「あへなし」との関連からしてもこちらを取るべきであろう。
二「敢へ無し」で、取り返しのつかない事態を前にして、がっかりする、張合いがぬける意。ここでは「阿部無し」をかけた洒落《しゃれ》である。あへなくも失敗した阿部の右大臣がかぐや姫の家から帰って、その家には姿も無い、の意である。「阿部のおほしが千《ち》ぢの黄金を捨てて、火鼠の思ひ片時に消えたるもいとあへなし」(『源氏物語』絵合)

六　龍の頸の珠

大伴《おほとも》御行《みゆき》の大納言は、わが家にありとある人、召し集めて、のたまはく、

「龍《たつ》の頸《くび》に五色の光ある珠あんなり《珠があるそうだ》。それ取りて奉りたらむ人には《献上する者があったら》、願はむことをかなへむ《願うことを〔何でも〕かなえてやろう》」

とのたまふ。三男《をのこ》ども、仰せのことを承りて申さく、

「四仰せのことは、いとも尊し《まことにありがたい仰せ言でございます》。ただし《しかし》、この珠《五色の珠というものは》、たはやすくえ取らじを《簡単に取れますまい》。五いはむや《まして》、龍の頸に《龍の頸にあるのだから》、珠はいかが取らむ《その珠をどうして取れましょうか》」

と申しあへり《口々に申し上げた》。大納言のたまふ、

「六君の使《つかひ》といはむ者は《ともあろう者は》、命を捨てても《捨ててでも》、おのが君の《自分の主君の》仰せごとをばか

＊これまでの三人の求婚者については、冒頭にまずそれぞれの性格が簡単ではあるが述べられて、その上でその性格が具体的な事件の展開によって浮き彫りされるような書き方がされていた。この段および次の段では、それなしにいきなり事件の中に話が入ってゆく。一八頁注五との対応でも注意される。解説参照。

三 もと「女《め》の子」に対する「男《を》の子」であるが、平安朝以降は、身分の低い男性、下僕・侍臣・兵卒などをさすのが普通で、「をとこ」が男性一般、あるいは結婚の対象としての男性を意味するのと、使い分けられている。

大伴の大納言の独善的命令

四 まず「願はむことをかなへむ」という恩沢に謝意を表わしておいて、「ただし」と続けてその不可能を言う。圧制的主君に対する家来の態度がよく示される。

五 この「を」は間投助詞。助動詞「じ」は連体形として表れることはほとんどないので、「を」を接続助詞とは考えにくい。

六 底本「てむの使」。もと「天の使」と表記して「天」をキミと読ませたものか。あるいは「君の使」であったものが「天の使」に誤られたものか。「君」と「天」とは、草体ではやや近い形である。このあたりの大納言の言葉遣いは、大仰《おおぎょう》で大時代な感じが濃厚である。

なへむとこそ思ふべけれ《思って当然だ》。この国になき《日本には無い》、天竺《てんぢく》・唐土《もろこし》の物にもあらず《物というわけでもない》。この国の海山より、龍《たつ》[一]は下《お》り上《のぼ》るものなり。いかに思ひてか《いったいどういう料簡で》、汝《なんぢ》ら、難《かた》きものと申すべき《むずかしいものと申すのか》」

男《をのこ》ども申すやう、

「さらばいかがはせむ《それならばやむをえません》。難きことなりとも、仰せごとに従ひて、求《探し》めにまからむ《求めにまいりましょう》」

と申すに、大納言、御腹《みはら》[二]ゐて《機嫌が直って》、

「[三]汝らが君の使と、名を流しつ《世間に知られている》。君の仰せごとをば、いかがは背くべき《どうして背いてよいものか》」

とのたまひて、龍の頸《くび》の珠取りにとて、出だし立て給ふ《〔男どもを〕送り出される》。この人人の[四]道の糧《かて》、食ひ物に《食料として》、殿内《とのうち》の絹《きぬ》[五]・綿《わた》・銭《ぜに》など、あるかぎり取り出《い》でて、[六]添へて遣はす《持たせておやりになる》。

〔大納言〕「この人々ども帰るまで、斎《いも》[七]ひして《潔斎して》、われはをらむ。この珠取りえ《取ることが》

一 諸説あるが、龍は海や山から天に昇り、また天から海山に下りることもあるの意であろう。後文にもあるように、龍と雷神は同一視された。『扶桑略記《ふそうりやつき》』に引く宇多天皇御記に「寛平元年十月朔己未云々。即位の間、乾《いぬゐ》の角《すみ》の山中より黄龍天に騰《のぼ》る」と見える。『竹取物語』の成立時期とほぼ同時のことである。

二 「腹立つ」の反対語として「腹居る」があった。後「腹が癒《い》える」と転化した形が一般化してこの語が耳遠くなり、「見笑ひて」と解されるに至った。

三 「が」を衍字《えんじ》として削れば分りやすい。このままとすれば、「が」は連体助詞で、汝らの主君の使われ人として、の意と解される。汝らの君に比べ、親愛感がこめられていると同時に、かなり尊大な響きがある。「汝らが」を「流しつ」の主語と認めるのは、当時の語法からして無理である。

四 道中の食糧。「糧《かて》」はもと携帯用の乾飯《ほしいい》を言ったが、ここでは一般の食糧の意となっていよう。次の「食ひ物」は、これを説明的に言い直したもの。

五 絹・綿・銭は、食料その他旅行中の費用の弁済に宛てるためのもの。銭ですめば簡便であるが、当時は都においてさえ銭の流通は良好でなかった。地方では物々交換が普通で、それには絹・綿が最も喜ばれた。

六 人々の身に添えて、の意。あるいは、糧・食い物に絹・綿・銭などを添えてとも解し得る。

七 古代には、人が長く危険な旅に出るようなとき、家に残った者が旅中の人の代りに斎戒精進をして、旅

では《できずには》、家に帰り来《く》な八」

とのたまはせけり。

〔家来は〕おのおの仰せ承りて、まかり出でぬ《御前を退出した》。

家司《けいし》どもの逃散

(家来)「『龍の頸の珠取り得ずは、帰り来《く》な』〔大納言が〕とのたまへば、九いづちもいづちも《どちらでもかまいはしない》、足の向きたらむ方《かた》へ往《い》なむず一〇」

(家来)「かかる術《ずち》一一なきことをし給ふこと」

と、そしりあへり《口々に悪く言い合った》。賜はせたる物、おのおの分けつつ取る。ある一二いは《ある者は》おのが家に籠《こも》りゐ、あるいはおのが行かまほしき所へ往《い》ぬ《自分の行きたい所へ行った》。

「親・君と申すとも《親とか主君とか申すお方ではあっても》、かくつき一三なきことを一四仰せ給ふこと《ご命令なさるとは》」

と、ことゆかぬ《らちのあかぬことだから》ものゆゑ、〔家来たちは〕大納言をそしりあひたり。

大納言、結婚の準備

「かぐや姫すゑむには《〔妻として〕住まわすには》、例様《れいざま》一五には見にくし《であっては見苦しい》」

とのたまひて、うるはしき《りっぱな》屋《や》を造り給ひて、漆《うるし》を塗《ぬ》り、蒔絵《まきゑ》一六して壁し給ひて《壁をお作りになって》、屋の上《屋根の上》には糸を染めて一七、色々に《色様々に》葺《ふ》かせて、内々《うちうち》のしつ《内部の造》

の安全を祈念する風習があった。

八 禁止の終助詞「な」は、ラ変以外は終止形に接続する。上位者から下位者への直接的命令である。

九「いづち」は不確定な方角をいう語。それを重ねて強めた表現である。

一〇「むず」は「むとす」の転化。自分の意志を強く表現した形。

一一 何とも手の打ちようのない困ったことの意。「すべなし」の同義語。漢文流に「無レ術」と表記されたものから「術」を音読したもの。男性間の流行語の定着したものかというが、これが文献上最初の例。

一二 仮名文では一七頁初めのように「あるは」とするのが普通。「あるいは」というのは訓読調が強い。当時は主格としてのみ使われた語。

一三 手がかりもない、無理なこと、の意。

一四「仰せ給ふ」は二重敬語で鄭重《ていちょう》な敬意の表現。文末の名詞止めは、「いかがあらむ」などの批判ないし不服従の表現が省略されたもの。

一五 底本「れいやう」。もと「例様」の表記を読み誤ったものと認めた。あるいは「れいのやう」の誤りか。

一六 日本独得の漆工芸の手法。九世紀に入って発達し延喜《えんぎ》ごろには美麗な作例がのこる。

一七 高貴な女性用として華やかな糸毛の車が流行しはじめていた。それからの思いつき。実用とはならぬ。

一 単色で種々の文様を織り出した絹織物。
二 「間」は柱と柱の中間。
三 このままでは文脈不整。仮に傍注のように補ったが、おそらく誤脱があろう。「ひとり明かし暮らし給ふ」の主語と見るには敬語の用法が不調和である。
四 後世の語法なら「姫に」とあるところ。「を」は「婚ふ」という動作の対象を確認する意。「人を別れける時」(『古今集』巻八離別歌　紀貫之)と同じ用法。

大納言、自ら出航

五 「遣はす」に回想の助動詞「き」のついた形。物語の地の文では、このような「き」の用法は極めて珍しい。話者の体験を強調するものではなく、物語中ですでに語られていた事柄(ここでは四二頁あたりの記事)に再び言及する場合の用法。この段には四八頁二行目、四九頁二・三行目と集中的に現れ、ほかには八三頁二行目「あの書き置きし」の例が見られるのみ。
六 「舎人」は特旨を以て朝廷から貴人に賜る近侍の臣であるが、ここでは形式化した平安朝の官職ではなく、大伴一族が舎人を率《ひき》いて歴史を転換した壬申《じんしん》の乱ごろの記憶がよみがえっているのであろう。
七 取次ぎ役。古来の習慣で貴人に対して直接に言いかけるのは無礼とされるので、微行の際でもこうした役は必要と考えられた。
八 この疑問の係助詞「や」の結びは「取れる」である。珠を取ったのが大納言家の人かどうか、の意。
九 「をち」は条理の意。「をちなし」は条理の立たぬ

らひには《作としては》、言ふべくもあらぬ《言葉に表わせぬほど立派な》[一]綾織物《あやおりもの》に絵を描《か》きて、[二]間《ま》ごとに貼《は》りたり。[三]もとの妻《め》どもは《〔離縁して〕》、かぐや姫を[四]かならず婚《あ》はむ設けして《準備をして》、ひとり明かし暮らし給ふ。

[五]遣はしし人は、夜昼《よるひる》待ち給ふに《〔大納言が〕》、年こゆるまで音もせず《翌年になるまで音沙汰もない》。心もとながりて《待ちどおしくなって》、いと忍びて《〔大納言は〕》、ただ[六]舎人《とねり》二人[七]召継《めしつぎ》として、やつれ給ひて《粗末な身なりをなさって》、難波《なには》の辺《へん》におはしまして、問ひ給ふことは、

「大伴の大納言殿の人や[八]、船に乗りて、龍《たつ》殺して、そが《それの》頸《くび》の珠取れるとや聞く《珠を取ったか聞いているか》」

と問はするに、舟人《ふなびと》、答へていはく、

「あやしきことかな《へんな話ですね》」と笑ひて、「さるわざする船もなし《そんなことをする船なんかないね》」

と答ふるに、「[九]をちなきことする舟人にもあるかな《わけの分らぬことを言う舟人だなあ》。え知らで《〔おれが誰か〕知らないで》、かく言ふ」と思《おぼ》して、

「わが弓の力は《おれの弓勢からすれば》、龍あらば《龍がいさえすれば》、ふと《ぱっと》射殺して、頸の珠は取りてむ《取ってしまえる》。遅

く来たる[一〇]奴《やつ》ばらを待たじ《待つことはない》」

　とのたまひて、船に乗りて、[一一]海ごとに歩《あり》き給ふに、いと遠くて《はるか遠くになって》、筑紫《つくし》の方《かた》の海に漕《こ》ぎ出で給ひぬ。

暴風雨に翻弄《ほんろう》さる

　いかがしけむ《どうしたことなのか》、疾《はや》き風吹きて、[一二]世界暗がりて、船を吹きもてありく《あちらこちらに漂流させる》。いづれの方《かた》とも知らず《方角とも分らず》、船を、海中にまかり入りぬべく《沈没してしまいそうなぐらい》吹き廻して、浪は船に打ちかけつつ巻き入れ《打ちかかっては〔海中に〕巻き込み》、雷《かみ》は落ちかかるやうにひらめく。かかるに《こんな状態に》、大納言、心惑《まと》ひて《惑乱して》、

「まだかかるわびしき目みず《こんなつらいめにあったことはない》。いかならむとするぞ《いったいどうなるのだろう》」

　とのたまふ。楫取《かぢとり》《船頭》、答へて申す、

「[一三]ここら《幾度も幾度も》船に乗りてまかりありくに《航海をしていますが》、まだかくわびしき目を見ず。御船《みふね》海の底に入らずは《沈没しないなら》、雷《かみ》落ちかかりぬべし《落ちかかるにちがいない》。幸ひに神の助けあらば《神の助けがあったにしても》、[一四]南海に吹かれおはしぬべし《吹きやられなさるでしょう》。[一五]うたてある主《ぬし》《困ったお人》の御許《みもと》に仕《つか》うまつりて、[一六]すずろなる死にをすべかんめるかな《ばかばかしい死にざまをすることだなあ》」

意から、わけが分らない、拙劣な、の意となる。

一〇「奴」は「やつこ」の転化といわれ、人を卑しめていう語。「ばら」は複数を表わす接尾語。彼らののろまさを難じながらも、大納言はまだ彼らを疑ってはいないのである。

一一 あちらの海、こちらの海と動き回るうちに。「ありき」は「あゆみ」とちがって、一歩一歩足を運ぶことを意味しない。乗物や鳥などにもいう。

一二 もと仏教用語で、時間的空間的な全体環境の意。かなり大がかり大げさな語感がある。

一三「ここら」は、こんなに多く、の意であるが、ここでは、乗船回数とも、経験年数とも、航行海域数とも諸説がある。もっとも作者自身それほど分析的ではなかったろう。

一四 音読する語。平安初期には遣唐使船が逆風にあって遭難する事件が相次いだ。南海に漂流して行方を絶ち、海賊に襲われ、漂着した島で蛮族に殺傷されるといった記事が国史にも見える。当時の人々にとって南海は想像の及ぶかぎりの恐ろしい地である。

一五 事態がひどくなっていやな気持であるが、同時に自分にはそれをどうしようもないというあきらめの気持が重なっている語。

一六 自分がこうして死ななければならぬ理由もなく、その原因をつくった大納言の死に付き合うだけの由縁《ゆえん》もないのに、こんな思いがけない死を迎える、の意。

と、楫取《かぢとり》泣く。大納言、これを聞きてのたまはく、

「船に乗りては、楫取の申すことをこそ、一高き山とたのめ《と頼りにしているのだ》。などかく頼もしげなく申すぞ」

と、青反吐《あをへど》をつきて《吐いて》のたまふ。楫取、答へて申す、

「〔私は〕神ならねば、何わざをかつかうまつらむ《何ともいたしようがありません》。二風吹き浪激しけれども、雷《かみ》さへ《まで》頂《いただき》に落ちかかるやうなるは《頭上に落ちかかりそうなのは》、龍《たつ》を殺さむと求め給へば、三あ《こ》るなり《うなのです》。疾風《はやて》も四龍《りう》の吹かするなり。はや神に祈り給へ」

と言ふ。

「〔大納言〕よきことなり」とて、「楫取の御神、聞こしめせ《お聞き下さいませ》。をちなく《無分別にも》、心をさなく、龍を殺さむと思ひけり《思ったことでした》。今より後《のち》は、毛の筋一筋《一本をさえ》をだに動かしたてまつらじ《動かし申すことはございません》」

と、五寿詞《よごと》をはなちて《大声で唱えて》、六立ち居、泣く泣く呼ばひ給ふこと《呼びかけなさること》、千度《ちたび》ばかり申し給ふけにやあらむ《せいであろうか》、やうやう《だんだんに》雷《かみ》鳴りやみぬ。〔でもまだ〕少し光りて、

一 諸注、ゆるぎなく力強いものの喩《たと》えとするが、仰ぎかしこむべきものの喩えであろう。『うつほ物語』祭の使に「(単なる妻としてではなく) ただ高き山とのみ頼みきこえてなむ」と見える。

二 この一句、続きが円滑ではない。ここは、(時化《しけ》というものはだいたい) 風吹き浪激しけれども、(今日はその上) などの意を補って解すべきところか。

三 「かくあるなり」の意。

四 現在「龍」の字音仮名遣いはリュウとされるが、当時の表記では「りう」が通例。龍胆を「りうたむ」と表記したことは『古今集』によって動かない。「わが宿の花踏みしだくとりうたむ野はなければやここにしも来る」(物名歌　紀友則)

五 ここでは誓願の詞《ことば》の意。本来は祝賀の詞。

六 立って拝し坐って拝しする、神に祈るときの作法。一心に誠意の限りを見せようというのである。最初の勇ましい壮語との対比がおもしろい。

七 係助詞「こそ」を除けば、ここは「なりけり」である。結果から推して、やっぱり……だったのだな、と納得する気持。六行目「浜なりけり」も同じ。

八 望ましい方角の風。ここでは北風から南風に変ったのを言う。当時の体験談に根拠があろうが、台風の眼が附近を通過したために天象が一変し、風が逆方向に変って風速も衰えたということであろう。

九 以上、三度繰り返して同じことを言う。一つには九死に一生を得て自分自身信じかねる気持であると同時

に、人心地もない大納言を元気づけようとするもの。
一〇 疲労困憊《こんぱい》したうえに、恐怖のはなはだしさから、船頭の言葉も、大納言の心は受けつけないのである。
一一 この叙法は、第三者の客観的な叙述ではなく、筆者が当事者の気持と一体化して、その体験を直接的に表現する形式で、体験話法と呼ばれる。
一二 現在の兵庫県明石市の海岸。
一三 絶望を確認するのを恐れて顔も上げられない。
一四 大納言の今度の行動は内密なものだったのだが、舎人《とねり》では処置ができず国府の庁に援助を求めたのである。
一五 風病は古代中国の医学思想によるもので、慢性の心身違和症状を広くさす。心身の気力が衰えたとき、風の毒に中《あた》るのが原因とされる。
一六「腹脹《ふくちやう》は、陽気外に虚《きよ》なるに由り陰気内に積る故なり。陽気外に虚なれば風冷の邪気を受く。風冷は陰気なり。冷腑《ふ》臓《ざう》の間に積りて散ぜず、脾《ひ》気《き》と相壅《ふさ》ぐ。虚なれば則ち脹《は》る。故に腹満して気微《び》喘《ぜん》す」(『巣氏諸病源候総論』)。解説参照。
一七「気上りて目に衝《あた》り、外に復《また》風冷の撃《う》つ所に遇へば、冷熱相搏《う》ちて、瞼《けん》内結腫《けつしゆ》す。或いは杏核《きやうかく》の大なる如く、或いは酸棗《さねぶと》の状の如く、腫《は》るるは風に因《よ》りて発する所なり」(『巣氏諸病源候総論』)
一八 中央政府の高官の前に謹直な顔をつくっていた播磨守も、笑いをこらえようとして及ばず、頬の筋肉が思わずゆるんでしまったというのである。

九死に一生を得る

風はなほ《やはり》疾《はや》く吹く。楫取のいはく、

「これは、龍《たつ》のしわざにこそありけれ[七]。この吹く風は、よき[八]方《かた》の風《順風》なり。悪《あ》しき方の風にはあらず。よき[九]方におもむきて《向って》吹くなり」

と言へども、大納言は、[一〇]これを聞き入れ給はず《耳におとめになる余裕もない》。
三、四日吹きて《〔順風が〕》、《〔船を陸地に〕》吹き返し寄せたり。[一一]浜を見れば、[一二]播磨《はりま》の明石《あかし》の浜なりけり《なのであった》。大納言、「南海の浜に吹き寄せられたるにやあらむ《のであろうか》」と思ひて、[一三]息づき《あえいで》伏し給へり。船にある《船中にいた》男《をのこ》[一四]ども国《国府》に告げたれども、国《播磨守》の司《つかさ》まうでとぶらふにも《参上しお見舞するのにも》、え起き上がり給はで《起き上がることがおできにならず》、船底に伏し給へり。松原に御筵《みむしろ》敷きて、おろしたてまつる。その時にぞ《やっと》、「南の海にあらざりけり《ではなかったのだな》」と思ひて、からうじて起き上がり給へるを見れば、[一五]風いと重き人にて《重い風病患者の症状で》、腹[一六]いとふくれ、こなたかなたの目《左右の目》[一七]には、李《すもも》を二つつけたるやうなり。これを見たてまつりて、[一八]国の司もほほ笑みた《にやにやしたこ》る《とだ》。

大納言の後悔

国に仰せ給ひて《国府に命じなされて》、手輿《たごし》[一]作らせ給ひて、によふによふ《うめきうめき》[二]担《にな》はれ給ひて、〔京の〕家に入り給ひぬるを、いかで聞きけむ《どうして聞きつけたのか》、遣はし《派遣なさった》男《をのこ》ども参りて申すやう、

「龍《たつ》の頸《くび》の珠をえ取らざりしかばなむ《取ることができませんでしたので》、殿へもえ参らざりし《参上できませんでした》。〔今は〕珠の取り難《がた》かりしことを知り給へればなむ《ご存じでいらっしゃるのだから》、勘当《かんだう》[三]あらじ《あるまい》とて、参りつる」

と申す。大納言、起き居て《起き上がって坐っていて》[四]のたまはく、

「汝ら、よく《よくぞ》持て来《こ》ずなりぬ《来ないでいた》。龍は[五]鳴る雷《かみ》の類《るい》にこそありけれ。それが珠取らむとて、そこらの《あんなに大勢の》人々、害《がい》せられなむとしけり《まさに殺されようとしたのだった》。まして龍を捕へましかば《捕えたりしたのだったら》[六]、またこともなく《簡単に》、われは害せられなまし《殺されてしまったろう》。よく捕へずなりにけり《捕えずにいてくれたものだ》。〔これは〕かぐや姫てふ《という》大盗人《おほぬすびと》[七]の奴《やつ》が、人を殺さむとするなりけり《のだったのだ》。〔姫の〕家のあたりだに[八]、今は通らじ《通るまい》。男《をのこ》どもも な歩《あり》[九]きそ」

とて、家に少し残りたる物どもは、龍の珠を取らぬ者どもに[一〇]賜《た》び 下

一 前後に数人が付き、腰の高さに手で持ち上げて運ぶ輿。腰輿《ようよ》。(図録三)

二『日本書紀』『霊異記』などの古訓や『名義抄』などには、「呻」・「吟」の訓として見える。『落窪物語』にもあるが、漢文訓読系の語。当時「ふ」は清音。

三 もと法律用語で、罪を勘《かんが》えて法に当てること。転じて上の者の不興を蒙《こうむ》ってこらしめられること。

四 やっと床の上に起き上がるまで回復した趣。

五 龍は雷《かみなり》の同類であったのだったよ。以下、文末に「けり」が連発されるが、これは、いずれも、初め(その時に)は知らなかったのだが、今になって気がついてみると、実は……だったのだな、という感動をこめた表現である。

六「ましかば……まし」で、反実仮想の語法。

七 人をののしっていう語。多くは人をペテンにかけて利を狙《ねら》う者をいうが、ここは弁舌で人をだます者ぐらいの意。

八 かぐや姫その人に近づき求婚するなどもってのほか、もはやその家の近辺に寄ることさえ避ける意。

九 当初の「帰り来《く》な」(四三頁一行目)という高圧的命令に対して、この「な……そ」という穏やかな禁止表現に、大納言の気持の変化がよく表わされている。

一〇「龍の頸の珠を取らぬ」という大功労のあった者どもに、というので、かなり皮肉な表現である。

一一「上」は貴人の正室。光源氏の妻では葵の上、後

つ《さった》。

これを聞きて、[一一]離れ給ひしもとの《離別なさった元の奥方》上《うへ》は、[一二]腹を切りて《腸がちぎれるほど》笑ひ給ふ。糸を葺《ふ》かせ造りし屋《や》は、[一三]鳶《とび》・烏《からす》の巣に、〔鳶や烏が〕みな喰《く》ひもて《くわえて》往《い》にけり。

世人の嘲笑

[一四]世界の人の言ひけるは、

「大伴の大納言は、龍の頸の珠や取りておはしたる《おいでになったか》」

「いな、さもあらず。〔同じ玉でも〕御眼《みまなこ》二つに、李《すもも》のやうなる玉をぞ添へて《つけて》いま《おいでに》したる《なったよ》」

と言ひければ、

「あなた[一五]べがた」

と言ひけるよりぞ、[一六]世に、あはぬ《意に反する》ことをば、「あなたへがた」と言ひはじめける。

年の紫の上。明石は遂に「上」と呼ばれない。実在の大伴御行の妻は貞女であった。「詔して曰く、……大伴宿禰御行が妻、紀の朝臣《あそむ》の音那《おんな》、……夫の存せる日を以て、国を為《をさ》むる道を相勧《すす》め、夫亡《しぬ》る後は固く同墳の意を守る。朕《ちん》彼の貞節を思ひ、感嘆すること深し」(『続日本紀』和銅五年九月)

一二 漢語の「断腸」の和訳語であろう。本来は悲痛の甚だしさをいう語であるが、「都《すべ》て猿楽の態たる、嗚滸《をこ》の詞は腸を断ち、頤《おとがひ》を解かざる莫《な》し」(『新猿楽記』)のような例もある。

一三「鳶・烏の」は主格ではなく、連体格。主格助詞「の」は従属節の中でのみ用いられる。

一四 ここでは、世の中ほどの意であるが、かなり大げさな語感がある。四五頁注一二参照。

一五「食べ難し」と「堪へ難し」とをかけた洒落《しやれ》。感動詞「あな」に形容詞がすぐ続く場合、形容詞は語幹だけになるのが例である。「食ぶ」は「賜ぶ」から派生した語で、飲食物をいただく意から、摂取する意になっている。李のようといっても腫《は》れた眼玉では食べられないね、の意。

一六「世に」は「言ひはじめける」にかかる。「あはぬ」にかけると、「あなたへがた」との重なりがあまりに形式的かつ間接的になりすぎる。「あはぬこと」は、期待と現実とが一致しないこと、思わくが潰《つい》えることなどの意。それを世間では「あな堪へ難」というようになったというのである。

七　燕の子安貝

一中納言石上麻呂足《いそのかみのまろたり》の、家に使はるる男《をのこ》どものもとに、

「燕《つばくらめ》の巣くひたらば《巣を作ったら》、告げよ」

とのたまふを、〔男どもは〕承りて、

「何の用にかあらむ《何にお使いなのでしょうか》」

と申す。〔中納言が〕答へてのたまふやう、

「燕の持たる二子安《こやす》の貝を取らむ料《れう》三なり」

とのたまふ。男ども、答へて申す、

「燕《つばくらめ》をあまた殺して四見るだにも《見るときでさえも》、腹になきものなり。五ただし《もっとも》、子産む時なむ、六いかでか出だすらむ《どうやって出すのでしょうか》、七はらくる」

＊全く前置きなしに事件の渦中に入る。解説参照。
一「麻呂足の」は主格と考えるべきであろう。それを承《う》ける述語は「のたまふ」。「麻呂足の」を連体格として「家に」へ続けると、「のたまふ」の主語が、一つの話の冒頭であるにもかかわらず省略されたことになり、一層唐突で落着かない感じとなる。

二「持ちある」の転化した形。持っているの意。

三ある行為の目的・対象を表わす語。ため。

石上の中納言、子安貝を求む

四殺して腹を開いてみたってあるものではないのだ、まして外からうかがっても見つけることなどできるとは思えない、の意。

五漢文訓読に特有な語の一つ。前文で断定した後に、ただこれだけは、と留保条件を挙げる語法。

六挿入句。一説に、「出だす」は「致す」で、結果としてもたらす意。「致す」は訓読語で、この場合ふさわしいかとも思われるが、用例上やや不安がある。

七底本「はらくか」。諸本に異同はなはだしく明解を得ない。古来不明となっていたものであろう。ぱらぱら散らかす意と見ておく。三谷栄一は「はらかく」の誤りとし、鹿児島方言で鶏が巣ごもりする意に用いるのと同じとし、片桐洋一は「はべンなる」の誤りかという。古本の「はべる」とするのは意改の疑いが強い。

八これは中納言家に仕える「男ども」以外の、外部

の人の献策なので、「また」と分けて語るのである。

九 宮内省の管轄下にあり、諸国から上納された飯米や雑穀を収納し、諸司の料に分配することを掌《つかさど》る役所。「おほひ」は「大飯《おほいひ》」の転化したものであるが、『和名抄』ではすでに「於《お》保《ほ》為《ゐ》乃《の》豆《つ》加《か》佐《さ》」と仮名遣いが異なってしまっている。

一〇「かしく」は清音。

一一「つく」は諸説あるが、『名義抄』に「柱」の訓としてツクを挙げることから束柱《つかばしら》（棟と梁《はり》との間を支える短い柱）のことという。「ある」は底本「あな」。燕は穴に巣造りしないので、字形相似による誤りか。壁も天井もない炊事場の梁上、束柱の立つ箇所ごとに燕が巣を造っている意とみたい。

一二 忠実な家来たちがいたら、彼らを、の意。「む」は仮想の助動詞。次行の「うかがはせむに」も同じ。

一三 材木を組み縄で結んで造った、高い所へ上るための足場の意というが、用例少なく確認できない。

一四「こそ……め」の形は、……するのがよいの意で、勧奨もしくは遠慮がちな命令の表現であることが多い。「しめ給ふ」は、かしこまった敬意の表現。

一五「最も」は下に打消しの表現を伴うときには、全然・全くの意となる。「え知らざり」は、教えてくれる人がなく、知る機会に恵まれなかった気持。

一六『和名抄』『名義抄』『新撰字鏡』では「麻柱」にアナナヒの訓を附する。「あななふ」は助ける意。高い所に上るのを助けるために結い上げた足場。


と申す。

「人だに見れば《人が見でもすると》、失《う》せぬ」

と申す。また人八の申すやう、

「九大炊寮《おほひづかさ》の飯炊く《いひかし》一〇屋《や》の棟《むね》に、一一つくのあるごとに、燕《つばくらめ》は巣をくひ侍る。それに、一二まめならむ《忠実な》男《をのこ》どもを率《ゐ》てまかりて《引き連れて行って》、一三あぐら《足場》を結《ゆ》ひ上げて《高く作って》うかがはせむに《てのぞかせましたら》、そこらの燕《たくさんの燕のこと》、子産まざらむやは《子を産まぬことはないでしょう》。さてこそ一四取らしめ給はめ《その時こそお取らせになったらよろしい》」

と申す。中納言、喜び給ひて、

「をかしきことにもあるかな《おもしろい話だな》。一五最もえ知らざりけり《全然知らなかったな》。興あること申したり《いい話を聞かせてくれた》」

とのたまひて、まめなる男《をのこ》ども二十人ばかり遣はして、一六麻柱《あななひ》に上げ据ゑられたり《上らせて配置なさった》。殿より使《つかひ》ひまなくたまはせて《ひっきりなしにおやりになって》、

「子安の貝、取りたるか」

一　六位以下の役人。
二　大炊寮は穀倉を管理する役所で、唐名では大倉にあたる。「倉津麻呂」という名は、その倉の主というぐらいの意でつけられたのであろう。
三　額と額をくっつけんばかりに顔を寄せて密談するさまであるが、中納言という顕官と倉庫係の下役人が同座することは、当時まったく破天荒《はてんこう》なことだったといってよい。中納言の心情を汲み取るべきである。

倉津麻呂の献策

四　「寄りまうで来ず」と燕の行動に謙譲表現を用いたのは、対座している中納言に対する話者倉津麻呂の恭敬の気持が先行して、語法が乱れたもの。
五　「こほち」は当時は清音だったらしい。

と問はせ給ふ。

燕《つばくらめ》も、人のあまた上《のぼ》りゐたるに怖《お》ぢて、巣にも上り来ず。かかるよしの返事《かへりごと》を申したれば、〔中納言は〕聞き給ひて、「いかがすべき《どうしたらよいか》」と思《おぼ》しわづらふに、かの寮《つかさ》の官人《くわんにん》[一]、倉津麻呂《くらつまろ》[二]と申す翁《おきな》、申すやう、

「子安貝取らむと思《おぼ》し召《め》さば、たばかり申さむ《はかりごとをお立てしましょう》」

とて、御前《おまへ》に参りたれば、中納言、額《ひたひ》[三]を合せて向かひ給へり。

倉津麻呂が申すやう、

「この燕の子安貝は、悪《あ》しくたばかりて取らせ給ふなり《まずい工夫でお取らせになっていらっしゃる》。さてはえ取らせ給はじ《こんなではお取りになれますまい》。麻柱《あななひ》におどろおどろしく《仰々しくも》二十人の人の上りて侍れば《上っておりますので》、あれて《〔燕は〕離れて》寄りまうで来ず[四]。せさせ給ふべきやうは《なさるべき方法は》、この麻柱をこほちて《こわして》[五]、人みな退《しりぞ》きて、まめならむ人《職務に忠実な》一人を、荒籠《あらこ》に乗せ据ゑて《坐らせて》、綱をかまへて《準備しておいて》、鳥の子産まむ間《あひだ》に、綱を吊《つ》り上げさせて、ふと《ひょいと》子安貝を取らせ給はむなむ《お取らせになったらそれが》、よかるべき《よろしいでしょう》」

と申す。中納言のたまふやう、

「いとよきことなり」

とて、麻柱《あななひ》を六こぼし、人みな帰りまうで来《き》ぬ《〔殿に〕帰ってきてしまった》。

中納言、倉津麻呂にのたまはく、

「燕《つばくらめ》は、七いかなる時にか《一体どのような時に》、子産むと知りて、人をば上ぐべき《引き上げたらよいか》」

とのたまふ。倉津麻呂申すやう、

「燕、子産まむとする時は、尾をささげて《さし上げて》七度《しちど》めぐりてなむ、産み落すめる《八ようです》。さて七度めぐらむ折、引き上げて《〔籠を〕》、その折、子安貝は取らせ給へ」

と申す。中納言、喜び給ひて、よろづの人にも知らせ給はで、九みそかに寮《つかさ》にいまして《おいでになって》、男《をのこ》どもの中にまじりて、一〇夜《よる》を昼《ひる》になして《昼夜兼行で》取らしめ給ふ。倉津麻呂かく申すを、いといたく喜び《感謝の意を表された》のたまふ。

「ここに使はるる人にもなきに《わが家の召使でもないのに》、願ひをかなふることの嬉しさ《〔私の〕願いをかなえてくれるとは嬉しいことだ》」

六 諸注「こほち」に改めるものが多いが、このままのほうが原形か。『日本書紀』『名義抄』に「覆」をコボスと訓じている。ひっくりかえす意。

七 話し言葉では珍しいことではないが文脈がねじれている。「いかなる時にか」の係りは「子産む」の連体形で結ばれ、それ全体を「と知りて」と承けたのであるが、直前に「いかなる時にか」と言った記憶があるまま「人をば上ぐべき」と発言したために、これも上の係りを承けて結ぶかのように錯覚して連体形で止めたもの。最後に「か」が脱落したと見るのは、一見論理的であるが、ここでの口調になじまない。

八 文末が「なり」ではなく「めり」であることに注意。「なり」なら古老などからの伝聞による知識ということになろうが、「めり」では、自分自身の多年の経験によって見届けたところからの判断となる。

九 「ひそかに」に同じ。「ひそかに」が訓読語なのに対して、こちらはもっぱら仮名文に用いられる。

一〇 当時の慣用句。「夜を昼になしていそがせ給へば」(『栄花物語』衣の珠)

一 着ている着物を脱いで与えるというのは、感激のあまり即座に褒美《ほうび》を与えずにいられぬ気持の表現であるが、また一種の形式ともなっていた。「かづく」というのは、賜った者が、その衣服を肩に打ちかけ（かづき）感謝の拝舞をしたことから、衣を賜与する意となった。

中納言の失敗と大怪我

二 「さり」は時が移りめぐってくる意。夜になるころ。

三 「こ」はカ変動詞命令形。

四 倉津麻呂の言葉は真実であって、の意。

五 「物」は、なにかそこに存在するものを漠然とさす語。

六 諸本「たれはかり」。諸注の説くように、このままではかなり無理なもってまわった言い方としなければならない。「わ」と「た」の誤写と認めるほうが自然。誰も自分ほど本気になっていないからだめなのだ、もう人任せにはしておけない、という気持。

とのたまひて、一御衣《おほんぞ》ぬぎてかづけ給ひつ《褒美にお与えになった》。

「さらに《あらためて》、二夜《よ》さり《晩がた》、この寮《つかさ》にまうで三来《こ》」

とのたまひて、つかはしつ《〔家へ〕帰しておやりになった》。

日暮れぬれば、かの寮《つかさ》におはして見給ふに、四まことに燕《つばくらめ》巣作れり《作っている》。倉津麻呂申すやうに尾浮けてめぐるに《〔燕は〕尾を浮かせてめぐるとき》、荒籠《あらこ》に人をのぼせて吊《つ》り上げさせて、燕の巣に手をさし入れさせて探るに《さし入れてさがさせたが》、

「五物もなし《何もありません》」

と申すに、中納言、

「悪《あ》しく探ればなきなり《探りようが悪いから無いのだ》」

と腹立ちて、「六われればかり覚えむに《私だけにその感じが分るだろうから》」とて、

「われ、上《のぼ》りて探らむ」

とのたまひて、籠《こ》に乗りて吊られ上りて、うかがひ給へるに、

燕《つばくらめ》尾をささげていたくめぐるに合せて、手をささげて《上に伸ばして》探り給ふ

に、手に平《ひら》める物《平たい》さはる時に、

「われ、物《何か握ったぞ》にぎりたり。今は下ろしてよ《もう下ろしてくれ》。翁《おきな》[七]、しえたり《してやったぞ》」

とのたまふ。

〔家来たちが〕集まりて、とく《大急ぎで》下ろさむとて、綱[八]を引き過ぐして《引っぱりそこなって》、綱絶ゆる《綱が切れる》すなはち[九]に《と》、八島《やしま》[一〇]の鼎《かなへ》の上に、〔中納言〕のけざまに《あおむけに》落ち給へり。人々あさましがりて《驚きあわてて》、寄りて抱《かか》へたてまつれり。御目は白眼《しらめ》にて臥《ふ》し給へり。人々、水をすくひて入れたてまつる《〔口に〕お入れする》。からうじて生きいで給へるに《生き返られたので》、また鼎の上より、手取り足取りして、下げおろしたてまつる。からうじて[一一]、

「〔家来〕御心地は《ご気分は》いかが思《おぼ》さるる」

と問へば、息の下にて《〔中納言は〕息も絶えだえに》、

「ものは少し覚ゆれど《意識は何とか大丈夫だが》、腰なむ動かれぬ《腰がどうにも動けない》。されど、子安貝をふと握り持たれば《さっと握りそのまま持っているので》、嬉しく覚ゆるなり《幸福な気分だ》。まづ紙燭《しそく》[一二]さして《つけて》来《こ》。この貝、顔見[一三]

七「翁」を中納言の自称とする説もあるが、倉津麻呂に向って「翁よ」と呼びかけたものと解したい。

八 吊り上げた籠《かご》を下ろすのなら綱を緩《ゆる》めるところ。あるいは二本の綱をつけて籠を操作していたのか。

九「すなはち」は即時・即座の意の名詞。したがって修飾する用言は連体形をとる。「春立たむすなはちごとに君がため千年《ちとせ》つむべき若菜なりけり」(『貫之集』)。仮名文では副詞的に用いられる場合もそのままの形なのが普通で、ここのように助詞「に」がそえられるのは訓読調である。

一〇 大昔から大炊寮にあった八つの鼎(三足の大釜)で、大八島(日本全国)の竈《かまど》の神を代表する八座の神を祭ってあった。「大炊省に八鼎有りて鳴る」(『日本書紀』天智紀)、「竈神八座」(『延喜式』大炊寮式)、「竈神ヤシマ」(『伊呂波《いろは》字類抄』)

一一「息の下にて」に続く。

一二「ししょく」の直音表記。当時の日本語では拗音《ようおん》は未発達であった。脂燭とも書かれる。当時の簡便な携行用照明具。松の樹脂分の多い部分四、五十センチメートルを細く割り、手許に紙を巻いて作る。これに火をつけることを「さす」という。(図録二)

一三「顔見む」という擬人法は、場合が場合だけに、軽快な明るい気分というより、中納言の思い入れの切なさを感じとるべきであろう。

む」

と、御頭《みぐし》[一]もたげて、御手をひろげ給へるに《ひろげなさったところ》、燕《つばくらめ》の[二]まりおける《たれておいた》古《ふる》糞《くそ》を握り給へるなりけり。それを見給ひて、〔中納言〕「あな、[三]かひなのわざや」とのたまひけるよりぞ、思ふに違《たが》ふことをば、〔世人も〕「かひなし」と言ひける。

貝にもあらずと見給ひけるに、〔中納言は〕御心地も違《たが》ひて《悪くなり》、唐櫃《からひつ》[四]の蓋《ふた》の[五]入れられ給ふべくもあらず《お入れ申すこともできぬほどで》、御腰は折れにけり。中納言は、[六]いたいけしたるわざ《子供っぽいしわざで》して〔求婚に〕止むことを《結着がついたことを》、人に聞かせじとし給ひけれど《世間の人の耳に入れまいとなさったのだったが》、それを[七]病《やまひ》にて、いと弱くなり給ひにけり。貝をえ取らずなりにけるよりも、人の聞き笑はむことを、日にそへて思ひ給ひければ《日がたつにつれて気になさったので》、ただに《普通に》病《や》み死ぬるよりも、人聞きはづかしく《外聞がはずかしいと》覚え給ふなりけり《お感じになるのであった》。

これを、かぐや姫聞きて、とぶらひにやる《見舞に贈った》歌、

一 もと櫛《くし》の敬語から、それを挿す髪をさす語となり、さらに頭部をさすようになった。

二 「まる」は四段活用他動詞。大小便をすること。

三 「かひな」は形容詞「かひなし」の語幹。ここではそのまま体言としての資格となって、連体格の「の」に続く。ただし、物語の文脈では、あくまで「貝無」を表に立てて、「効《かひ》無し」は第二義なのである。

四 「唐櫃」は、前後に各二、左右各一、計六本の足がつき、かぶせ蓋のある櫃。子安貝用には大きすぎよう。中納言の宿直用の衣類などを入れたか。（図録二）

五 このあたり誤脱があろう。諸説もあるが、いずれにも無理が残る。

六 底本「いたいけたる」。通例「わらはげたる」と改訂される箇所で、それも一案であるが、より近い形をとる。「いたいけしたる小女房」（『平家物語』小督）

かぐや姫の同情

七 「それを病にして」と同意。「にして」は訓読調で、仮名文では「にて」が多い。「今日の御わざを題にて」（『伊勢物語』七十七段）

* 腰骨を折るという大怪我もさることながら、それが世間の物笑いの種になることが、中納言には耐えられぬことであった。ひとり閉じ籠《こも》って悩んでいるうちに、神経症はいよいよ昂じて、かぐや姫に失恋することも、自分の死そのものも、人聞きの恥ずかしさに比べれば何でもないと思いこむまでに追いつめられてゆくのである。解説参照。

（かぐや姫）年を経て[八]波立ち寄らぬ住《すみ》の江《え》の
　まつかひなしと聞くはまことか

とあるを、〔中納言に〕読みて聞かす。いと弱き心に、（気力も弱っていたが）頭《かしら》もたげて、人に紙を持たせて、苦しき心地に、（苦しい気分をおして）からうじて書き給ふ、

（中納言）かひは[九]かくありけるものをわびはてて
　死ぬる命をすくひやはせぬ

[一〇]と書きはつる、絶え入り給ひぬ（息が絶えてしまわれた）。これを聞きて、かぐや姫、少し[一一]あはれと思《おぼ》しけり。それよりなむ、[一二]少し嬉しきことをば、「かひあり」とは言ひける。

八　年がたってもいっこうにお立ち寄りになりませんが、波が立ち寄せるからこそ住吉の松も待つ甲斐《かい》あろうというもの、その松のように、貝がないので私もいくら待っても甲斐がないという噂ですが、ほんとうでしょうか。「住の江」は大阪市住吉区住吉神社附近にあった入江。松の名所で、岸に寄る波と共に歌に多く詠《よ》まれた。「松」と「待つ」をかけ、「貝」も「甲斐」をかけ、「住の江」の縁語。

九　あなたは貝がないとおっしゃるが、このようにあなたのお見舞をいただいて、甲斐はちゃんとあったのですよ。どうせのことに私の求愛を受け入れて（それが何よりの私の薬です）、辛い思いが極まって死んでゆく私の命をすくい取ってはトさいませんか。「甲斐」に「匙《かひ》」をかける。「匙」は薬をすくうさじ。「救ひ」に「掬《すく》ひ」をかけ、「匙」の縁語となる。解説参照。

一〇　この連体止めに、書き終った、と見るとたんに、というような語勢が感じられる。この下に「すなはち」があるのに近い。

一一　自分のために人一人が死んでゆく。宿世の定めとはいえ、やはり忍びがたい感情が動く。会ったこともない相手にだから、具体的、切実というわけではないが。「少し」とあるゆえんである。

一二　中納言は、かぐや姫から歌を贈られた。思いを遂げえたわけではないが、彼にとっては、やはり「かひはかくありけるものを」と言うほどの嬉しさではあった。それを「少し嬉しきこと」と表現したのである。

八　御狩のみゆき

帝、中臣の内侍を差遣

さて《話が変って》、かぐや姫、容貌《かたち》の世に似ずめでたきことを《世に例のないほど美しい》、帝《みかど》聞こしめし《お聞きあそばし》て、内侍《ないし》[一]中臣房子《なかとみのふさこ》[二]にのたまふ、

「多くの人の身をいたづらになして《人が身を滅ぼして〔まで尽しても〕》婚《あ》[三]はざんなるかぐや姫は、いかばかり《どれほどの》の女ぞと《どの女であるかと》、まかりて[四]《出かけて》、見て参れ《見届けて帰れ》」

とのたまふ。房子、承りて《〔仰せを〕》まかれり《退出した》。竹取の家に《家では》、かしこまりて《恐縮して》請《しやう》じ入れて会へり《招き入れて対面する》。嫗《おんな》[五]に、内侍のたまふ[六]、

「仰せごとに《〔帝の〕お言葉に》、かぐや姫の容貌《かたち》優《いう》[七]におはすなり《いらっしゃるとのことだ》、よく見て参るべきよし《参るようにとの旨を》、のたまはせつるになむ《仰せあそばしたので》、参りつる《参上しました》[八]」

一　後宮十二司の筆頭内侍司《ないしのつかさ》の女官。常に天皇に近侍して奏上・宣下《せんげ》のことにあたるのを本来の役とした。尚侍《ないしのかみ》・典侍《ないしのすけ》・掌侍《ないしのじょう》の三等があるが、このように単に内侍というときには掌侍をさすのが普通。清少納言も内侍にあこがれたが、遂になれなかったらしい。

二　中臣氏は祭祀《さいし》を掌《つかさど》る家で、当時斎部《いむべ》氏と対立関係にあった。通説では、藤原氏への諷刺《ふうし》を意図しながらもその勢威をはばかって、本家筋の中臣氏の名を表面に立てたかとするが、疑問。附説参照。

三　「ざり」に伝聞の助動詞「なり」がつき、撥音便化した形。結婚しないという、の意。

四　「まかる」も「参る」も帝自らを高くし、内侍を低くする表現で、明白な身分差意識のおのずからの表われ。わざわざ行くと帰るとを言葉にするのは、直接お前自身が行って、の意を含めたもの。

五　これまでの求婚者たちの場合のように、翁ではなく嫗が迎えて応対するのは、勅使が女性であるため。

六　中臣房子に敬語が用いられないのに、ここだけが「のたまふ」とあるのは、帝の仰せの伝宣の意識から。

七　「優」という漢語が形容動詞になったもの。すばらしくすぐれている意とするのが通説であるが、しなやかな美しさをいうとする説も捨てがたい。帝は「いかばかりの」としか言っていないのに、こう言うのは、場合に応じての内侍の配慮である。

八　ここは内侍の私的な言葉であるための謙譲。

と言へば、
〔嫗〕「さらば、かく申し侍らむ」九
と言ひて〔奥へ〕入りぬ。
かぐや姫に、
〔嫗〕「はや、かの御使《おほんつかひ》に対面し給へ」
と言へば、かぐや姫、
〔私は〕「よき容貌《よい器量でもありません》にもあらず。いかでか《どうして》見ゆべき《お目にかかれましょう》一〇」
と言へば、
「一一うたてものたまふかな《いやなおっしゃりようですね》。帝の御使をば一二、いかでかおろかにせむ《疎略にできましょう》一三」
と言へば、かぐや姫の答ふる一四やう、
「帝の召してのたまはむこと《召し寄せてお言葉を賜ろうと》一五、かしこしとも《恐れ多いとも》〔私は〕思はず」
と言ひて、さらに見ゆべくもあらず《いっこうに会いそうにもない》。一六〔平素は〕産《む》める子のやうにあれど《産みの子同様にしているが》、
一七心はづかしげに《こちらが気おくれする程》、おろそかなるやうに《突き放したような態度で》言ひければ、〔嫗は〕心のままにも、

九「申す」は普通その行為の向けられる対象への敬意を表わす謙譲語であるが、ここでは対話相手の内侍に対する敬意を示す丁寧語としての用法。

かぐや姫、面会を拒絶

一〇「見ゆ」は、相手から見られること。受身の形。

一一「うたて」は、事態がひどく思わしくないのに、自分としてはどうしようもない感じをいう。

一二「ば」は「は」が「を」に接続したための連濁。他人であればとにかく、帝の御使いとあっては、の意。

一三「おろそか」に同じ。心遣いに欠けた通り一遍の態度をいう。

一四「答ふ」は、仮名文では古めかしく固苦しい語感の語。普通は「いらふ」。女性的な優しさを捨てて正面をきった答えかたである。

一五「召す」は貴人が人を呼び寄せること。この語自体が重い敬語である。召して言葉をかけるとは、この場合、妻妾《さいしょう》の一人とすることを婉曲《えんきょく》に言ったもの。

一六「むめる」は、「うめる」が平安朝初期からンメルと発音されるようになり、それがそのまま表記された形。「る」は存続の意を示す助動詞「り」の連体形。

一七 こちらの方が圧倒されて気おくれするほど凜《りん》とした態度。「げ」は外にあらわれた様子をいう。

一 せっかくの仰せを蒙《こうむ》って、私としても娘の幸運を期待したのですが、それがだめになって残念です、の意。
二 ここでことさらに姫の幼少さを強調するのは、姫の無礼さをかばう気持からである。
三 反語表現と共に用いられて、期待どおりにならない意を表わす。
四 「な……そ」は、文末の「な」による禁止表現に比べ、女性的なやさしい語感をもつ。ただし、ここでは言葉遣いはそうでも、語調は全く別だったというのである。
五 「言葉はづかしく」という言葉つづきはやや疑わしく、用例もない。強いて解釈すれば、相手の面目を無視したような言葉遣いということになろうか。「言葉はげしく」の誤りかとも思われる。「つか」→「け」の誤写は十分考えられる。
六 はじめから拒否的なかぐや姫が、こうした権威をかさにきた物言いにあっては、ますます反発的な姿勢となる。この描き方からすれば、内侍とかぐや姫の居処は接近していて、少し声を高めれば聞えるぐらいの所らしい。互いにいかにも聞えよがしの言葉である。勅使を鄭重《ていちょう》に奥まった場所に通したのであろう。
七 「を背く」という語法に注意。四四頁注四参照。

え責《せ》めず（強制もできない）。

嫗《おんな》、内侍のもとに還《かへ》り出でて（〔奥から〕戻ってきて）、

「一口惜《くちを》しく、二この幼き者は、強《こは》く侍る者にて（強情者でございまして）、対面すまじき（お会いしそうにもありません）」

と申す。内侍、

「かならず見たてまつりて（拝顔して）参れと、仰せごとありつるものを（〔帝の〕ご下命がありましたのに）。見たてまつらでは、いかでか帰り参らむ。国王の仰せごとを、まさに（三 どうして）、世に棲《す》み給はむ人の（現世に生きる人なら誰でも）承り給はでありなむや（お受けせずすむものでしょうか）。いはれぬこと（筋の立たぬことを）なし給ひ（四 どうかし）そ（ないで下さい）」

と、五言葉はづかしく（たしなめるような言葉で）言ひければ、六これを聞きて、ましてかぐや姫聞くべくもあらず（聞き入れるはずもない）。

「国王の仰せごとを七背《そむ》かば（〔私の態度が〕）、はや殺し給ひてよかし（さっさと殺してしまっていただきましょう）」

と言ふ。

帝の懸《け》想《そう》つのる

この内侍、帰り参りて、このよしを奏す（八 申し上げる）。帝、聞こしめして、

〔それが〕「多くの人殺してける心ぞかし《殺してのけたという心なのだな》」

とのたまひて、〔その時は〕やみにけれど《事がすんだが》、なほ《依然》思《おぼ》しおはしまして《お思いになっておいでで》、（帝）「この女のたばかりにや負けむ《策略に負けてなろうか》」と思して、〔翁に〕仰せ給ふ、

「九汝《なんぢ》が持ちて侍る一〇かぐや姫たてまつれ。顔かたちよしと聞こしめして、御使《おほんつかひ》を賜ひしかど、かひなく、見えずなりにけり《対面せずになってしまったな》。かく一一たいだいしくや《不都合なことを》は慣《な》らはすべき《見逃しておいてよいものか》」

と仰せらる。翁《おきな》、かしこまりて、御返事《かへりごと》申すやう、

「この女《め》一二の童《わらは》、たえて《まったく》一三宮仕へつかうまつるべくもあらず侍るを《宮仕えいたしそうにもございませんので》、もてわづらひ侍り《もてあましております》。さりとも《ではありますが》、まかりて《退出して》、一四仰せ給はむ《申しつけましょう》」

と奏す。〔帝は〕これを聞こしめして、仰せ給ふ、

「などか《どうして》、翁の手におほしたてたらむものを《育てあげた者であろうに》、〔翁の〕心にまかせざらむ《思うままにならぬのか》。この女、〔帝に〕もし奉りたるものならば《さし上げたとしたならば》、翁に一五爵《かうぶり》を、などか賜はせざらむ《きっと下さるであろう》」

八「言ふ」の最も敬意の重い謙譲語。帝を対象とする場合にのみ用いる特殊な語。

九 こういう場合の「が」は、「の」に比べて相手を卑しめる響きが強い。

一〇 この帝の言葉の中に、自らを高める敬語が目立つが、これは帝が直接に翁に言っているのではなく、侍臣が仰せを取り次ぐのである。帝への敬語は、その取次ぎ者の意識の反映である。

一一「たぎたぎし」の音便形。まっすぐでない、曲って不都合だ、の意。

一二 前頁三行目の「幼き者」と同様、姫の不服従をかばうためにことさらに幼少さを強調するのである。

一三 女官として宮中に出仕することであるが、実質的には帝の寵愛《ちようあい》を受けることをいう。

一四 直接には翁自身が申し聞かせるのであるが、実質的には帝の意向を代行するのだという意識が反映しての表現。最高敬語である。

一五「爵を賜ふ」は位階を授けられること。叙爵。特に五位に叙せられて貴族の列に加わることをいう。

翁、喜[一]びて、家に帰りて、かぐや姫にかたらふ[二]やう、

「かくなむ《こんなにまで》、帝の仰せ給へる《帝が仰せられているのだよ》。なほやは[三]仕《つか》うまつり給はぬ《宮仕えなさらぬのですか》」

と言へば、かぐや姫、答へていはく、

「もはら《まったく》[四]、さやう[五]の宮仕へ、つかうまつらじ《いたしますまいと》と思ふを、しひて仕う《宮仕え》まつらせ給はば《をおさせになるのなら》、消え失《う》せなむず[六]。御官爵《みつかさかうぶり》[七]つかうまつりて、死ぬ《〔私は〕》ばかりなり」

翁、いらふる[八]やう、

「なし給ひそ[九]。官爵《つかさかうぶり》も、わが子を見たてまつらでは、なにに《何になりましょ》かせむ《う》。さはありとも《そうではあっても》、などか宮仕へをし給はざらむ。死に給ふべきや《お死ににならねばならぬわ》うやあるべき《けなどあるはずもあるまいに》」

と言ふ。

「なほ虚言《そらごと》[一〇]かと、仕うまつらせて《〔私に〕宮仕えをさせて》、死なずやあると《〔果して〕死なずにいるかと》見給へ。あまた《多くの》の人の心ざし《〔私への〕愛情が並々でなかったのを》おろかならざりしを、むなしくなしてこそ《無駄にしてしまったのですよ》あれ。昨日《〔それなのに〕》

一 すっかり富裕になった翁にとって貴族になることは最大の願いであった。叙爵に対する当時の意識には現代からは想像も及ばないものがある。

二 情理を尽して話し合い、理解を求めること。単に「言ふ」ではないところに、翁の熱意がうかがえる。

三 このような帝の御懇情に対しても、あなたは依然として、の気持。

四 後に打消しの語を伴って、全面的否定の意。

五 帝の寵愛を受けるために宮中に出仕すること。

六 「なむ」を強めた「なむとす」の転化した形。消え失せてしまいたい気持だ、消え失せてしまうつもりだ、両様の意味を含む表現。意図的な伏線である。

七 官職・位階を授かるようにしてさしあげておいて、の意。次頁七行目「つかうまつれば」も同用法。

八 姫に「答へていはく」と固苦しい表現をしておきながら、翁に「いらふるやう」と柔らかな和文脈の言い方をするのに注意。両者の態度の差違を反映する。「いらふ」の用例は、全巻を通じてこの一例のみ。

九 そんなことを言って下さるな、の意。「し」はサ変動詞「す」の連用形で、代用動詞的用法。

一〇 これほど申し上げても信じていただけないなら。この一句、下の「見給へ」にかかる。

一一 他人の見る目が気になって身も細る思いがする、の意。多く「やさし」は「人聞き」と共に用いる。

一二 官爵がどうこうという天下の政治向きのことは。

今日、帝ののたまはむことにつかむ《従ったら》、[一一]人聞きやさし《世間に顔向けできません》」

と言へば、翁、答へていはく、

「[一二]天下のことは、とありとも《こうあろうと》、かくありとも《あああろうと》、御命《みいのち》の危《あやふ》さこそ、〔私には〕大きなる[一三]障《さは》り《支障なのだから》なれば、なほ《やはり》[一四]仕《つか》うまつるまじきことを《お仕えするつもりのないことを》、〔宮中に〕参りて申さむ」

とて、参りて申すやう、

「仰せのことの《ご下命の趣の》畏《かしこ》さに、かの童《わらは》を参らせむとてつかうまつれば《力を尽しましたところ》、(姫)『宮仕へに[一五]出だし立てば、死ぬべし《死ぬつもりだ》』と申す。[一六]造麻呂《みやつこまろ》が手に産ませたる子にもあらず。むかし山にて見つけたる。[一七]かかれば《こんなわけで》、[一八]心ばせ《気性も》も世の人に似ずぞ侍る」

と[一九]奏せさす。

帝、仰せ給はく、

「造麻呂が家は、[二〇]山本《やまもと》近かんなり《近いそうだな》。[二一]御狩行幸《みかりみゆき》し給はむやうにて、〔姫を〕見

はなはだ大げさな物言いに、翁の無念さがにじむ。

一三 下二段他動詞「さふ」(進行をさえぎり止める)が四段自動詞化したものの名詞形。

一四「かく」の音便形。前のかぐや姫の言葉を承けて、一旦「かう」と言ったのだが、姫の気持を鎮めるために、一層明確に「仕うまつるまじきことを」と言い直したのである。語法的には両者は同格。

一五 晴れの場に出す、派手な人目をひく所に出す意。

一六 竹取の翁の本名。九頁三行目には「讃岐の造」とあった。このように自称として本名を言うのは恭順の意の表明。下の「が」も卑下の意を含む。

一七「たる」の連体止めは、上の「子にもあらず」との対応で、繰返しのくどさを避けて「子なり」を省略した形。

一八「心ばへ」が静的雰囲気的性情や気質をいうのに対し、「心ばせ」は活動的な才気・機転などの心の働き方をいう。

一九「奏す」がすでに最高敬語なのであるから、「さす」は使役で、翁が人を介して奏上した意と解すべきである。翁の身分からしてもそれが自然である。

二〇 竹取の翁の家が散吉郷(九頁注二参照)にあったとすれば、奈良盆地の西南、金剛山脈の麓《ふもと》である。

二一 平安朝初期までは、帝が随時都の近郊に巡幸・遊猟することがさほど違例ではなかった。

帝、竹取の家に行幸 かぐや姫に対面

てむや」《てしまおうか》

[一]とのたまはす《仰せあそばす》。造麻呂が申すやう、

「いとよきことなり《まことに結構なことです》。[二]なにか《なんの》、心もなくて侍らむに《うっかりしておりますような時に》、ふと《突然》行幸《みゆき》して御覧ぜむに《ご覧になるなら》、御覧ぜられなむ《きっとご覧になれましょう》」

と奏すれば、帝、にはかに日を定めて、御狩に出で給うて、かぐや姫の家に入り給ふに、[三]光満ちて、[四]けうらにて居たる人あり《坐っている人がある》。《(帝)》「これならむ《この人だろう》」と思《おぼ》して、《〔かぐや姫が〕》逃げて入《い》る袖《そで》をとらへ給へば、面《おもて》を《〔袖で〕》ふたぎて《おおって》さぶらへど《て控えているが》、《〔帝は〕》[五]初めよく御覧じつれば、類《たぐひ》なくめでたく覚えさせ給ひ《お思いあそばして》て、

「[六]ゆるさじとす《放しはしないよ》」

とて、率《ゐ》ておはしまさむとするに《連れておいでになろうとするときに》、かぐや姫、答へて奏す、

「[七]おのが身は、[八]この国に生れて侍らば《生れたのでございましたら》こそ[九]つかひ給はめ、いと率て《連れて》おはしがたくや侍らむ《おいでになりにくうございましょう》」

一「のたまふ」に尊敬の助動詞「す」のついた形。最高の敬意表現である。

二「何かさあらむ」が省略された慣用句法。前の言葉を承《う》けて、反対のことを言おうとする場合に、まず打消しの気持を表明する語。ここでは姫の拒否の意志が固いことが前提とされ、それに対して、そうだとしてもどうして不可能なことがあろうか、の気持。

三 家中に光が満ち溢れて。変化《へんげ》の人であることが改めて強調される。一〇頁注一〇参照。

四 目の覚めるような最高の美しさをいう。「きよら」が後世キョーラと発音され、「けうら」の表記を生じたものかという。そうとすれば、この物語では「きよら」としてよいが、しばらく底本のままとする。

五 姫が油断して何の用心もしていない最初の瞬間に。

六「ゆるす」は「ゆるめる」と同源の語。しっかりと捕えたものを手放して自由にさせる意。「とす」は「ゆるさじ」という意志をいっそう強調した表現。

七 下の「率ておはしがたく」にかかる。「おのが」という自称は、若い女性にはふさわしくない事々しい響きがある。変化《へんげ》の人の意識の表れであろう。『源氏物語』夕顔の巻の物《もの》の怪《け》の言葉に「おのがいとめでたしと見奉るをば、たづね思ほさで……」と見える。

八 あなたが支配するこの地上の国土。

九 存分になされましょうが。下二段動詞「仕ふ」が四段の他動詞化したもの。君主の意向に従わす意。

と奏す。帝、

「などか《どうして》、さあらむ《そんなことがあろう》。なほ率《ゐ》て[一〇]おはしまさむ」

とて、御輿《みこし》を寄せ給ふに、このかぐや姫、[一一]きと[一二]影になりぬ。[一三]「はかなく口惜し《期待はずれで残念だ》」と思《おぼ》して、[一四]「げにただ人にはあらざりけり《なるほど普通の人間ではなかったのだな》」と思して、

「さらば、御供には率て行かじ。もとの御かたちとなり給ひね《おなりなさい》。そ《せめ》れを見てだに帰りなむ《てそのもとのお姿を見て帰りたい》」

と仰せらるれば、かぐや姫、もとのかたちになりぬ。帝、[一五]なほめでたく思《おぼ》しめさるること、[一六]せきとめがたし。かく見せつる造麻呂を[一七]よろこび給ふ《謝意を表される》。

さて《こうして》、仕うまつる百官の人に《お供の文武百官全ての人に（翁は）》、[一八]饗《あるじ》いかめしうつかうまつる。帝、かぐや姫を留《とど》めて帰り給はむことを、あかず《心残りで》口惜《くちを》しく思しけれど、[一九]魂を留めたる心地してなむ帰らせ給ひける。[二〇]御輿にたてまつりて後《のち》

一〇 帝の自敬の用法とするよりも、語り手の意識の混入した表現と解すべきであろう。
一一 動作や状態が急に変化する様。ふっと。ぱっと。
一二 実体がなく光の明暗によって形だけが知覚される像。厚みも重みもなく手では捕えられぬ姿形である。
一三 「はかなし」は「はかどる」「はかがゆく」と同源の語。せっかく努力した結果が空《むな》しい意。「くちをし」はもと「朽ち惜し」か。期待したことが目の前で崩れ去るのを惜しむ気持。
一四 「げに……けり」は、以前から聞いていたことを、自分の体験によって、やっぱり本当だったのだ、と確認し納得する気持の表現。
一五 こうした期待したのとは違った結果にはなったが、それでもやはり。
一六 帝に関することであるが、述語が形容詞なので、敬語が表面に出ない。
一七 感謝の気持を具体的な形で表わすこと。ここでは、目的が達せられなかったにもかかわらず、翁に官位などを賜ったのであろう。
一八 正式の饗宴《きょうえん》を盛大に催した。翁の富裕なることを察すべきである。

帝、執心を残して還御

一九 身体は帰っても魂はかぐや姫のもとに残っているような気持。「あくがる」（あこがれる）の状態。
二〇 御輿にお乗りになる。「たてまつる」はここでは貴人が献上されたものをとり用いる意の、尊敬語としての用法。この御輿は葱花《そうか》輦《れん》であろう。（図録二）

に、かぐや姫に、

〔帝〕一 帰るさの行幸《みゆき》もの憂《う》く思ほえて
そむきてとまるかぐや姫ゆゑ

〔かぐや姫の〕御返事、

二 葎《むぐら》はふ下《した》にも年は経《へ》ぬる身の
なにかは玉の台《うてな》をも見む

これを、帝《みかど》、御覧じて、いとど《いっそう》帰り給はむ空も三なく思《おぼ》さる。御心はさらに立ち帰るべくも思《おぼ》されざりけれど、さりとて、〔ここで〕四夜を明かし《お明かし》給ふべきにあらねば《になるわけにもいかないので》、帰らせ給ひぬ。

五 常に仕うまつる人を《日常側近にお仕えする女官たちを》見給ふに、かぐや姫の傍《かたは》らに寄るべくだにあ《寄れそうでさえないの》らざりけり《であった》。〔女官たちの中で〕こと人よりはけうらなり《ほかの人よりはきれいだ》と思しける人の、六 かれに思し《かぐや姫に比較》合はすれば《なさってみると》、人にもあらず《同じ人間とも思えない》。かぐや姫のみ御心にかかりて、ただ独《ひと》七り住みし給ふ。八 よしなく御方々にも渡り給はず。かぐや姫の御もと

一 帰る道の行幸がもの憂く感じられて、振り返っては立ち止ることだ。私の言葉に背《そむ》いて親の家に留まるかぐや姫ゆえに。「そむきてとまる」は、帝が後ろを向いて立ち止る意と、帝の命に背いて後《あと》に残るかぐや姫、の意をかける。

二 蔓草《つるくさ》に埋もれた賤しい家で長年過してきた私が、どうして玉の飾りに輝く高殿に近づくことなどできましょうか。「玉の台」は漢語の「玉台」の和訳語。この贈答歌については、解説参照。

三 漠然と目あてにする方角や場所をさす。二六頁注九参照。

四 当時の天皇の絶対的禁忌の一つとして、就寝が剣《けん》璽《じ》の奉安されている宮殿に限られることがあった。

五 内侍・命婦《みょうぶ》や女蔵人《にょくろうど》など。かぐや姫も召しに応ずればその一員に編入されるはずである。

六 あるいは「人も」の誤りか。

七 夜の御寝《ぎょしん》に女性をお召しになることがない、の意。

拒否に遭い、帝の思いいよいよ深い

八 昼間に后妃《きさき》たちの御局《みつぼね》に行かれることも、よほど格別の事情がなければなさらない。当時の天皇は慣例や有力貴族への配慮を欠くことはできなかった。現実的感覚による叙述に注意。

九 一、二度のことではなく慣習的に文通する意。

一〇 とはいえ。帝の求愛をあれほど手きびしく拒否したものの、の気持。

にぞ、御文《ふみ》を書きて通は九せ給ふ。御返り、一〇さすがに憎からず《情をこめて》聞こえ交はし給ひて《お取り交わしなさって》、一一おもしろく《感興深く》、〔四季折々の〕木草につけても〔帝は〕御歌を詠《よ》みて一三つかはす《おやりになる》。

一一 心がはればれするような感興をいう。帝というこの上ない身分にありながらも、やはり人の身の不如意をかこつ気持が強く、かぐや姫と文通することによってのみ、その気鬱《きうつ》さから解放される思いが得られたというのである。
一三 使者を派遣する意の尊敬語。

九　天の羽衣

かやうにて、御心を互ひに一慰め給ふほどに、三年二ばかりありて、春のはじめより、かぐや姫、月のおもしろう三出でたるを見て、常よりもの思ひたるさまなり。ある人の《お付きの人が》、「四月の顔見るは、忌《い》むこと《不吉なことですよ》」と制し《とめた》けれども、ともすれば、人間《ひとま》《人のいないすきに》にも月を見ては、いみじく《ひどく》泣き給ふ。五

七月十五日の月に〔姫は〕出で六居て、せちに七《痛切に》もの思へる気色《けしき》なり。近く使《おそば付》はるる人々《きの女房たちが》、竹取の翁《おきな》に、告げていはく、「かぐや姫、例も《平常も》月をあはれがり給へども、このごろとなりては、

一　「互ひに」は訓読語。仮名文では「かたみに」が普通の用語である。

二　ここにも「三」という数字が出る。石作の皇子以下、すべての求婚者に三年ずつの時間を与えたものと思われる。

三　「おもしろし」という形容詞は、月光の美と音楽的感興とに、最も特徴的に、また多く用いられる。

かぐや姫、月を眺めて嘆く

四　「月をあはれといふは忌むなりと言ふ人のありければ　独り寝のわびしきままに起きゐつつ月をあはれと忌みぞかねつる」(『後撰集』恋二、読人しらず)。「老人《おいびと》どもなど『今は入らせ給ひね。月見るは忌み侍るものを』」(『源氏物語』宿木《やどりぎ》)。解説参照。

五　このあたりから、地の文でも、かぐや姫に敬語が時々使われはじめる。変化《へんげ》の人としてよりも人間的側面から見られるようになってきたことの表れか。解説参照。

六　「出で」は、平生の居場所である室内奥深くから御簾《みす》や几帳《きちよう》の外、直接月光を浴びる所にまで出て、の意。「居て」は、立つに対する坐る意。長い時間坐りこんで物思いに沈んでいるというのである。

七　三八頁注一参照。ここは感情が強く胸にせまるさまをいう。

ただごとにも侍らざんめり《でもないようでございます》。いみじく思《おぼ》し嘆くことあるべし。よく見たてまつらせ給へ《気をつけてさしあげて下さい》」

と言ふを聞きて、かぐや姫に言ふやう、

「八なんでふ心地すれば《どういう気持がするというので》、かくものを思ひたるさまにて《こんなに〔深く〕思いこんだ様子で》、月を見給ふぞ。九うましき世に《思うままの結構な世ですのに》」

と言ふ。かぐや姫、

「〔月を〕見れば、一〇世間心細くあはれに侍る。一一なんでふものをか嘆き侍るべき《どうして物を嘆くことなどございましようか》」

と言ふ。

〔幾日かして〕かぐや姫のある所に至りて見れば《居室に〔翁が〕はいって見ると》、なほ《やっぱり》もの思へる気色なり。これを見て、

「一二あが仏《ほとけ》、何事思ひ給ふぞ。思《おぼ》す一三らむこと、何事ぞ」

と言へば、

八「なにといふ」の音便形。ここは連体修飾語としての用法である。

九 心が満ち足りて快いさま。この例のように明確にシク活用と認められるのは極めて稀である。ク活用の「うまし」と意味的に重なるが、シク活用の方が狭く限定され、かつ情意性が濃い。

一〇 仏教語のこの世、現実の世の意から派生して、ここでは漠然と世の中の意。

一一 下に反語表現を伴っての副詞的用法。

竹取の翁、不安

一二 当時の慣用語。仏は最も大切な尊ぶべきものであることから、私の最も大切なものよ、の意。

一三「らむ」は現在の事態の推量を表わす助動詞。ここでは、かぐや姫のふさぎこんだ様子を見て、その原因として彼女の胸中にある物思いを推量するのである。

「思ふこと《〔特別に〕》もなし。[一]ものなむ心細く覚ゆる《何だかしきりに心細い気がするのです》」

と言へば、翁、

「月な見給ひそ《ごらんなさいますな》。これを見給へば、もの思《おぼ》す気色《けしき》はあるぞ」

と言へば、

（かぐや姫）「いかでか月を見ではあらむ《見ないでいられましょう》」

とて、[二]なほ《やはり》月出づれば、出で居つつ《縁に出て坐っては》嘆き思へり。[三]夕闇《ゆふやみ》には、ものを思はぬ気色なり。[四]月のほどになりぬれば《夕月が見られる頃になると》、[五]なほ時々は、うち嘆き《溜息をつき》、泣きなどす。これを《この様子を》、使ふ者ども《侍女たちは》、

「[六]なほ、もの思すことあるべし《ご心配があるにちがいない》」

とささやけど、親をはじめて《親をはじめとして》、何事とも知らず。

かぐや姫、わが身の素性を告白

[七]八月十五日ばかり《近くなった》の月に出で居て、かぐや姫、いといたく《とてもひどく》泣き給[八]ふ。人目もいまはつつみ給はず《もうかまっておられずに》泣き給ふ。これを見て、[九]親どもも、

「何事ぞ」

一「もの」は漠然と一般的な事物をさす。文の照応からすれば、前頁の「世間」と同内容のものをさすが、言葉としてはさらに一般化された表現。それが「なむ」によって強調されるのは、自分の感情が何か特定の事象によって支配されているのではなく、ごく一般的な漠然とした気分であることを言うためである。

二 下の「出で居つつ」にかかる。

三 月の出ていない夕方。陰暦二十日過ぎになると月の出が遅くなり、日が暮れてからしばらく暗い時間帯があるが、それをさす。

四 翌月の新月から三日月のころ。以下の叙述は、月齢の変化を追いながら、時日の経過とかぐや姫の嘆きの深まりを巧みにとらえ得ていると評せよう。

五 翁たちの心配を思ってじっと耐えている様子であるが、いよいよ時が満ちてくるのにつれて、やはり抑えきれなくなって、の意。

六 姫は「思ふこともなし」と否定なさったけれども、やはり。

七 諸本漢字表記。音読されたものであろう。「ばかり」はその前後のだいたいをいうが、後文から明らかなように、ここは十五日以前である。

八 ただ泣くだけの無力なかぐや姫には超人性は感じられず、この上なく人間的である。ここの敬語も、そうした感じと、それへのいたわりの情の表現である。

九 さきには身近の侍女たちがささやくだけだったの

と問ひ騒ぐ。かぐや姫、[一〇]泣く泣く言ふやう、

「さきざきも《以前にも》申さむと思ひしかども《申し上げようと思いましたが》、『〔申さば〕かならず心惑はし給はむものぞ《お心を動揺させられるにちがいない》』と思ひて、今まで過ごし侍りつるなり《〔黙って〕過してきたのでございます》。『[一一]さのみやは』とて、うち出で侍りぬるぞ《打ち明けてしまいます》。おのが身は、この国の人《人間世界》にもあらず、月の都の人なり。[一二]それをなむ《それなのに》、[一三]昔の契《ちぎ》り《前世の宿縁》ありけるによりてなむ、この世界にはまうで来たりける《[一四]参上したのでした》。今は帰るべきになりにければ《帰らねばならぬ時に》、この月の十五日に、かの故《もと》の国より、迎へに人々まうで来《こ》むず。[一五]さらず[一六]まかり《お暇》ぬべければ《せねばならぬゆえ》、[一七]思《おぼ》し嘆かむが悲しきことを、この春より《〔私も〕》、思ひ嘆き侍るなり」

と言ひて、いみじく《ひどく》泣くを、翁、

「こは《これは》、なんでふことのたまふぞ《なんということをおっしゃるのか》。竹の中より見つけきこえたりしかど《〔あなたを〕お見つけしたのであるけれど》、[一八]菜《な》種《たね》の大きさ《ごく小さく》[一九]おはせしを、[二〇]わが丈《たけ》立ち並ぶまで養ひたてまつりたるわが子を、何人《なにびと》か迎へきこえむ《お迎え申せようか》。[二一]まさに許さむや《絶対に許せるものですか》」

だが、こうなると親たちもほうっておけなくなる。

一〇 現代語なら「泣き泣き」となるところ。古くは終止形を重ねて用いる。

一一 そうばかりもしていられまい、の意。「やは」は反語を示し、下に「過ごさむ」などの省略がある形。

一二 一つの文に、係助詞「なむ」が重ねて用いられるのは異例。特に激した感情を表現するものか。

一三 仏教で、現世のことはすべて前世の業因《ごういん》によって決定され、いかにしても変更できぬとする考え方。

一四 対話の相手である翁に敬意をはらう表現。

一五 「避《さ》る」は、避ける、拒む意。その否定形から、副詞的に、いやおうなしに、どうしても、の意となる。

一六 注一四と対応して、翁の地上世界を上に、月の都を下におく表現。

一七 あなた方がお嘆きになることが悲しい、の意。「む」は、それがまだ現実にはなっていないが、きっとそうなるだろうと推量する気持を表わす。

一八 カラシナの種子。極めて微小なるものの喩《たと》え。仏教的雰囲気をもつ語。さきには「三寸ばかり」(九頁五行目)とあった。養育の労を強調するための誇張。

一九 「おはす」はサ変活用が普通。これは下二段でこの物語中でも唯一例。すでにこの形が現れはじめていたか、あるいは中世以後の語法に引かれた誤写か。

二〇 わが丈が姫の丈に立ち並ぶ、の意。現代語の語感とは逆の表現である。

二一 反語と呼応する。六〇頁注三参照。

と言ひて、

「一われこそ死なめ《私の方こそ死んでしまいたい》」

とて、泣きののしること《大声で泣きさわぐ》、いと堪《た》へがたげなり《こらえきれぬ様子だ》。かぐや姫のいはく、

「〔私には〕二月の都の人にて父母《ちちはは》あり。三片時《かたとき》の間《あひだ》とて、かの国《月の世界》よりまうで来《こ》し《来た》かども《のでしたが》、かくこの国には《人間世界では》、あまたの《多くの》年を経ぬるになむありける《経てしまったのでした》。かの国の父母のことも覚えず《思い出さず》、ここには、かく久しく四遊びきこえて、慣《な》らひたてまつれり《お親しみ申しております》。〔月に帰るのも〕いみじからむ心地もせず《ひどく嬉しい気持もせず》、悲しくのみある《ただ悲しいばかりです》。されど、おのが心ならず《自分の心にまかせぬまま》、まかりなむとする《お暇しようとしているのです》」

と言ひて、もろともに《翁や嫗と一緒に》いみじう泣く。使はるる人々も、年ごろ慣《な》らひて《親しんでいて》、〔姫に〕立ち別れなむことを、五六心ばへ《気だて》など貴《あて》やかにうつくしかりつる《上品で可憐であった》ことを見慣らひて《見なれているので》、〔別れたら〕恋しからむ七ことの堪《た》へがたく、〔思われて〕湯水飲まれず、〔翁や嫗と〕同じ心に嘆かしがりけり。

一 翁には月の都の実在が信じられず、かぐや姫の言葉も死の隠喩《いんゆ》としか理解できない。そこから、あなたの死にあうぐらいなら自分のほうが先に死んでしまいたい、という言葉が発せられるのである。

二 「月の都の人として父母がある」「父母が月の都の人としている」の意。「に」は断定の助動詞「なり」。事の真実を知らぬ翁に、事を分けて説明する口調。

三 浦島伝説などにも共通に見られる、異境と現実との時間意識の大きな隔絶をいう。月世界から「片時の間」という期限で、の意。

四 「遊ぶ」は、日常世界から脱出して別世界において存分に身心を解放するのが原義。「きこえ」は翁への敬意の表現であるから、姫は月世界の原郷から人間世界に遊び、翁は貧窮の現実から夢のような果報にあずかり、共に非日常の世界に遊ぶ意と解すべきか。

五 最終行の「同じ心に嘆かしがりけり」に続く。

六 「心延へ」の意で、常日ごろの挙措《きよそ》などから雰囲気的に感じとれる人がら・性質をいう。六三頁注一八参照。

七 「む」は、まだ実現していないことを仮想する意を表わす。思っただけで堪えがたい思いが胸に溢《あふ》れ、湯水ものどを通らなくなるほどだ、というのである。

＊ これまで物語面でのかぐや姫は、求婚者たちに冷酷な非情さを示してきたが、翁・嫗や侍女たちにはこれほどの温かさと愛情をもって接していたのだ、と彼女の隠れた性格を語るのである。

帝、懸念《けねん》して勅使を遣わす

このことを、帝聞こしめして、竹取が家に御使つかは八させ給ふ《おつかわしになる》。
御使に、竹取、出で会ひて、泣くことかぎりなし。このことを嘆くに、鬚《ひげ》も白く、腰もかがまり、目もただれにけり。翁、今年は五十九ばかりなれども、〔御使いの目には〕「もの思ふには《心労のあまりに》、片時になむ老いになりにける《瞬時の間に老衰してしまったのだな》」と見ゆ。御使、〔帝の〕仰せごととて、翁にいはく、
『一〇いと心苦しく《はなはだ気の毒にも》、もの思ふなるは《心労しているというのは》、まことにか』と〔帝が〕仰せ給ふ」
竹取、泣く泣く申す、
「この十五日になむ、月の都より、かぐや姫の迎へにまうで一一来《く》なる。一二尊く問はせ給ふ。この十五日は、人々賜はりて《軍勢を派遣願って》、月の都の人まうで来《こ》ば捕《とら》へさせむ」
と申す。御使、帰り参りて、翁のありさま一三申して、〔翁が〕奏しつることども申すを、〔帝は〕聞こしめして、のたまふ、
〔帝〕「一目見給ひ一四し〔私の〕御心にだに忘れ給はぬに、〔翁は〕明け暮れ見なれたるかぐ

八「つかはす」は貴人が下位の者に使者を派遣する意で、この語自体が敬語なので、さらに「す」や「給ふ」はつかないのが例。ここは後世「つかはす」の敬意が十分感じられなくなってからの添加《てんか》か。

九 さきには「翁、年七十に余りぬ」(一四頁九行目)とあった。登場人物の年齢などの細部は、全編を通して一貫した設定が作者の脳中にあったわけではなく、もっぱら場面場面の効果を考えてのことではなかったかと思われる。ここで五十歳ということは、冒頭の翁は三十歳ばかりだったということになろう。

一〇 翁があまり「もの思ふ」ので、傍《はた》の人が「いと心苦しく」なる、の意。結果として表れる感情を副詞的に前にもってくる表現法。

一一「まうで」は、この国土の主たる帝への敬意を表わす。「なる」は、終止形について伝聞を示す。

一二 わざわざお使いをいただいて辱《かたじけ》なく存じます、の意。語法的には注一〇と同一。

一三 五十歳ほどの翁が、悲嘆のあまりすでに衰老の体《てい》であった様子。

一四 帝自身に対する敬語が重なるが、これを自敬の用例として認めるべきか否か問題が残る。あるいは、語り手の意識の投影とも考えられる。直接話法と間接話法の厳密な使い分けができていたかどうかも問題であろう。

一 一段落した話を、さて、と改めて語り直す語勢。「かの」という遠称は、語り手の意識が、物語の現場に密着していないことを暗示する。

帝、軍勢を賜い防備を固む

二 司の複数。具体的には次行の「六衛の府」をさす。六衛は、左右近衛《このえ》・左右衛門・左右兵衛《ひょうえ》。

三 底本「少将」。後文との照応から改める。中と少との誤写例は少なくない。「中将」は近衛の次将《すけ》。姓名まで一々記すのは、事実の記録であるかに思わせようとする技法。附説参照。

四 築地の上に千人、屋根の上に千人、さらにそれ以上の人々の重量が加わっても建物が倒壊しないあたり、無邪気な説話性がある。

五 この家の人で守備陣に加わった者も、六衛の兵士と同様に、の意。

六 やや軽侮の語感がある。事態を理解できぬ人間の愚鈍さに対する感情か。嫗や翁の場合も同じ。

七 女たちの住む室内には男は立ち入れない習慣であった。そのために、室内は、侍女たちに当番をあてて厳重に守らせるのである。「番にをり」は当番の勤務につく意に解したが、用例に乏しい。

八 母屋《もや》の最も奥まった所に、周囲を壁で塗り籠《こ》め、小さな明り取りの窓と出入口しかない部屋。物置や時には寝室にもした。

九 「かばかり」を繰り返した洒落《しゃれ》。

一〇 見せしめとして、の気持。

や姫〔月の都へ〕をやりて、いかが思ふべき《どんなに辛く思うことだろうか》」

一 かの十五日、〔帝は〕二 司々《つかさづかさ》に仰せて、勅使《勅使に》、三 中将高野大国《たかののおほくに》といふ人を指《さ》し《指名して》て、六衛《ろくゑ》の府《つかさ》あはせて二千人の人を、竹取が家に遣はす。家にまかりて、四 築地《ついぢ》の上に千人、屋《や》の上に千人、家の人々いと多かりけるに合せて、空《あ》ける隙《ひま》もなく守らす。五 この守る人々も弓矢を帯《たい》してをり。六 屋《や》の内には、七 女ども番《ばん》にをりて守らす。嫗《おんな》、八 塗籠《ぬりごめ》の内に、かぐや姫を抱《いだ》かへてをり。翁も、塗籠の戸を鎖《さ》して《錠をおろして》、戸口にをり。翁のいはく、「かばかり守る所に《こう厳重に守っている所では》、天の人にも負けむや《負けるはずがない》」と言ひて、屋《や》の上にをる人々にいはく、「つゆも《ちょっとでも》、物《何か》、空に翔《かけ》らば、ふと《ぱっと》射殺し給へ」

守る人々のいはく、

「かばかりして《これほどまでにして》守る所に、九 蚊《か》ばかり一つだにあらば《蚊ほどのものが一つでもあったら》、まづ射殺して、一〇 外《と》に曝《さら》さむと思ひ侍る」

と言ふ。翁、これを聞きて、頼もしがりをり。

かぐや姫、真情を吐露す

一一これを聞きて、かぐや姫は、一二

「鎖《さ》し籠《こ》めて、守り戦ふべき下組み《準備》をしたりとも、あの国の人を一三え戦はぬなり《戦うことはできないのです》。弓矢して射られじ《弓矢で射ることもできまい》。かく鎖《さ》し籠めてありとも、かの国の人来《こ》ば《来たら》、みな開《あ》きなむ《開いてしまいましょう》とす。一四会ひ戦はむとすとも、かの国の人来《き》なば、猛《たけ》き心つかふ《勇猛心をふるう》人も、よもあらじ《まさかあるとは思えない》」

翁の言ふやう、

「御迎へに来《こ》む人をば、長き爪《つめ》して、眼《まなこ》を摑《つか》み潰《つぶ》さむ。一五さが髪《かみ》を取りて、かなぐり《引きずり》落さむ。さが尻《しり》をかき出でて、ここらの《かくも多くの》一六公人《おほやけびと》に見せて、恥を見せむ」

と、腹立ち一七をる。かぐや姫いはく、

「声高《こわだか》になのたまひそ《おっしゃいますな》。屋《や》の上に一八をる人どもの聞くに《人々が聞いているのに》、いとまさなし《ほんとにみっともない》。一九いますがりつる心ざしどもを《これまでの多くのご愛情を》二〇思ひも知らで、まかりなむずるこ《お別れしようとしているこ》

一一 前行に重ねてまた同一の表現。未熟な行文。

一二 この形ですぐ引用文が続くならば、その後に「と言ふ（思ふ）」などの呼応が必要。他の場合多く「いはく」などの形なので、混乱を生じたものか。

一三 この「を」は、戦うという行為の対象を確認する意の用法。四四頁注四参照。

一四「会ふ」は、ぶつかり合って戦う意。「会ひ戦ふ」で、正面からぶつかって戦闘を交えること。

一五「さ」は現代語の「それ」。「逆髪《さかがみ》」とする説もあるが、次行の例を「逆尻」とするのは無理。「が」は「の」と同意であるが、軽蔑の響きがある。そいつの髪を、ぐらいの感じ。

一六 公人は常に威儀を正した人々で、その前では誰もきちんとかしこまっていなければならないという気持が、下にある。庶民たる翁の意識の反映を見てよい。

一七「をり」の誤りか。このままでも一種の感動表現と見られぬことはない。

一八「をる」にも「ども」にも対象を低く見る意識がある。「公人」に対する翁の意識とは対照的。天人としての感覚をとりもどしつつあるものか。

一九「いますがり」は「あり」の尊敬語。したがってここは「ありつる心ざし」の意。

二〇 今やむを得ずとはいえ訣別《けつべつ》しようとするのだから、恩愛の情を弁《わきま》え知らぬ者というそしりは甘受しなければならない、という気持。

との（とが）、[一]口惜しう（何とも残念でございます）侍りけり。[二]長き契《ちぎ》りのなかりければ、『ほどなくまかりぬべきなんめり』（お暇しなければならないのだ）と思ふが（思うのが）、悲しく侍るなり。親たちのかへりみを（お世話を）、いささかだにつかうまつらで（ほんの少しもいたしませんで）、〔これでは〕[三]まからむ途《みち》もやすくもあるまじきに（後ろ髪引かれる思いでしょうから）、日ごろも出で居て（この幾日かの間も）、今年ばかりの（今年一年だけの）暇《いとま》を申しつれど（猶予を願ったけれど）、さらに（全然）許されぬによりてなむ、かく思ひ嘆き侍る。〔ご両親の〕御心をのみ惑《まと》はして去りなむことの悲しく、堪《た》へがたく侍るなり。かの都の人は（月の都）、いと[四]けうらに、老いをせずなむ（年をとることもないのです）。[五]思ふこともなく侍るなり（もの思いに捉われることもありません）。さる所へまからむずるも（そのような楽土に行きますのも）、いみじくも侍らず（特に嬉しくも存じません）。[六]老い衰へ給へるさまを見たてまつらざらむこそ（お世話申し上げられないことが）、〔お別れの後〕恋しからめ」

と言ひて、翁、

「胸痛きことなし[七]給ひそ（おっしゃるな）。[八]うるはしき姿したる使《つかひ》にも障《さは》らじ（遠慮しないぞ）」

と、ねたみをり（いまいましがっている）。

天衆の来迎

かかるほどに、宵《よひ》うち過ぎて、[九]子《ね》の時ばかりに、家のあたり、昼

一 この前に言葉の休止がある。思いが迫って言葉にならず、感情の激発となったもの。私の真情ではないのに、そういう結果に終るほかないのが残念だ、の意。
二 この世で長期間一緒に過せるという宿縁。仏教思想による思考の型。七一頁注一三参照。
三 地上から月の都へ行くことであるが、地上の人たる翁の感情を尊重する気持からの謙譲表現である。
四 目の覚めるような華やかな美しさをいう語。六四頁注四参照。
五 一切の煩悩《ぼんのう》から解放され、感性によって心を動揺させられることもない。
六 あなた方が、これからいっそう年老い、病気になり、衰え、遂には死に至る、その状態を身近に見届けたい。生老病死の四苦は、人間の免れることのできぬ根源的な苦であると仏教では説かれる。しかし今の私にとっては、それは厭《いと》い離れたいものではなく、逆に離れ去ってしまって後までも永く心に消しがたい愛執として残るものとしか思えない、というのである。
七 この場合の「す」は、「言ふ」の代用動詞。
八 この語には、多く異国的な端麗さの語感がある。蓬萊の珠の枝や火鼠の皮衣の形容にも使われていた。
九 現在の午前零時前後。真夜中である。
一〇 地面から人の背丈ほどの高さの空間に。『更級《さらしな》日記』に阿弥陀《あみだ》仏来迎《らいごう》の夢の記事があるが、そこでも地上三、四尺と見える。この地を穢土《えど》として不浄をきらったものか。仏画などの影

響もあろう。解説参照。

一一「もの」は、言葉に表わせない、また表わしたくない畏怖《いふ》の対象、超自然の魔力をもつ存在をさす。

一二 ぐったりと身体中の力が抜けて、何かにもたれてやっと身体を支えている状態だ、の意。

一三「荒れ戦ふ」の否定形を強めた表現。「引きも切らず」と同じ。あるいは「会ひも戦はで」の誤りか。

一四「痴れて」を最高度に強めた表現法。「痴る」は何ものかに心の働きを奪われ、自分の心が自分のものでなくなった状態をいう。

一五「まもる」は、「目守《ま》る」で、目を据えて見守る意。「あふ」は、主語が複数で、それが一緒に……する意を表わす。

一六「ども」は敬意のない複数形。以下天人には敬語が用いられない。非人間的存在と意識されたゆえか。

一七「きよら」は最高の美しさをほめた表現。

一八「兼名苑の註に云ふ、奇肱《きこう》（中国西方の国名。三つ目で一本腕の人が住むという）の人、能く飛ぶ車を作る、風に従ひて飛行す、故に飛車と曰《い》ふ」（『和名抄』）

一九 きぬがさ（図録二）。飛ぶ車の造作《ぞうさく》であろう。

二〇「造麻呂」が竹取の翁の本名である。初めて会ったにもかかわらず、ずばりと本名で呼ばれて、翁は抵抗の意志を失ったのである。本名を知り、本名で呼ぶことは、その人自身を支配することであった。この意識の名残は現代にもある。

天人の宣告

の明《あ》かさにも過ぎて（明るさ以上にもなって）、光りたり。望月《もちづき》の明かさを十合《とを》せたるばかりにて（十倍したぐらいで）、ある人の毛の孔《あな》さへ（そこにいる人の……まで）見ゆるほどなり。大空より、人、雲に乗りて降《お》り来て、一〇土より五尺ばかり上《あ》がりたるほどに、立ち列《つら》ねたり（並んだ）。これを見て、内外《うちと》なる人の心ども、一一ものにおそはるるやうにて（何か魔物に呪縛されたような感じで）、会ひ戦はむ心もなかりけり（対抗し戦おうとする意力も）。からうじて思ひ起して（気力を振い起して）、弓矢を取り立てむとすれども、手に力もなくなりて、一二萎《な》えかかりたり。中に心さかしき者（気丈夫な）、念じて射むとすれども（ぐっとこらえて射ようとするが）、外《ほか》ざまへ（そっぽへ）行きければ、一三荒れも戦はで、心地ただ一四痴《し》れに痴れて、一五まもりあへり（皆じっと見つめるだけだ）。

〔空中に〕立てる人どもは（天人一六）、装束の（衣裳の）一七きよらなること、ものにも似ず（すばらしさといったら似たものさえもない）。一八飛ぶ車一つ具《ぐ》したり（持ってきた）。一九羅蓋《らがい》さしたり。その中に（天人の中で）王とおぼしき人、家に〔向い〕、

「二〇造麻呂《みやつこまろ》、まうで来《こ》（出て参れ）」

と言ふに、猛《たけ》く思ひつる（たけりたっていた）造麻呂も、ものに酔《ゑ》ひたる心地して、うつ伏しに伏せり。〔天人の王〕いはく、

一 諸説ある箇所だが、「汝」と「をさなき人」とはやはり主述関係と認めたい。「をさなき」は老齢の翁にふさわしくないともいえるが、天人の寿命からすれば比較にもならず、また感情に走る翁の判断力は未熟極まりない。そこで、このようにいきなり高圧的な痛棒をくらわせたのである。
二 仏教の転生思想による言い方。前世と現世、現世と来世のように、全く違った生を与えられること。
三 かぐや姫は、この天人の王も敬語を用いるような月世界でも最高の身分の存在だったのである。
四 「おのれ」も「が」も、共に翁を卑しめた表現。
五 いくら嘆いたり抵抗しようとしても、すべて事は既定の経過をとるほかなく、人間の無明《むみょう》の要求が遂げられるものではないのだ、の意。
六 生れて三カ月で成人し、三年ほど求婚者群の狂熱の時期があり、それから三年ずつ五人の貴公子の冒険が続き、帝との交情の期間も三年という計算。初期物語の時間は同時並列的には流れないのが特徴。
七 人々がお呼びする方が、の意。
八 「らむ」は現在の事態を推量する助動詞。つまりここにいらっしゃるかぐや姫のほかに、もう一人のかぐや姫が所を異にしながら、同時に存在するのだろうと強弁するのである。
九 あなたの探しているもう一人のかぐや姫は、私の知ったことではないが、の気持をこめての発言。
一〇 この世を穢土《えど》とする仏教思想による表現。

「[一]汝、をさなき人《お前は何と浅はかな男だ》、いささかなる功徳《くどく》《少しばかりの善根》を、翁つくりけるによりて、汝《なんぢ》が助けにとて、片時《かたとき》のほどとて、〔姫を〕下《くだ》ししを、そこらの年ごろ《あれだけ長い年月》、そこら《あれだけ多く》の黄金《こがね》賜ひて、[二]身を換《か》へたるがごとなりにたり《生れ変ったように富裕になりおおせた》。かぐや姫は、罪をつくり給へ[三]りければ、かく賤《いや》しき[四]おのれ《お前の》がもとに、しばしおはしつるなり。〔姫の〕罪の限り果てぬれば《期限が終ったので》、かく迎ふるを、翁は泣き嘆く。[五]能《あた》はぬことなり《かなわぬことだ》。はや出だしたてまつれ」

と言ふ。翁、答へて申す。

「かぐや姫を養ひたてまつること、[六]二十余年になりぬ。片時とのたまふに、あやしくなり侍りぬ《わけが分らなくなりました》。また異所《ことどころ》に、かぐや姫と申す[七]人ぞおはすらむ[八]」と言ふ。「[九]ここにおはするかぐや姫は、重き病《やまひ》をし給へば、えおはしますまじ《とてもお行きになれません》」

と申せば、その返事はなくて、屋《や》の上に飛ぶ車を寄せて、

「いざ《さあ》、かぐや姫、[一〇]穢《きたな》き所に、いかでか久しくおはせむ《どうして長くいらっしゃるのか》」

と言ふ。[一一]立て籠《こ》めたる所の戸、すなはち《即座に》、ただ開《あ》きに開きぬ。格《かう》子《し》[一二]ども、人はなくして開きぬ。嫗《おんな》抱きてゐたるかぐや姫、外《と》に出でぬ。[一三]え止《とど》むまじければ、〔嫗は姫を〕ただ さし仰ぎて泣きをり。

竹取こころ惑《まと》ひて泣き伏せるところに寄りて、かぐや姫言ふ、

「ここにも《わたくしも》、心にもあらで《心ならずも》、かくまかるに《こうして連れ去られるのですから》、昇《のぼ》[一四]らむをだに見送り給へ」

と言へども、

「[一五]なにしに《お見送りしたって》、悲しきに《悲しいだけで》、見送りたてまつらむ《何になりましょう》。[一六]われを、〔残された後は〕いかにせよとて、棄《す》てては昇り給ふぞ。具《ぐ》して《一緒に》率《ゐ》て[一七]おはせね」

と、泣きて伏せれば、〔かぐや姫は〕御心惑ひぬ。

「文を《手紙を》書き置きてまからむ。恋しからむ折々、取り出でて見給へ」

とて、うち泣きて書く言葉は、

この国に生れ《この国に生れた》ぬるとならば《というのなら》[一八]、〔ご両親の〕嘆かせたてまつらぬほどまで《お嘆きを見ないですむ時まで》[一九]侍らで、

一一 戸を立てて姫を閉じこめてあった所、の意。ここでは塗籠をさす。

一二 細い木の桟《さん》を縦横に組んだ戸。当時の寝殿造りの建物の周囲は格子がめぐらされているのが普通。上下二段に分れ、上は軒に吊《つ》り、下は取り外《はず》す。(図録三)

一三 とても引き留めることなどできそうもないので。

一四 せめて天に昇って行くその最後だけでも。別れがたい名残を惜しむ気持である。

かぐや姫、翁に告別

一五 「悲しきに」を隔てて、「見送りたてまつらむ」にかかる。直訳すれば、何のために。

一六 「棄てて」にかかる。「いかにせよとて」は挿入句。このあたり、語の脈絡が滑らかでなく、短く途切れがちなのは、激する感情とこみあげる嗚咽《おえつ》の表現。かなり真を写しえていると評すべきであろう。

一七 「おはせ」をサ変の未然形とすれば、「ね」は誂《あつら》え望む意の終助詞。ただしこの「ね」は平安朝にはほとんど見られず、万葉時代の遺例とすべきもの。あるいは、「おはせ」を下二段の連用形と見なしうれば（七一頁注一九参照）、「ね」は完了の助動詞「ぬ」の命令形と解せるわけである。

一八 格助詞「と」は終止形を承けるのが普通。ここが連体形であるのは、詠嘆をこめた言い方であるため。

一九 文脈に乱れがある。本来なら「……まで侍るべきを、さ侍らで」とでもあるべきところ。あるいは伝写上の誤脱か。

過ぎ別れぬること[一]。返すがへす本意なく《何とも心残りでなりません》こそ[二]侍れ。〔せめて私が今〕脱ぎおく衣《きぬ》を形見と見給へ。月の出でたらむ夜は、見[三]おこせ給へ。〔ご両親を〕見捨てたてまつりて、まかる空よりも落ちぬ[四]べき心地する。

と書き置く。

かぐや姫、帝に別辞をとどめて昇天

天人《てんにん》の中に持たせたる箱あり。天《あま》[五]の羽衣《はごろも》入れり。〔もう一つの箱には〕またあるは、不[六]死の薬入れり。〔かぐや姫に〕一人の天人言ふ、

「壺《つぼ》なる御薬[七]たてまつれ《ご服用下さい》。穢《きたな》き所の物きこしめしたれば《召し上がっておいでなので》、御心地悪《あ》しからむもの[八]ぞ」

とて、持て寄りたれば、〔かぐや姫は〕いささか嘗《な》め給ひて、少し形見とて、脱ぎ置く衣《きぬ》に包まむとすれば、ある《そこにいる》天人包ませず。御衣《みぞ》を取り出でて〔姫に〕着せむとす。その時、かぐや姫、

「しばし待て」と言ふ。「衣《きぬ》[九]着せつる人は、[一〇]心異《こと》になるなりといふ。もの一言《ひとこと》、言ひ置くべきことあり」

一 普通は、死を意味する表現。この世の生は仮の形で、大きな生命の一過程と見なす感覚がある。
二 「こそ……已然形」の言い切りは、その後に逆説的余情を含むことが多い。ここでは、でもどうしようもありません、の気持がある。
三 「見やる」（こちらから向う〈視線を投げる〉）の対。こちらをご覧になって下さい、の意。すでに月の都の人としての気持になっての言い方である。
四 「ぬ」は強め。まさに落ちてしまうにちがいないほどの気持。
文末の連体止めは詠嘆の表現。
五 日本古来の伝承中にある天人の衣裳。本来は空を飛ぶ機能を具えたものであるが、ここでは、天人たることの象徴的意義が主となる。解説参照。
六 それを飲むことで永生を得、また仙人になれるという薬。羿《げい》の妻姮娥《こうが》が、夫が西王母に請うたこの薬を盗んで飲み、月宮に奔《はし》って月の精となったという（『淮南子《えなんじ》』）。また蓬莱にもあると伝えられた（『史記』、『うつほ物語』内侍督）。
七 敬意の重い表現である。六五頁注二〇参照。
八 推量を強めてほとんどきめつけるほどの語気。
九 天人が天の羽衣を着せかけた人、の意。現代語で「衣を着せられた人」というのと逆の発想である。
一〇 地上の人間とは違った心を持つようになるのだ、の意。この「なり」は断定の助動詞。
一一 天人には敬語が用いられないのが、この物語の例

と言ひて、文《ふみ》書く。天人、

「遅《おそ》し《早く》」

と、心もとながり《いらいらする》給ふ。[一一] かぐや姫、

「[一二]もの知らぬ《情理を解さぬ》ことなのたまひそ」

とて、いみじう静かに《まことに静々と》、おほやけに《帝に》御文たてまつり給ふ。[一三]あわてぬさまなり《落着いた様子である》。

（かぐや姫）かくあまたの人を賜ひて《派遣なさって》、止《とど》めさせ[一四]給へど、許さぬ迎へ《拒みようがない迎えが》まうで来て、[一五]取り率《ゐ》てまかりぬれば、[一六]口惜しく悲しきこと。宮仕へつかうまつらずなりぬるも、[一七]かくわづらはしき身にて《いろいろ問題の多い身の上でございますので》侍れば。[一八]心得ず思《おぼ》しめされつらめども、心強く《強情に》、承らず《〔お言葉を〕》なりにしこと。[一九]なめげなるものに思しめしとどめられぬるなむ《ご記憶にとどめ遊ばされてしまったことが》、心にとまり侍りぬる《心残りでございます》。

とて、

（かぐや姫）[二〇]今はとて天の羽衣着るをりぞ

である。あるいは、伝写上の誤りか。

一二「ものを知る」「ものの心を知る」というのは、当時の最高の生活理念。物事の表面だけで判断せず、相手の心の奥底にまで下り立って、本当の気持を理解した上で、最も適切に自分の態度を決定すること。

一三 心もとながる天人に対照的な姿である。

一四「させ」は、帝の行為としての尊敬の用法。「させ給ふ」と二重の敬語で、強い敬意を表わす。

一五 私をつかまえて連れて行ってしまうので、の意。「取り」は相手の自由を拘束して意のままに扱う意。

一六 私としてはどうすることもできず、ただ自分の運命を嘆き悲しむほかはない、という気持。文末の形式名詞「こと」は詠嘆の表現。

一七 文脈のたどりかたに諸説あるが、このあたりの言葉の続きは、当時の女性の口頭語の趣をかなりよく写していると思われる。ここも論理的承接というより、気分的要素の濃い言いさしの形。文末が終止形になることなど、まずないのが女性の会話の調子である。

一八 納得がゆかぬ意から、けしからぬの気持が強い。

一九 無礼な奴と思われたにちがいないが、外面的な態度からはとにかく、内心はけっしてそんな気持ではないのだ、の意で、「げ」に強い思いがこめられる。

二〇 今はこれまでと天の羽衣を着るこの時に、心に思い浮べているのはあなたの面影で、こんなにも私の心にはあなたへの愛情が育っていたのかと、今さらにしみじみと感じています。

君をあはれと思ひいでける

とて、壺の薬そへて、[一]頭中将《とうのちゆうじやう》呼び寄せて、〔文を帝に〕奉らす。中将に、天人取りて伝ふ。中将取りつれば、〔天人が〕ふと天の羽衣〔姫に〕うち着せたてまつれば、〔姫は〕翁を「[二]いとほし、[三]かなし」と思《おぼ》しつることも失《う》せぬ。この衣《きぬ》着つる人は、もの思ひなくなりにければ《人間的感情が失われてしまうのだったから》、車《飛ぶ車に》に乗りて、百人ばかり天人具《ぐ》して、〔天に〕昇りぬ。

一 さきに高野大国と紹介された人物（七四頁二行目）。「頭中将」は、蔵人《くろうど》の頭《とう》を兼ねた近衛の中将。文武両道にすぐれ、天皇の側近第一の職である。

二 翁の悲嘆を、いたいたしくて見ていられない気持をいう。

三 どうしようもないほど切なく、愛着を覚える感情をいう。

十　富士の煙

その後《のち》、翁《おきな》・嫗《おんな》、四血の涙を流して惑《まど》へど、かひなし。五〔かぐや姫が〕あの書き置きし文《ふみ》を読み聞かせけれど、

「なにせむにか《何をするために》、命も惜しからむ《命など惜しかろう》。誰《た》六がためにか。何事も、用なし《何ももういらない》」

とて、薬も食はず、やがて《そのまま》起きも上がらで、病《や》み臥《ふ》せり。

中将、人々引き具して《軍勢を引き連れて》帰り参りて、かぐや姫をえ七戦ひ止《と》めずなりぬること、〔帝に〕細々《こまごま》と奏す。〔姫の〕薬の壺に御文そへて参らす《さし上げる》。披《ひろ》げて御覧じて、いといたくあはれがらせ給ひて《深く心を動かされなさって》、ものも八きこしめさず《何も召し上がらず》、九御遊び《音楽会》なども《なども停止された》なかりけり。

翁・嫗の悲嘆

四 漢語の「血涙」をそのまま訓読した語。悲痛の極まりないときに、血が涙となって流れるという。「涙尽きて之に継ぐに血を以てす」（『韓非子《かんぴし》』）、「是非を極言し、血涙襟に盈《み》つ」（白楽天『崔《さい》公《こう》墓誌銘』）

五 現代語では珍しくないが、当時は「かの」が普通で、これは最も早い使用例。平安朝を通じて多くは会話中で用いられるが、これはその点でも珍しい。

六 この下に「命も惜しからむ」を補えば意味は通るが、実際には、この句が後から言い添えられたもの。その語気で読むべきであろう。誰のためにというのだ、の気持。

七 天人と戦って、かぐや姫を引き止めることができなくなってしまった事情。

帝の悲傷

八 「きこしめす」は飲食物を摂《と》ることの鄭重《ていちょう》な敬語表現。八〇頁七行目にもあった。

九 当時「遊び」といえば、普通音楽のこと。それも専門家による大編成の雅楽《ががく》ではなく、自分たちの手でする箏《そう》や笛中心の室内楽の合奏をいう。歌舞音曲を停止するのは、死者への哀悼の礼とされていた。必ずしも帝の個人的気分からしないというだけではない。

不死の薬を天に返す

大臣《だいじん》・[一]上達部《かんだちめ》を召して、
「いづれの山《どの山が》か天に近き《〔最も〕天に近いか》」
と問はせ給ふに、ある人奏す、
「[二]駿河《するが》の国に[三]あるなる《あるという》山なむ、[四]この都も近く、天も近く侍る」
と奏す。これを聞かせ給ひて、
〔帝〕[五]逢《あ》ふこともなみだに浮かぶわが身には
　死なぬ薬もなににかはせむ
〔かぐや姫が〕かの奉る不死の薬、御文、壺具《添えて》して、御使に賜はす。勅使には、
[六]調石笠《つきのいはかさ》といふ人を召して、駿河の国にあんなる山の頂《いただき》に持て着くべきよし、仰せ給ふ《ご命令なさる》。嶺《みね》にてすべきやう教へさせ給ふ。[七]御文、不死の薬ならべて、火をつけて燃やすべきよし、仰せ給ふ。〔調石笠は〕そのよし承りて、[八]士《つはもの》どもあまた具《連れて》して、山へ登りけるより〔時〕なむ、その山を「[九]富士の山」とは名づけける。

一　普通は大臣をも含めていうが（一九頁注一四参照）、ここでは大臣と並べられているので、大・中納言と参議をさすことになる。『増鏡』などにも同じ用法が見える。
二　現在の静岡県東部（伊豆半島を除く）地方。
三　当時の表記とすれば異例。伝聞の「なり」は平安朝以後ラ変動詞には連体形に接続するといわれるが、実際にはこの例のように明確なものはほとんどなく、この頁九行目の例のように、「あなる」と表記して「あんなる」と発音されるのが一般である。後代の誤写の可能性が高いが、一応底本のままとしておく。
四　唐土《もろこし》や天竺《てんじく》にならもっと高く天に届くほどの山もあるというが、さしあたってこの都から行ける国内の山としては、の気持からいう。
五　もうかぐや姫に二度と逢うこともなくなってしまったので、とめどなく流れる涙に浮んでいるような私にとっては、不死の薬も何の役にたとうか、全く無用のものだ。「無み」に「涙」をかける。「無み」は、形容詞の語幹に接尾語「み」がついた形で、……の状態で、……のゆえに、の意となる。
六　調《つき》氏は百済《くだら》系の帰化氏族。ここでは「月」との同音の連想から選ばれたものであろう。「いはかさ」は不明であるが、「かさ」は月の暈《かさ》か。「いは」は永遠の堅固さをほめた意かとも。あるいは「磐境《いはさか》」（神々の鎮座する所）の誤りかもしれない。

その煙《けぶり》、一〇いまだ雲の中へ立ち昇るとぞ、一一言ひ伝へたる。

七 かぐや姫から帝への御文、帝の姫への御文、と両説あるが、天に向って永遠に立ち昇る煙となるのであるから、帝の尽きぬ思ひ（火）の煙と解したい。

八 武器の意から、それを用いる兵士の意となる。後、さらに強く猛々《たけだけ》しい武人の意となった。

九 読者は、不死の薬を焼くから「ふじの山」となるのだろうと予測しながら読んできたであろうが、それを「士どもあまた」だから「富士」なのだと、ひっくり返してみせたのである。解説参照。

一〇「いまだ」は訓読語。仮名文では「まだ」が普通である。

一一 直接には、不死の薬を焼いた煙がいまだに立ち昇っている、それが富士の煙なのだ、と言い伝えているの意であるが、それは同時に、その現象のもととなったかぐや姫の物語全体が言い伝えられていることでもある。冒頭に「今は昔」と語りはじめて、結末において再び現在にもどるこうした語り口が、伝承説話においては是非とも必要な型だったようである。

解　説

伝承から文学への飛躍

野口元大

はじめに

本書によって初めて『竹取物語』を一読された読者も、読み進む間にきっと幾度か、この話は知っている、いつかどこかで聞いたことがある、という思いを抱かれなかったろうか。いつだったか分らない、しかしはるかずっと昔、幼かった日のいつかから、この話は知っている、日本人であればおそらく例外なくこう言えるのが、『竹取物語』である。『桃太郎』や『一寸法師』にだって同じことが言えるかもしれないが、『竹取物語』にはそれだけでなくなにか一味違ったものがありそうだ。その思い出に加えて、なにか非常におおどかで美しい夢と、浄化された感情とが揺曳《ようえい》していることが、誰にも感じられるのではないだろうか。

このようにある民族の魂に深く強く刻みこまれ、しかも時世を経て清新な魅力と豊かな創造的契機を失わないものを、「古典」と呼ぶならば、『竹取物語』こそ、日本人にとって古典中の古典である。いつどのようにしてか分らないほど、多様な形でこの物語はわれわれの魂の中に入りこんでいる。それほどにも、この物語は、現代においても創造的活性を失っていないといってよいであろう。この点では、わが国の古典文学中、『竹取物語』の右に出るものはないのである。

しかし、そのような物言いはあまりに一面的に過ぎはしないか、という反問が、本書を通読した読者からは出そうである。一つは、現代人の知っている『竹取物語』は、竹の中から生れて、十五夜の月明の中を天に昇ってゆくかぐや姫の物語で、そこには五人の求婚者たちの影はあまりに薄い。これでは物語の半面しか承《う》け伝えられていないのではないか。そして、第二には、その現代のかぐや姫の物語は、幼童のための、あるいは幼い日への郷愁をもっぱらにした童話であって、古典作品の実質はとり逃がされてしまっているのではないか。

たしかに、この二つの問いは、現代人にとっての『竹取物語』論の最も中枢的な論点となるものなのである。この論点を的確に押えておかないと、『竹取物語』など、所詮《しよせん》童幼婦女子のためのお伽噺《とぎばなし》であって、文学的内容など大人の読書人にとっては取るに足らず、ただ古いという一点で興味を持てばもてる態《てい》の作品だ、という俗論に陥《おちい》りかねない。あるいは、すでに大人の常識としてはそうなっているのかもしれない。そういう常識が固定してしまうと、あの紫式部が、『源氏物語』の中で、「物語の出《い》で来《き》はじめの祖《おや》」とこの物語を呼んでいるではないかと、切札を出してみても、それは単に成立年代が古いことを言っただけのこと、と受け流されてしまうだけにおわろう。そういう目にあわないためにも、まず最初に、右の点の検討から始めたい。

『竹取物語』の構造

第一に、『竹取物語』にとって、最も肝要な本質的なものは何か、それが具体的に表現されている中心的部分はどこか、という点について考えることから始めよう。『竹取物語』は単一の構造をもつ物語ではなく、幾つもの伝承の型を取り入れ、それを複合させて新しい物語に仕立てているのである。本書では全巻を十の章段に分けた。次に、この全体の構成を、伝承の型と対比して掲げてみよう。

一　かぐや姫の生ひたち……化生《けしよう》説話・致富《ちふ》長者説話
二　つまどひ……求婚説話の序
三　五つの難題――仏の石の鉢
四　――蓬萊の珠の枝
五　――火鼠の皮衣
六　――龍の頸の珠
七　――燕の子安貝
（三～七）……求婚難題説話
八　御狩のみゆき……求婚説話
九　天の羽衣……昇天説話
十　富士の煙……地名起源説話

これを見るならば、誰しも二～七の求婚難題説話の比重の大きさに注目するにちがいない。そして、いま仮に『竹取物語』からこの求婚難題説話の部分を取り除けてみよう。すると、残りの部分は、これはこれで一つのまとまった伝承の型に従っていることが見て取れる。比較神話学的に言えば白鳥処女説話、日本の伝承で言えば、羽衣伝説とか天人女房譚《たん》とか呼ばれるものである。

その羽衣伝説というのは、おおよそ次のような話型を基本とする。

一　ある男が妻を得たいと神に祈願する。

二　神の教えにより、または助けた動物の援助によって、水辺で一人または数人の天女が水浴しているのを発見する。
三　羽衣をかくして天女を妻とする。
四　一人もしくは数人の子供が生れる。
五　天女は、自分で、または子供の助けで羽衣を発見し、天に帰る。
六　夫は天女の教えた方法で跡を追って天に昇る。
七　a天女の父親の難題を果して再び夫婦となる。
　　b課題に失敗して夫婦になれない。

（関敬吾『日本昔話集成』第二部による）

これに『竹取物語』を比較してみるならば、もちろんその基本型そのままというわけではなく、かなりの変形を蒙《こうむ》ってはいるが、なおその原型を見て取るのに困難はないであろう。日本の伝承の中で基本型に最も近いものは、古いところでは、「附録」に採録した「伊香小江《いかごのおうみ》」の伝説であろう。また『丹後国風土記』逸文に見える「奈具社《なぐのやしろ》」の伝承もあるが、これはもはやかなりの変形を経たものと言うほかないであろう。しかし、またそれだけに『竹取物語』にいっそう近くなっている点もあることに注意しておきたい。

こうして、『竹取物語』は、羽衣説話の間に、天女と人間の男との結婚の条を利用して求婚難題説話を割りこませて成立した物語だと見なすことができる。あるいはまた、この求婚難題の要素は、もともと羽衣説話でもその結末部分に見られることの多いものであり、羽衣説話になじみやすい性質をもっていた点を重視するならば、この普通には後日譚《ごじつたん》的位置を占める要素を、話の中心部分に置き換えて強調することで物語の興味をいっそう複雑にしたものだと解することもできよう。しかしともあれ、これをさきに見た現代人の心にしみこんでいる「かぐや姫の物語」と引き比べてみるならば、言うまでもなく、羽衣説話の部分のみが圧倒的な大きさで受け入れられて、求婚難題説話の方ははなはだ貧困な印象しか残していないというのが実情であろう。

　現代人にとっての『竹取物語』が、善くも悪しくもそういう「かぐや姫の物語」であるとすれば、それは果して『竹取物語』そのものの本質を正しく保持していると認めてよいものなのか、あるいは長い時間にわたる伝承の間に興味本位に流れて、古典としての最も本質的な部分は亡失されてしまったことを嘆かなければならないものなのかが、さきにかかげた課題であった。いま、この課題は、『竹取物語』にとって、物語としての本質的なものは、羽衣説話的部分なのか、あるいはまた求婚難題説話的部分なのか、と言い換えることが可能である。

『竹取物語』の本性

　この問題は、実は従来の『竹取物語』論の中でも一つの焦点をなすものであった。それは羽衣説話の部分が超自然的素材を扱って浪漫《ろうまん》的香気に包まれているのに対して、求婚難題説話の部分は日常的題材を扱って現実批判的な態度がうかがわれることから、このどちらを根幹と認めるかが、直ちにこの物語の主題をどう把握《はあく》するかに連なると考えられたためである。当然そこから、論議は大別して三つの立場が生れることになった。

　第一には、羽衣説話の部分を物語の根幹と認め、したがってこの物語の性格を、「永遠美を幻想するお伽噺」(和辻哲郎『日本精神史研究』)と捉《とら》える立場があり、単に伝奇的興味を主とすると見るものから、人間無力観の文学とするものまで、多くのバリエーションを生んでいる。

第二には、右と対照的に求婚難題説話の部分を物語の根幹と認め、したがってこの物語の性格を、「王朝世態小説」(津田左右吉『文学に現はれたる我が国民思想の研究』)と把握する立場があり、上流貴族への諷刺《ふうし》を旨とすると見るものから、反伝説的な写実性の確立を評価しようとするものまで、多様な説が立てられている。

第三には、右の相対立する両者の見解を統一的に理解しようとする折衷《せっちゅう》的立場がありうることは、当然予想されるところであり、事実、浪漫的な伝説的世界と現実的な日常的生活との統一をリアリスティックに試みようとするもの(近藤忠義『日本文学原論』)という説などが提出されている。

しかし、現在までのところ、形式的にはとにかく、実質的に第一と第二の立場を統合して、全く新しい物語の本質を提示しえたものは、現われていないようである。それぞれの立場から他の立場をも統合しようと意図しつつも、基本的には右の第一もしくは第二の立場に立たざるをえないというのが、この論議の実情である。

一　柳田国男の先駆的業績

さて、そこで、『竹取物語』において、羽衣説話的部分と求婚難題説話的部分と、どちらがより本質的契機と認められるか、というもとの問題に立ち帰らなければならないことになる。その場合、従来から常に顧みられ、指標的役割を果してきたのが柳田国男の「竹取翁考」であった。彼は、『竹取物語』が一人の作者による純然たる創作というべきものではなく、すでに世上に流布《るふ》していた説話を取って脚色したものだと認定したうえで、

今日問題としてよいのは其筆者の働き、即ち何れの部分が新しい趣向の増附であり、どこが其時代に既に行はれて居たものの、踏襲であつたかの境目如何であらう。

と言い、さらに進んで、

然らば何れの部分に、竹取物語の文芸としての目途が有つたか。作者その人の働きといふものは、果してどの点に現れて居るのか。斯ういふ疑問があるなら私には容易に答へ得られる。それは他を捜して類型のない部分、もしも一々捜すのが厄介とあらば、主としては五人の貴公子が、無益に妻問ひをして結局は蹉跌と落胆とに終ったといふ、あの面白い五通りの叙述である。是には一つ〳〵歌と一種の口合ひとが附いて居て、目先をかへることに十分の力が用ゐてある。さうして此書以外には、前にも後にも斯ういふ類の話は無いのである。私たちは是を説話の変化部分、又は自由区域と呼ばうとして居る。

（国語国文・昭和九年一月）

と説いた。この柳田国男の説は、幅広く多年にわたる昔話採集の実績の裏付けの上に立って、まことに説得的であった。説話には固定的な伝承部分と自由な変化部分があるという原則的確認から、語り手が大いに創意を発揮し、独自の思想・感情を盛りこめるのは、話の自由区域においてであるという説には反論の余地がないように思われた。

さきに第一の立場として挙げたものは、そのほとんどが、かぐや姫の昇天の段を物語に最も本質的根幹部分として捉え、そこに作者の主題的意図が集約的に盛りこまれていると説き、それが物語のプロットのクライマックスに一致することをもって自説の支えとしたのであるが、柳田説に対峙《たいじ》すると、

はなはだ旗色が悪かった。昇天の段こそ最も固定的な伝承部分であり、そうしたプロットははるか古い昔からいたる所で語り伝えられてきたもので、今さらいかに当代的意匠をこらそうとも、その本質的なものがゆらぐとも考えにくいところではないか。いくら新しい酒を盛ったところで、所詮《しょせん》は古い革袋で、徹頭徹尾新しい創意によって成った五人の貴公子の難題譚の新鮮さには及ぶとも思われなかったのである。

こうして、以来柳田説は学界に深く浸潤《しんじゅん》し、『竹取物語』について論をなす者は、すべてこれを意識せざるをえない情況が続く。そして当然の結果として、研究の方向は、一つには、『竹取物語』以前の伝承説話の探求に向い、一つには、五人の求婚者たちの話に表象される物語作者の批判意識のありかたの問題に二極分化していったのである。

二　中国民話「竹姫」の発見

それからほぼ四十年、つい最近になって、衝撃的な発見が報告された。柳田国男によってこの物語における自由区域と指摘され、以来長らく作者の机上の創作として、誰も疑ってみようとしなかった五人の貴公子の難題求婚譚の類話の伝承が明らかになったのである。しかもその難題も多くの昔話では三つが普通であるのに、この「竹姫」という民話では『竹取物語』の場合と同じく五つの難題が、五人の求婚者に割り当てられるのであり、難題の内容からそれぞれの破綻《はたん》のしかたまで、驚くほかないほどぴったりと符合している。さらに加えて決定的なだめ押しと思われたのは、その出題者の女性が竹の筒の中から生れ、見るまに成長したという発端《ほったん》までついていたことであった。ついでに余分な感想をつけ加えると、この報告が、一人の女子学生の卒業論文という形でなされたこと、そしてそれを追って幾人もの専門家の熱心な探索活動が続けられたものの、結局のところは、『竹取物語』に関していえば、何と似た話があるものだという発見以上に何も出てこない空《むな》しさなど、なにか『竹取物語』にあまりにもふさわしい出来事だったと言えそうに思われて、興味をそそられたことであった。

原話は中国の奥地、四川《しせん》省西部、揚子江《ようすこう》上流の金沙江のほとりに住むチベット族の間に伝承されているものであり、類話は現在のところ発見されていない。千年前の日本と、二十世紀の中国奥地と、時間的にも空間的にもその間をつなぐ手がかりは何一つない。しかし、だからといって、説話の世界にありがちな偶然の一致として片づけてしまうことは、細部の一々にまでわたって不思議なほど符合している事実の前に、やはり躊躇《ちゅうちょ》せざるをえない。その間の事情については、本書には、「附録」として、発見者百田弥栄子の手で原文対訳の形で全文を掲載し、あわせて『竹取物語』との比較対照表を添えたので、参照していただければ容易に了解されよう。

それに、たとえば片桐洋一氏の言うように(「竹取物語は中国種か」国文学・昭和五十二年九月)、龍の額の珠を取りに、というと、直ちに大海へと志し、あげくは暴風に遭《あ》って南海の孤島に漂着したという話になるが、これが海から遠く隔絶されたチベット族にとって、自然な発想だろうか。はなはだ疑問を感じざるをえない。そういう疑問点は他にもいくつか指摘することが可能で、その点からすると、この話は、金沙江のほとりで発生したものと即断するのは危険なことになり、どこか海岸地方から伝播《でんぱ》したものである可能性を考える必要があろう。そうなれば、現在のところ埋めようがないと思われる時間空間の隔たりも、いつかはいくつかの失われた環《わ》の発見によって、次々に埋められてゆくことが期待されてよいのかもしれない。中国でも文化革命が終熄《しゅうそく》し、やがてこういう少数民族の民間伝承の採集整理の事業が再開されるということである。

土俗的信仰からの乖離《かいり》

さて、右のような期待が充《み》たされるまでは、われわれとしては、与えられた『竹取物語』について考えてゆくしか途《みち》がないわけである。それでは、『竹取物語』とは、そうした中国種に発する着想を受け容れ、日本古来の伝承世界の中にほとんど違和感なく埋めこみ、醇化《じゅんか》してゆくような性質のものだったのかどうか、そのあたりから考えてみたい。

一　月光の美の発見

さきにも触れたように、従来の研究では、この『竹取物語』が、日本古来の伝承といかに密接にかかわり、どのような説話的基盤に根ざした物語なのかという、物語と伝承の連続の相がもっぱら探求の焦点となっていた。たとえば、かぐや姫にとって最も大切なイメージは、中秋の月明の中での昇天であろうが、この点についても、八月十五夜は初穂を神に捧げる神聖な夜であるとか、この日に死んだ人は立派に往生できるが、その家は没落するという俗信が、ある地方には伝わっているとか説かれてきた。こういう民俗学者の説は、その採集された伝承が『竹取物語』以前に起源をもつものであり、しかも『竹取物語』の作者がそうした習俗をなんらかの形で知っていたことが証明されなければ、意味を持つものなのかどうか判定しがたいわけであるが、それがなされたことはない。

だいたい日本神話の大きな特徴の一つは、自然神話に乏しいことであるが、その中でも月に関する神話は極端に少ない。天照大神《あまてらすおおみかみ》の弟とされる月読命《つきよみのみこと》にしても名ばかりの存在で、本来的なものかどうかはなはだ疑わしい。『万葉集』になると、さすがに「月読壮子《つくよみをとこ》」「月人壮子《つきひとをとこ》」を詠んだものが七、八首見られるようになり、また月の「変若水《をちみづ》」、つまり月と復活あるいは不老不死の観念とを結びつけた歌もある。しかし、これらは日本固有の伝承をふんでの歌というよりも、著しく中国的発想に学んでの作であることが一見して明らかなものばかりである。しかも、それらはいずれの場合も「月人」は「壮子」であって、月と女性とが結びついた例は皆無なのである。世界的にみても、月と女性とは極めて結びつきやすい関係であるはずなのに、それが遂に見られないのである。そして逆に、平安朝になると、『竹取物語』中にも言われているように、女性にとって「月の顔見るは忌むこと」（六八頁参照）という禁制はしばしば見られるのであり、『源氏物語』や『後撰集』などの例によってみても、これはかなり厳しい禁忌だったとしてよい。死や血の穢《けが》れを忌む日本の古代観念のなかで、月は不浄の連想があまりにも強く、沈黙のうちに秘めらるべきものだったのではなかったろうか。そしてそのような土俗的信仰の暗示力が徐々に力を失ってきた平安朝貴族社会の中で、その本源的根拠が忘れられながら習俗としての禁忌が残存し、やがてそれまでが破られがちになったとき、前記のような警告が、言葉として発せられたのだと考えることができよう。

『竹取物語』を一編の物語として通読した場合、この物語の月を、そのような暗い不浄のイメージとして読み取った読者はいないであろう。土俗世界の暗い不安を照らす禁忌の月ではなく、透徹した清浄玲瓏《れいろう》世界の象徴としての月が、『竹取物語』の月である。古い原始の伝承からの連続に意味があるのではなく、そうした原始の闇を切り裂いて自らの存在を示し始めた人間精神の光にこそ、われわれは注目しなければならないのではないか。『竹取物語』を「物語の出で来はじめの祖」と位置づけるのは、この物語にそうした意義を認めたからなのではなかったか。われわれにとって、この上なく懐かしい郷愁をさそう『竹取』の月は、実は当時においては、最も新しく異国的な憧憬《しょうけい》をさえも含んだ知性の輝きだったのである。あるいは、当時とは言わず、これまで民俗学者の努力によって採集された竹取類似説話をながめてみても、八月十五夜に月の世界に帰るという要素は、その全部に欠落している。古い文献資料に月に触れて語るものが二、三あるが(「附録」参照)、それはいずれも『竹取物語』の影響が明白なものばかりで、かえってこの点における『竹取物語』のユニークさを裏づけていると言えそうである。

二　中秋の明月――海彼《かいひ》の新風潮

中秋の明月を賞することとは、和歌の世界では、『万葉集』はおろか『古今集』にも見られず、『後撰集』以後のことに属する。史伝・記録類を調査してみても、『六国史《りっこくし》』には全く載せるところがなく、『日本紀略』の延喜九年(九〇九)閏《うるう》八月十五日の条に、

夜、太上法皇(宇多)、文人《もんにん》を亭子《ていじ》の院《いん》に召して、「月影秋池に浮ぶ」の詩を賦《ふ》せしむ。

とあるのが初見《しょけん》である。そして「附録」に掲げた『大和物語』七十七段は、この夜のことであったと考えてよいようである。そうすると、この『大和物語』の話は『竹取物語』をふまえてのものであるから、さらに古い事例を求めなければならないことになる。これについては、さきに奥津春雄氏の調査があるが、それをもとにもう少しその辺の事情を探ってみよう。

『源公忠朝臣《きんただあそん》集』に「延喜五年八月十五日」と詞書《ことばがき》して、

いにしへもあらじとぞ思ふ秋の夜の
　月のためしは今宵なりけり

と見えるのが、管見《かんけん》の及ぶところ、最も古いものであるが、これに「いにしへもあらじとぞ思ふ」とうたわれるのは、この時が内裏《だいり》の観月の宴の初例だったことを暗示していると見てよさそうである。貫之《つらゆき》・躬恒《みつね》の屏風歌《びょうぶうた》の中にも「八月十五夜」と題したものがそれぞれ数首見られるが、「延喜の御時」とする以上に古いものは発見できない。そうすると日本において知られる最初の例は、屋代弘賢《やしろひろかた》が『古今要覧稿』に指摘したように、島田忠臣《ただおみ》の「八月十五夜月に宴す」(『田氏家集』上)と題された漢詩であったとしなければならない。その制作年代は貞観《じょうがん》四年であったろうと推定される。そして、『菅家文草《かんけぶんそう》』によると、貞観六年(八六四)以降、菅家においては、毎年この日門弟を集めて観月の詩宴を催すのを恒例としたようである。つまりは和歌の場合より一世代ほどさかのぼった時期に、漢詩の世界で中秋の明月を賞翫《しょうがん》する風が興っていたのである。

この事実は、八月十五夜の月をことさらに賞《め》でるということが、日本の古い農村の習俗に根ざすものではなく、中国からの新しい風流として渡来したものであろうという推測をほとんど動かないものとする。さらに言うなら中国においても、これは意外に近い時の風であったらしい。宋の朱弁の撰になる『曲洧旧聞《きよくいきゆうぶん》』によると、杜甫《とほ》の時代、すなわちほぼ盛唐のころに起源をみている。日本でいえば奈良朝末期である。たしかに杜甫晩年の作に「八月十五夜月」があるが、なおこれは中秋の月が一年で最も美しい特別なものという観念を含むまでには至っていない。大曾根章介氏の指摘によると、単に中秋明月を詠んだというだけなら、すでに初唐のころに、李嶠の「中秋月」という五言絶句がある。中秋観月の風は中唐に入って盛んになったと思われ、このころには、中秋の明月は明らかに別格視され、特に詩情を誘うものと意識されるようになってきていた。『白氏文集《はくしもんじゆう》』には少なからぬ作例があるが、それが白氏ブームの情況にあった日本の文学界に多大の影響を及ぼしたであろうことが、『千載佳句』や『和漢朗詠集』などに採択された詩句によっても、容易に推察される。「三五夜中新月の色　二千里外故人の心」（白楽天）とか、「秦甸《しんでん》の一千余里　凜々《りんりん》として氷鋪《し》き　漢家の三十六宮　澄澄として粉餝《ふんかざ》れり」（公乗億）などの句が女流文学たる『枕草子』や『源氏物語』にまでどれほど深い詩心を揺り起しているかを思い合せただけでも、その浸透力の強さは想見されよう。それにしても、『白氏文集』は著者の生存中に舶載されると、直ちに日本の文人の心を捉え、その作に傾倒し、その風を慕う姿勢は、すでに道真の父であり、島田忠臣の師たる菅原是善（元慶四年没）あたりから顕著にあらわれ、同時代の都良香《みやこのよしか》は「白楽天讃」を作って、「集七十巻は尽《ことごと》く是れ黄金」と讃嘆を惜しまなかったほどであるが、その良香に「附録」に採録した「富士山の記」があることは注目に価する。

　こうしてみると、『竹取物語』のクライマックスを現出する場面に、中秋のあくまで澄みきった月明が選ばれたのは、古い習俗の記憶によるものではなく、この上もなく新奇な海彼《かいひ》の新思潮に寄せる文学的憧憬が作用していたのであると断定して間違いないであろう。

　ついでに、中国の伝承を一つ挙げておこう。

羅公遠、秘術を多くす。嘗《かつ》て玄宗と月宮に至る。初め桂杖を以て、空に向つて之《これ》を擲《な》ぐ。化して大橋と為る。橋より行くこと十余里、精光目を奪ひ、寒気人を侵す。一大城に至るや、公遠曰く、「此れ月宮なり」と。仙女数百、皆素練霓衣《それんげいい》して、広庭に舞ふ。其の曲を問ふに、「霓裳羽衣《げいしゃううい》」と曰《い》ふ。帝、音律に暁《さと》し。固く黙して其の音調を記して還る。橋梁を回顧すれば、歩むに随ひて没す。明くる日、楽工を召して、其の音調に依り、霓裳羽衣の曲を作らしむ。

これは『楽府詩集』に引く『唐逸史』の記事であるから、『竹取物語』より後のものではある。しかし類同の説話が『開元天宝遺事』その他にも伝えられ、かなり早い時期に成立していたのではないかと推測できそうに思われる。もしそうとすれば、白楽天の「長恨歌《ちょうごんか》」にもこの霓裳羽衣の曲は見られるのであり、そうした伝承も渡来していた可能性も否定できないのではなかろうか。天平時代にはすでに興味の多い中国民話を集めた通俗の類書『琱玉集《ちょうこく》』が舶載され、書写されている例もあるのである。こういうことは、「竹姫」の原話についても、可能性としては考えられるところであろう。

『竹取物語』の表現方法

話が少し脇筋にそれてしまったが、今や柳田説は無条件では通用しなくなってしまったと言ってよい。それでは、もう一度出発点に立ち戻って、『竹取物語』にとって最も本質的な主題性が、最も直接的に表現されている部分はどこなのか、を考えてみたい。

一　二つの文体と物語の構成

この点についての印象批評的言説は様々な立場から数多く重ねられ、その結論もまた多岐《たき》にわたったことは、先にも触れたが、それらの中にあって、はじめて客観的に『竹取物語』の表現そのものの分析を通じて注目すべき事実を提示されたのが、阪倉篤義氏であった。その説の要点は、「日本古典文学大系」所収の『竹取物語』の解説中に述べられているので、誰でも容易に参看することができるが、いま簡単に要約すれば次の通りである。

まず『竹取物語』の文章は、二種類の異質の様式の文章の複合から成っている。一つは漢文訓読調の文章であり、他は非漢文訓読調の文章であるが、後者においては、係助詞の「なむ」「ぞ」の使用が目立ち、また文末に「けり」が用いられることが多い。つまり、非訓読調の文章とは、聴き手に向って語り聞かせる話し手の姿勢がうかがえる「物語る」という叙述様式にふさわしいものである。最も特徴的な地の文の「けり」の使用を目じるしとして、この物語の文章を通観すると、幾つかの興味ある事実が浮び上がってくる。

まず「けり」止めの文が、地の文全体の中ではかなり著しい偏在ぶりを示す。大勢としては前半に多く、後半に少ないが、さらに本書の章段に照らしてみると、多くはその冒頭と末尾に集中し、章段の内部に見られるものも、一段落の末尾にあるのが通例である。

そして、この傾向は物語の初めの方ほど顕著である。第八章段あたりになるとこの傾向は著しく薄れ、第九章段ではほぼ消失すると言ってもよいのであるが、第十章段末尾では改めて強調されて、物語冒頭と呼応している。

また、各章段を構成する地の文の数は、第九章段が著しく多く、ほとんど他の章段の二倍に達し、逆に第十章段が他の半数にも及ばぬ短さであるほかは、第一から第八までの章段はほぼ同数の文から成っている。

全体として、この物語は、「けり」止めの文によって括《くく》られた幾つかの単位に分れ、それらのすべてをさらに大きく物語の冒頭および結末の「けり」止めの文が締め括るという形をとる。

内容的に言えば、この「けり」止めの文による物語の枠組《わく》だけをたどっても、この物語の大筋は十分に把握《はあく》できる。そしてその大筋とは、「附録」に掲げた『今昔物語集』中の竹取説話や『源氏物語』の「絵合《えあわせ》」の巻の記述とほぼ一致すると言ってよいのである。

このような認定のもとに、阪倉氏は、この物語の作者はまず伝承説話を素材として「物語る」文体によって大筋の輪郭を形造り、次いでその縁取りされた枠の中を作者独自の趣向を加えて興味深く彩《いろど》っていったのであろうと推測される。枠づけの中では筋の自由な発展は望めず、部分的趣向に作者の関心が集中されざるをえなかったのであるが、第八章段あたりから枠の制約がゆるんで、創作の自由領域が拡大され、筋の小説的展開さえも見ることができるようになったのだとも説かれている。

このような阪倉説は、『竹取物語』の文章の基本的な特質を見事に捉え、その文学的本質の理解にも重要な鍵を提供したものとして、まことに貴重なものである。今後ともこの物語を顧みる人々にとって常に大切な指標となるものであろう。

二 伝承的フィクションからフィクションの創造へ

ここで、もう一つ、こうした問題を考えるのにこの上ない示唆《しさ》を与えるものとして、「説話におけるフィクションとフィクションの物語」（国語と国文学・昭和三十四年四月）についての益田勝実氏の提言に耳を傾けてみよう。

古い伝承説話は、現代人から見れば、もう丸ごと架空の話そのものであろうが、当時の人々にとってももはや必ずしも事実そのものと受け取られていたわけではない。しかし、説話の中で、人間は、日常的現実の中に埋没しているときよりもはるかに生き生きと鮮明な、言うなればより人間的本質的な生を貫くことができたのではなかったろうか。十分に自覚的にではなかったにしても、そういう関係が徐々に認識されてくるにつれて、自分たちの周囲で起った事実の物語を、事実の基盤から切り離して、伝承的な説話の型にあてはめて語り直すということが広く行われるようになった。歌語りの世界ではそれはむしろ普通のことであったようだし、ずっと時代が降《くだ》っても、あるいは現代においてさえも、そうした類例にこと欠くことはないであろう。

他の時代、他の場所での伝承説話の型を借りることによって、日常の生活経験の中から新しい説話が次々と生産され、伝承説話の世界はいよいよ豊かになってゆくのであるが、こういう伝承の型にたよる発想（これを伝承的フィクションと呼ぶ）は、一方で生活の条件が変っても人間の空想を解放することに対する制約として作用する。新しい人間関係を古い姿に語り変えることによって受け入れやすくするという側面があるわけである。

『竹取物語』の場合、それが竹の中からの小《ちい》さ子の誕生譚、求婚難題説話、羽衣説話などの昔話的要素の組み合せからできていることについては先にも述べたが、問題の焦点はそのことにあるのではなく、それほど昔話的要素によりかかりながら、それを組み合せ展開させてゆく空想の軌跡が、ある特定の既存の型と重なっていかない点こそ、はるかに重要視される必要がある。伝承的フィクションを伝承的フィクションの枠から抜け出て駆使しているものを重視したいのである。伝承的フィクションをいくら積み重ねても、フィクションの創作にはならない。特定の時と場所とに縛られた伝承と絶縁して、全く新しい自由なフィクションを創造すること、これが伝承説話から物語文学への飛躍ということの文学的意味ではなかったか。事実が作り話化されるのでなく、根っからの作り話が出現し、その新しいフィクションによって、瑣末《さまつ》な事実性から解放された空想世界の果てしない展開が保障され、それによって人間の内なる真実や人間関係における深い真実の追求が可能になる――こういう古代的精神の革命的飛躍の証《あか》しこそ『竹取物語』だったのではないか。

これが益田氏の主張の大筋である。

『竹取物語』の主題

一　「天の羽衣」の段の意義

こういう近年の新しい研究業績を重ね合せてみると、幾つかの重要な点で、柳田説を根幹とした従来の『竹取物語』観に大きな修正が要求されることに、誰しも気づかざるをえないであろう。まず何よりも、この物語における伝承的な固定部分と作者の想像力による自由区域との区分けが根本的に塗り変えられなければならない。五人の貴公子の求婚の部分にも類型の存在が否定できないうえに、文章そのものが伝承の枠の厳存を明示している。それに対して、かぐや姫の昇天の条は、従来最も伝承的固定的な部分とされていたのであるが、実は伝承的なものの制約が排除され、作者が自らの想像力を駆使し、伝承を素材として自由に腕を振った部分であることが明瞭になってきたと言ってよいであろう。

また、五人の求婚の段の新しさとは、従来とて必ずしも類型の有無だけが問題にされたのではなく、話の内容の上で、あるいは物語の語り口において、この部分の現実性が注目されたからでもあった。たしかに、この部分は旧来の伝承の型を借りているにしても、その内容には新時代の貴族生活の現実によって豊かにされた経験の反映が著しい。ここでは、説話型は単なる形式で、重要なのはその新しい内容なのだという主張にも一理はある。しかし同時に、その新時代の生活から生れた新しい説話も、旧来の既存の型にはめられ、その枠内でしか自己を主張できずにいることも、また明らかな事実である。

これに対して、「御狩のみゆき」の段以降になると、求婚説話の型を利用しながらも、作者は古い伝承の枠に捉われることなく、空想をのびのびと羽搏《はばた》かせ、プロットの自由な変更をすら試みようとするまでになっている。ここでは虚構はすでに古い伝奇の尻尾《しっぽ》ではなく、主題表現のための文学的方法に転化されているのである。これを非現実的だという理由で古いとしか見ないのは、はなはだしい短見と評するほかない。

こうして、「天の羽衣」の段に至れば、物語作者としての自発性が、伝承説話の拘束を振り切って最高度に発揮されるのであるが、ここはまた、物語構成上からもクライマックスにあたる部分である。したがって、この作品の主題性が、この箇所において、最も直接的な、かつ最も著しい表れ方をするであろうことは、容易に予想されるところである。

二　天上界と人間界の絶対的隔絶

それでは、そのような形で、作者がどうしても語らずにいられない思いに駆られたのは、いったいどういうことだったのであろうか。何がそれほどまでに作者の心を揺り動かし、あえて未墾《みこん》の曠野《こうや》に新しい道を拓《ひら》くような苦難の業を彼に課したのであろうか。

これについては、何よりも具体的に物語本文の語るところに耳を傾けるのが一番よい。もう一度立ち戻ってみよう。

天人《てんにん》の中に持たせたる箱あり。天《あま》の羽衣《はごろも》入れり。またあるは、不死の薬入れり。一人の天人言ふ、

「壺《つぼ》なる御薬たてまつれ。穢《きたな》き所の物きこしめしたれば、御心地悪《あ》しからむものぞ」

とて、持て寄りたれば、いささか嘗《な》め給ひて、少し形見とて、脱ぎ置く衣《きぬ》に包まむとすれば、ある天人包ませず。御衣《みぞ》を取り出でて着せむとす。その時、かぐや姫、

「しばし待て」と言ふ。「衣《きぬ》着せつる人は、心異《こと》になるなりといふ。もの一言《ひとこと》、言ひ置くべきことあり」

と言ひて、文書く。天人、

「遅《おそ》し」

と心もとながり給ふ。かぐや姫、

「もの知らぬことなのたまひそ」

とて、いみじう静かに、おほやけに御文たてまつり給ふ。あわてぬさまなり。

こうして帝に奉られる消息は、情理を尽した見事なもので、それについても述べたいことはあるが、それはひとまず置くとして、その後、物語はこう続く。

とて、壺の薬そへて、頭中将《とうのちゅうじゃう》呼び寄せて、奉らす。中将に、天人取りて伝ふ。中将取りつれば、ふと天の羽衣うち着せたてまつれば、翁を「いとほし、かなし」と思《おぼ》しつることも失《う》せぬ。この衣《きぬ》着つる人は、もの思ひなくなりにければ、車に乗りて、百人ばかり天人具《ぐ》して、昇りぬ。

（八〇〜八二頁）

かぐや姫の昇天の場面はこう語られていた。彼女が羽衣を着て月の都に帰る点では、伝承の型は守られているわけであるが、その羽衣に、ここでは純粋に天上界の象徴としての意味だけを担《にな》わせていることが特に注目されなければならない。橘純一氏もかつて指摘されたように（「竹取物語の再検討」岩波講座日本文学）、羽衣を着ることは単に天人たることのしるしなのであって、空を飛ぶためには、別に飛ぶ車が用意されなければならないのである。作者は、なぜこのように誰でもが心得ている羽衣の実用的機能を剝奪《はくだつ》して、代りに新たな形而上《けいじじょう》的意味のみを賦与《ふよ》しようとするのであろうか。

これは、思うに、天上界と人間界との絶対的な隔絶を具象的に表現しようとする試みであったにちがいない。右の引用文の最後にもはっきり語られているように、天上界というのは、「もの思ひ」のない世界なのである。これは、単に心配事のない楽土だということではない。「翁を『いとほし、かなし』と思しつることも失せぬ」とあることによって、はっきり確認できるように、現実界では最も人間的な美しい感情と認められ、ことに当時の社会通念では最高の道徳とされていた、孝＝親子の愛情さえも否定されなければならない世界なのである。永遠の世界の純粋な理性の光に照らせば、愛憎にかかわらず、一切の執着は迷妄《めいもう》であり、解脱《げだつ》されなければならぬ絆《きずな》でしかないのであった。

このことは、いくら強調してもしすぎることはないだろう。というのは、これこそ、この作者の世界観を最も端的に打ち出したものであり、従来の伝統的異郷意識との間に明確な一線を画するものだったからである。外国の神話や伝説においても例のないことではないが、特にわが国の異郷説話に共通する特色は、その異郷が人間の世界とまったく別の次元のものとしては意識されていないことである。それゆえ、現実世界からの出入も、本質的には自由であることが普通であるし、人間がその世界に入っても、また逆にその世界からの訪問者を人間界に迎えた場合でも、相互に同質的な存在として話が通じ、意志・感情の触れ合いにも格別の妨げは感じられない。それどころか、この世においてすぐれた人物になるためには、一度は異郷を訪問して帰ることが必要な条件と考えられたらしい形跡すらあるのである。

『竹取物語』においても、天上界はたしかに理想境であり、人間のあこがれを象徴する世界である。しかしながら、その理想と憧憬とが限りなく純粋化されているために、かえって人間的なものは一切妄執《もうしゅう》として却《しりぞ》けられる冷徹きわまりないものになっているのである。作者にとって、理想の名に価するものは、かくのごとく完全で純粋でなければならなかったのであり、そして一方では、人間とは、それほどにも理想からかけはなれ、その間にいかんともなしがたいほどの断絶を有するものなのであった。

三　人間存在の矛盾性

さらに、もう一つ注意されなければならないことがある。それは、ここに語られるかぐや姫の姿である。右の引用の前半では彼女はまだ羽衣を身につけておらず、したがってなお人間の身と心とをもっているはずである。つまり、ここで「心もとなが」って、いらいらと落着かぬのが天人であり、それを抑えて「いみじく静かに」「あわてぬさま」なのが人間の方なのである。これでは、どうしても、人間の方が天人よりも堂々とした大きな存在として、われわれの目に映らざるをえない。しかも、かぐや姫は、「もの知らぬことなのたまひそ」と、はっきり天人をたしなめているのである。「ものを知る」「ものの心を知る」とは、あくまで人間的な感動を言い、それを尊重する態度を意味するとすれば、これは人間的な価値をもって、作者自身あれほどまでに強調する天上界の純粋理性の上におくということにほかならない。

してみれば、こういう描写は、理想の天上界に対し、地上の人間界を八苦の煩悩《ぼんのう》を脱却しえぬ無明《むみよう》の世とするこの物語の基本設定と大きく矛盾すると言わなければならない。しかも、前述のように、この場面は、物語全編のクライマックスであり、『竹取物語』という作品の文学的感銘の集約される箇所なのである。旧来の伝承的フィクションによる説話であれば、けっしてこういう根本的な思想の分裂などありえなかった。すべては、磨き上げられた伝承の型にぴたりと決めこまれていたのである。この点はしっかり押えておく必要がある。

しかしながら、真の問題は、ここに矛盾があるかどうかではなく、この矛盾がかえってこの上ない感動を読者の胸に喚《よ》び起すという文学的事実である。この感動は、いったい何に起因するものなのか。この感動の本質を究明することこそ、同時に『竹取物語』全編を貫く主題の把握につながろう。こういう言い方をすると、その解決はほとんど不可能なほど困難で、到底われわれの手にはおえないという印象を与えそうである。しかし、実は、事はさほど難しいわけではない。いま仮に、事の筋道を逆にたどってみることにして、作者の思想を論理的連鎖のみを重んじて展開させるとどうなるか。地上に流謫《るたく》された罪の期間が過ぎて、理想の国土に召還されるとなれば、かぐや姫にとってこの上ない喜びであるはずである。たとえ地上の人々が泣き嘆いたにしても、それは宿世因果《すくせいんが》の理《ことわり》を悟らぬ人間の迷妄《めいもう》というほかない。すべては定められたようにあるほかはないのだ。彼女はすすんで羽衣を身にまとい、翁や嫗にはその労に酬《むく》いるだけの幸いが授けられるのを見とどけて、悠然と昇天する——こんなことにでもなろうか。多くの「竹取説話」の筋道は大きくこの線を外《はず》れることはない。しかし、そうであるにしても、そのような話が、単なる奇談の域をこえて、われわれの胸の奥にまでひびいてくることがあるだろうか。

そうしてみれば、われわれが『竹取物語』から受ける感動は、この矛盾が矛盾であるという、まさにそのことによって生ずるものなのだ。そして、その感動は、伝承説話にわれわれが感ずる興味とはまったく性質を異にするものだということも、また疑いないところであろう。この新しい異質の感動こそ、文学的感動と呼ばれるにふさわしいものであり、ここにはじめて伝承説話とは別種の物語文学が生れたのである。

ここまでたどってみるならば、さきの課題――『竹取物語』にとって、羽衣説話的部分と求婚難題説話的部分とのどちらがより物語としての本質的契機を担うものであるか――に答えることは、もはや容易であろう。五人の求婚の部分は、物語構成の上からみて修飾的要素と見られるというばかりでなく、そこに託された作者の思想内容、またその表現姿勢からしても附随的もしくは脇役的な位置づけを甘受するほかないであろう。なおこの表現の問題については、後に再び取り上げることにしたい。

四　人間性への愛着と無常への嘆き

さて、それでは、『竹取物語』において、このような新しい文学を産み出す根源的なところで発条《ばね》の役割を果した右のような分裂・矛盾は、いったいどこから、またなぜ生じたものなのであろうか。伝承説話においてはありえないものであってみれば、このことはどうしてもここで問われなければならないであろう。これは、当然この物語の成立時期の問題や作者の精神的および社会的位置づけの問題と深くかかわってくる問題なのであるから、それについては後述することにして、ここではごく大づかみに問題点を指摘しておくにとどめるほかはない。

それは、おそらく外来思想の深い影響下に形成された作者の主知的な人生観と、物語を語りすすめているうちに彼の胸のうちに溢《あふ》れてきた、人間性そのものに対する限りない愛情との、相剋《そうこく》・葛藤《かっとう》に起因するものであった。いくら断とうとしても断ちきれぬ、むしろ断とうとすればするほど纏綿《てんめん》する人間に対する執着こそ、その真因とすべきかもしれない。しかも、作者の人間観は、正面から人間の偉大さを讃美し、人間性の勝利を謳《うた》いあげるような肯定的楽天的なものではない。そうではなく、この物語において、結局は、かぐや姫が羽衣を身につけて「もの思ひ」がなくなり、人間的な感情を忘れて天に昇ってしまうことで端的に示されるように、人間的なものは最後には敗れさる、必然的に敗北するほかないのだ、という認識が根底にあればこそ、作者の人間に向けられた愛惜の情にはいよいよ切《せつ》なるものがあるのである。かぐや姫の悲嘆はそれを何よりもよく代表する。

月に帰るべき日が近づくと、かぐや姫の悲しみと嘆きとはいたましいばかりである。それは、「おのが心ならず、まかりなむとする」と自ら言うように、彼女にとって「いみじからむ心地もせず、悲しくのみある」運命でしかない。その限りない心痛は、「今年ばかりの暇《いとま》を申しつれど、さらに許されぬによりてなむ、かく思ひ嘆き侍る」とあるように、その理想境に迎え入れられるのを自ら拒否しようとするまでになる。もちろん許されるはずのことではないが、そうすると、その不可能であることが、さらに嘆きの種になるのである。心情的には、人間性への愛着が、知的な理想への志向を完全に圧倒していると言える。「かの都の人は、いとけうらに、老いをせずなむ。思ふこともなく侍るなり。さる所へまからむずるも、いみじくも侍らず。老い衰へ給へるさまを見たてまつらざらむこそ、恋しからめ」という言葉のように、人間の四苦までがかえって愛執の心をそそるのである。それほどの人間的なものへの執着は、どうあっても見すごされてよいものではない。

さらに、かぐや姫は、昇天に際して翁たちに残した書置きの中に、「脱ぎおく衣《きぬ》を形見と見給へ。月の出でたらむ夜は、見おこせ給へ」と言っているが、これは、天上界に去ってしまってからも、なお何らかの形でこの地上の国とのつながりを確かめておきたいという、はかなくも悲痛な心情の吐露《とろ》というほかないであろう。たとえ注文のようにしてもらったところで、天人になってしまった自分には、まったく関心外のことになるはずであることは、十分承知している。しかし、こうしてもらわなければどうしても慰めきれない心情があるのである。理屈も論理もこえた、たまらない寂しさがここにはある。書置きの末尾の「見捨てたてまつりて、まかる空よりも落ちぬべき心地する」というのは、まさにこうした悲痛さなのである。

『竹取物語』というのは、このような作品であった。とすれば、この物語は、結局、人間というものを、その最も根源的な本質において捉えようとしたものだ、と言ってよいのではないだろうか。人間存在の最も奥深いところにひそむ矛盾と悲しみを、われわれ読者にかくも痛切に感じさせてくれるのは、右にみたような作者その人の内面の分裂・葛藤の激しさであり、かつその矛盾の苦しみに耐えて、問題をここまで追求してやまなかった作者の意欲と文学的誠実さであった。彼をこの物語の創作に駆り立てたものは、この人間に対するこの上なく純粋で強烈な関心であった。こうした関心に貫かれていればこそ、特にこの主題的緊張が高まってくる昇天の段では、作者はもはや古い伝承の型による拘束をさえ振り捨ててしまわずにはいられなかったのである。このかぐや姫の昇天を語る準備として、「御狩のみゆき」が語られはじめると、すでに作者は古い語りの枠からはみ出そうとしてくる。これが、さきに阪倉氏によって指摘された文体変化の意味するところだったのである。

かぐや姫の変貌

一　初期のかぐや姫像

もっとも、この作者自身、この物語の筆を執《と》りはじめた当初においては、それほど深刻な問題性を意識してはいず、また自己内面の分裂・矛盾をも明瞭《めいりよう》に自覚していたとは思えない。その意味では、かなり気楽に取りかかった創作であったとしてよいであろう。変化《へんげ》の人としてのかぐや姫のイメージにしても、初めのころのは伝承的フィクションの型をかりてそこから大きくはみ出すことのないものであった。もとよりそうは言っても、そこに作者の創意がまったく見られないというわけではない。たとえば、熱心な求婚者があらわれて、翁は姫に結婚を勧め、かぐや姫の方はそれを拒否する段をみよう。この両者の役割とその事態に処する態度は、伝承の枠に縛られるもので、その点に動揺はない。ただそれを語る作者の手ぎわは見事で、注目しておいてよいであろう。

二　場面解析——劇的葛藤の効果

本書では、一四頁から一六頁にわたるが、この物語構成の一つの山場を、作者は説明描写を一切省いて、会話のみによって組み立てている。物語成立当時の鑑賞のしかたからすれば、ここは思い入れたっぷりの会話のたたみかけによって、二人の役割が明確に浮き彫りされ、緊張した対立関係を形づくる劇的効果が期待されるところである。作者は十分その効果を意識して演出している。

まず翁が口を切るのであるが、最初に「わが子の仏」と最大限の愛情、大切さの意識を言う。「あが仏」という慣用句との差を問題としてよいのなら、ここで「わが子」であることを強調し、それが愛情の強さであると同時に当時の道徳通念である孝の意識によっても結ばるべき仲であることを暗示する。そうしておいて、あなたは「変化《へんげ》の人」だと言う。あなたはたしかに普通の人間ではない、人間以上の存在であるにちがいない、しかし、と次の言葉が続くのである。これは、翁の勧奨に対して、私は普通の人間ではないのだから、という姫の拒否を予想し、前以ってその口実を封ずるものである。そしてさらに、養育のため自分のはらった労苦や心遣いの多さを言っておいて、さてと、私からの初めての願いを受け入れてくれるかと問うのである。

こういう周到な迫りかたをされては、かぐや姫の立場としては、その言葉のように、無条件で、お言葉に従いましょう、と言った上に、自分が変化の者とは夢にも知らず、ただ本当の両親と思って今日まで甘えて過してしまいました、と感謝をこめて答えるほかないであろう。この言葉を聞くやいなや、翁は直ちに、嬉しいことを言ってくれますね、と大げさなほどの喜びの表現でこれを受け入れる。直接には、「親とこそ思ひたてまつれ」だけを承《う》けるのかもしれないが、会話の勢いとしては、「何事をか……」以下の全体をこれで受け止めた印象が強い。そうなれば、かぐや姫はこの自分の言葉に拘束され、それをひるがえしたり否認したりすることは極めて困難になる。心理的にはほとんど不可能と言ってよいだろう。

翁はさらに押しかぶせて、自分はもう年は七十も過ぎた身で、今日明日にも寿命が尽きて何の不思議もないのだ、と言う。しかしそのこと自体は人間の定めでどうということもない。ただ一つ心残りで、心配のたえぬのがあなたの天涯《てんがい》孤独の身の上だ、あなたを安心して託せる一族があるわけでもないのが心細くてならないのだ、と翁は続ける。そういう無常の世に生きる人間は、男は女と、女は男と結ばれることによって、かろうじて孤独から救われ、さらには一門の繁栄という安心の基礎が築かれるものなのだ、と翁の言葉は、自分の不安から、人間の生の意義に及び、一転して、だからあなたも結婚しなければいけないのだ、とずばり核心を衝《つ》く発言となる。

こうなっては、かぐや姫は、どうしてそんな、男の人に婚《あ》うなんて恥ずかしいことが、と女性的羞恥心《しゅうちしん》を楯《たて》にとる以上の抗弁はできない。翁の方は、してやったりと、いよいよかさにかかって責めたてる。それはあなたは変化の人かもしれない。しかしこの世に生れてきたのは、女の身を具《そな》えてなのだ。この世はおしなべて無常とは言いじょう殊に孤独の女にとって住み果てられる世界ではない。自分が生きているかぎりは、わが身に代えてもご心配はかけまい。しかし、今も言うとおり、私の寿命はもはや尽きかけているのだ。こうなっては、女の身として誰か男の力にすがるほか生きる途《みち》はありえない。そうとすれば、今ここにこうやって熱心に通いつめている人々こそ、最も頼りにしてよいだろう。それぞれの求愛の言葉には真実が溢れているではないか。その真実の程を見定めるのが女の能というものだろう。よくよく見定めて、この中の一人と結婚するのが最上の選択で、それ以外の途はないと思いなさい。

この翁の言葉の高く張りつめた調子に対して、次のかぐや姫の言葉は、殊にその前半はまことにとぎれとぎれで、論理的脈絡に欠ける。きっと着物の中に顔を引き入れるように深くうつ向いて、一言ずつ間をおいて弱々しい調子で言っているのだろう。翁はもう説得は成功したと思っているのだろうが、かぐや姫の思考は、このぼつりぼつりの言葉とは裏腹にめまぐるしく回転して、必死に逃げ道を探しているのである。そして、この言葉の後半、こんなに私が躊躇《ちゅうちょ》するのは、けっして御心に背こうとしているためではなく、おっしゃるように私はかよわく寄るべない女の身なのですから、もしその夫に捨てられでもしては、という心配があるからなのです、ですから、自分を託する相手は、身分の高下によらず、愛情の深浅によってきめたいと思っているのです、と言うあたりになると、彼女の言葉には、ぴんと筋が通って、しっかりした調子になる。彼女の心中に一つの計画が成ったことの表れである。

そんな姫の心中を知らぬ翁は、彼女が折れたのにすっかり気をよくし、相手の気持が変らぬうちにと、「思ひのごとくものたまふものかな」と大急ぎでその言葉を受け入れる。以下の言葉もいかにもやさしくなだめるような調子である。それに対して、かぐや姫の方もいかにもさりげなく、相手に警戒心を起させない物言いである。私のような物を知らぬ女にとって、立派な殿方の心の深さを定め知るなどおおけないことでしょう。いえ、私の注文は、ほんのちょっとしたことなのです。あなたを通じてお伺いしました限りではいずれもご立派な方々、到底優劣のつけられるものではありますまい。どうせのことに、私の欲しいと思っておりますものを下さった方のご愛情を信ずることにいたしましょう。翁の説得に応じて、すべてお言葉に従いましょうというに等しい申し条である。翁は大役を果した安心感にほっとして、承知する。その安堵《あんど》のあまり、彼は肝心の欲しい物を問いただすことを省略して、求婚者たちにおのが苦心の手柄話を交えて伝えてしまうのである。

三　伝承的フィクションとしての人物像

こうしたところから思いもかけぬ葛藤《かっとう》が生じ、話が盛り上がることになるのであるが、そのような話の展開はさておき、右の翁とかぐや姫との間にくりひろげられる心理的かけひきの巧妙な表現は、旧来の伝承説話によって伝えられたものではないであろう。これこそまさに話の自由区域で、作者の腕の振いどころであったとして間違いないところである。単に話の筋を追うことに終始せずに、その要所要所で登場人物の心理の動きとその葛藤とを巧みに浮き上がらせ、それによって人物の行動の一つ一つをなるほどと納得させる手法は、もはや説話ばなれしたもので、物語文学のものだといってもさしつかえないかもしれない。しかし、ここではまだ無条件にそれを認めてしまうわけにはいかない。

それは、かぐや姫にしても翁にしても、いかに彼らが人間的な表情を持ち、人間的な言動をしたにしても、彼らはその実しっかりと作者の手の中に握られている。彼らの表情なり行動の一つ一つは、すべて作者の意図によって操《あやつ》られているもので、その限りでの動きしか示さない。たとえば、右の場面でかぐや姫は、初めて自分が人間ではなく、変化《へんげ》の人であり、翁の子ではないと告げられるのであるが、彼女は、その事実を翁の言葉のままに受け入れて、そのためにはいささかの疑いも動揺も示さない。そして翁の下心のある言葉に何心なく応じたために一度は絶体絶命というところまで追いつめられながら、必死に抜け道を模索し、今度は逆に翁を思うつぼにはめることに成功するが、その彼女の切札は、この国の人は誰も知らないような五つの秘宝である。とっさの間にそれを求婚者の数だけ思い浮べられるのは、まさに彼女が変化の人としての超能力者だったからにほかならない。そういうかぐや姫の超能力は、変化の人に当然の属性として、作者は何の説明も加えず、必然化の努力もしていない。その点では作者は伝承的フィクションにそのまま乗っかっていると言ってよいだろう。しかも、そのくせその超能力者が単純な翁のたくらみに簡単に乗せられて、必死に脱け道を探らなければならないような羽目にも追い込まれるのである。こういう点では御都合主義と評されてもしかたがないような描き方であるが、それは結局、伝承的フィクションとして与えられた人物像を、作者がそのまま利用して操っているところに起因するものと言えよう。作者の人物操作ははなはだ巧妙であるが、この基本的な点での関係はまったく伝承説話の場合と異なっていないようである。

四　敬語の用法変化とその意味

さきにもみたように、「天の羽衣」の段になると、右のような作者と登場人物（この場合には、かぐや姫）との関係は、すっかり変ってしまう。ここでのかぐや姫は、もはや作者によって巧妙に動かされる操り人形ではなく、作者その人の分身であり、彼の最も奥深い心の中にひそむ願望や憧憬の投影なのであった。作者自身、明瞭に自覚はしていないものの、かぐや姫に寄せる思いには本質的な変《へん》化《か》が生じている。それを具体的に示してくれるのが、かぐや姫に対する敬語使用の変化である。

この物語では、天人に対して原則的に地の文における敬語の使用はない。ただ一例の例外を除いていっさい尊敬語は用いられず、謙譲語も竹取の翁との隔差を強調するもの二例だけである。これは後代の物語文学における扱いからすれば、はなはだ異例であるが、その点この物語の作者の意識には、やや別の尺度があったと考えなければならないようである。天人のみならず皇子《みこ》たちや上達部《かんだちめ》たちにも、冒頭から「仏の石の鉢」までの部分で見れば、全く尊敬語は用いられていない。ただ一例の例外は本文伝写上の誤謬《ごびゅう》であろうし、翁からの謙譲語一例の存在は、やはり右の天人の場合と同様と考えられる。

このことは、作者の意識において、作中人物と語り手としての彼自身が全く別次元の存在だったということであろう。語り手が作中人物に敬語を用いるということは、この両者が共に貴族社会の日常的秩序の中に置かれているという意識の反映にほかなるまい。『源氏物語』などの女流の物語になると、この関係を意図的に操作して、幾層もの語り手のレベルを設定し、作品世界をもっともらしく立体化してみせることまでする。『竹取物語』ではそこまで明確な方法意識はなく、作者と語り手の分化さえはなはだ曖昧《あいまい》のままだったであろう。それだけに、現実世界に立つ作者自身に対して、作中人物の動きは、いわば将棋の駒のごとく、すべては作者の方寸に出ずるもので、盤上の上位下位の関係が作者の待遇意識を左右するような性質のものではありえなかったのである。

「蓬莱の珠の枝」以後になると、皇子たちや上達部には敬語が用いられるようになる。明らかに作者の意識に変化が生じたのであるが、それについては後に触れよう。しかし、そうなっても依然としてかぐや姫には敬語は使われない。物語世界が日常化されても、変化《へんげ》の人たるかぐや姫は、なお世外《せがい》の存在であり、作者にとっては異質の人物であることをやめていなかったのである。

ところが、さきに引いたかぐや姫昇天の場面では様子が違った。見られるように、ここではかぐや姫に対して一再ならず敬語が用いられている。これだけ集中していればもはや伝写の誤りに帰することは難しい。しかもその使用法をみると、特に意図的とは思われない。ここでも本来ならば無敬語のはずなのが、何かに心を奪われてふと敬語を使ってしまったという趣が強い。この場面以外でも、「天の羽衣」の段になると、彼女が月の都に帰るべき日が近づき、身も世もあらぬ悲嘆にくれることを語る条に、

○ともすれば、人間《ひとま》にも月を見ては、いみじく泣き給ふ。（六八頁）

○八月十五日ばかりの月に出で居て、かぐや姫、いといたく泣き給ふ。人目もいまはつつみ給はず泣き給ふ。（七〇頁）

と繰り返してあらわれている。

これらの箇所は、いずれもかぐや姫の像が極めて人間化されている部分であって、そこには超人的

な変化《へんげ》の人としての面影はない。この可憐《かれん》な手弱女《たおやめ》の姿に作者は無意識のうちに同化し、彼女を別次元の存在として考えなくなってしまったのだと言えよう。たとえ意識的ではなかったにせよ、こういう心的体験を経たうえで、さきの昇天の場に至り、作者のはかない人間存在に寄せる愛情、人間たることの哀しさが、胸を衝いて溢れたとき、それをかぐや姫によって具象化し、彼女のイメージを通して表白することに不自然さを感じなかったのであろう。また、その感情の激しさは、作者自身にとっても意表に出るもので、本性上天人であったはずのかぐや姫を、思わずも人間化してしまわずにはいられないほどのものだったのである。この時、かぐや姫の心情はまさに作者その人の感情と全く一つに協和していたのである。

求婚難題譚の構造分析

右に述べてきたのは、もっぱら『竹取物語』において物語としての本質的契機をなし、その主題性を最も直接的に示現《じげん》するものが、羽衣伝説的部分、ことに「天の羽衣」の段にあったことの強調であった。そのこと自体はさらに重ねて強調されてもよいことであり、けっして等閑《とうかん》に付されてよいことではないが、一方の求婚難題譚的要素も無視されてよいというわけではない。なにしろ分量だけからいっても、物語全体の過半を占めるのである。しかも、さきにも触れたように、研究史を振り返ってみても、古くから現代に至るまで、この部分の意義を第一に考えようとする説も枚挙にいとまがないほどなのである。そうとすれば、それほどまでに人々の心を捉える要素がここにあることは否定できず、よしそれがわれわれの考えるこの物語の主題そのものではないにしても、やはり十分に考えてみなければならない問題というべきであろう。

この物語において、求婚難題譚的要素がそのまま、説話の自由区域であり、全面的に作者の創意になるものではありえない点については、さきに説いたので、ここに繰り返すことはしない。ただし、そうは言っても、全体の枠組こそ伝承説話の型によって強く規制されているにもせよ、その内部において、作者が自由に腕を振い、鬱屈《うつくつ》した心懐を吐露し技癢《ぎよう》を晴らすだけの余地は十分にあったのであり、それがまた一つの見所であったという事情も注意されなければならぬところである。前節において、かぐや姫に結婚を勧める翁とそれを拒否する姫との心理的葛藤の劇的緊張の場面を見たが、さしずめこれなどその適例と言えよう。

そういう意味で、作者の新意匠はさまざまに凝らされ、この物語に従来見られなかったような興趣を盛り上げることに成功するのであるが、同時にまたそれを通じて、われわれはこの物語の作者像を多少とも具体的に捉える手がかりをつかむことができるようになる。

言うまでもなく、この物語では、五人の求婚者に五種の難題が用意される。しかし、この五という数は、この物語ではかなり特別で、その他はほとんど三という特殊な数が、あらゆる局面にわたって支配的な規制力をもっていることは、頭注にも一部注したごとくである。この求婚者と難題についての「五」も、あるいはこの作者の新意匠として旧来の「三」に置き換えられたかと思われる節々も目につくが、そうした点を含めて、右の五人の求婚者のそれぞれについて、作者の創意が如何《いか》に表れているかという問題を念頭におきながら一わたり概観しておきたい。

一　仏の石の鉢――原型説話の露頭

最初の「仏の石の鉢」の段について、まず注意を引かれるのは、これが他の四話に比べて著しく短小であり簡略な点であろう。しかも形態的には、求婚難題説話全体の序をなす五つの難題提出の部分と分ちがたく結びついて、一話としての独立性がかなり曖昧であることも見過しがたいものがある。文体からすれば、語り手の登場人物への待遇意識が、次の「蓬莱の珠の枝」以下と全く異なっており、皇子《みこ》という身分が明示されておりながら、敬語を用いようとした形跡は認められない。肝心の語り口について言えば、それが単に簡略であるというにとどまらず、他では考えられないほど不備であり、語り手の独りよがりが目立つのである。

この一段の性格を考えるためには、特に最後の点が重要でもあり、手がかりとして便利でもある。まずそれに注目しよう。ここで話として最も肝心な筋は、石作の皇子が偽物の鉢をもっともらしく飾り立て、苦心のほどを訴える歌を添えてもたらしたのに対して、かぐや姫は一目でその偽りを見抜き、手厳しい歌によって彼の求婚を却《しりぞ》ける点にある。その姫の歌はこうであった。

置く露の光をだにも宿さまし
　をぐら山にてなにもとめけむ

これによれば、石作の皇子のもたらした鉢が偽物であることは、その鉢に光がないことによって決定的に暴露されたのである。この歌のすぐ前にも、「かぐや姫、『光やある』と見るに、螢ばかりの光だになし」と語られていて、この点に疑問の余地はない。ただしこの解決が決定的なものとして、読者にすらりと納得されるためには、仏の石の鉢からは隠れようもないほどの光が発しているはずだという知識が前提でなければならない。従来この仏の石の鉢については、注釈家によって「雑色にして黒多し」（『続博物誌』）とか「其の色青紺にして光れり」（『水経注』）とかを引用して解説されるのが常であったけれども、実は、そういう出典を作者が知っていたというだけでは不十分なのである。また、これらのことは常識として当時は誰でも心得ていたのだと言うならば、それを知らぬ石作の皇子は常識外の愚物ということになり、物語に言う「心の支度ある人にて」という説明と矛盾してしまう。

物語の情況としては、この石の鉢について、「黒色で光を放つ」ものであることを読者は知り、石作の皇子はその前半の色が黒いということだけを心得ていた、としなければならない。これは説話としての必要条件である。ところが、この一段の本文にはその説明が欠けている。とするならば、現在のテキストに欠脱があると認めるか、あるいは、ここでわざわざ解説されるまでもなく、読者の方は先刻承知のことだったので、その黙契の上でくだくだしい説明が省略されたのか、のいずれかであろう。さらに想像を加えることが許されるならば、原話では、説明するまでもなく、光を放つことが条件となっている、たとえば「金の鐘」のような品物が課題だったと考えることも可能である。

もう一つ、かぐや姫の歌で、その下の句は、その偽物が小倉山で求めたものであることをずばりと指摘し、さすがの石作の皇子をしてぐうの音も出ないまでにやっつける痛快さをもつ。「露の光」との対照で「小暗」と言っただけと解するのではちっとも面白くないし、歌に勢いもなく、右の痛快さには及ぶべくもない。物語本文に、「大和《やまと》の国十市《とをち》の郡《こほり》にある山寺」と見えることと、右の歌中の「をぐら山」とを結びつけて、十市郡の倉橋山（多武峰《とうのみね》村大字倉橋）の峰を小倉山と呼び、そこには後代廃寺があって「小倉山寺」と称されていたことは、注釈家の努力でほぼ確認できたといってよいであろう。ただし、この物語を読むのに、そうした考証を必要とするのでは、やはり作者の説明不足というそしりは免れないであろう。一部に、はじめ単に「十市郡にある山寺」とだけ言っておいて、後から歌の中で「小倉山」という名を出すことで、種明かし的な感銘を誘う技法と解しようとする説もあるが、それには、九世紀末ごろと推測される平安京に住む読者たちに、一読してはたと膝《ひざ》を打つだけの地理的知識が期待できなければならない。平安京人士にとって、小倉山といえば、もはや貞信《ていしん》公の「小倉山峰の紅葉《もみぢ》ば心あらばいま一度《ひとたび》の御幸《みゆき》待たなむ」の名歌によっても知られるように、嵐山に対《たい》峙《じ》する嵯峨《さが》の小倉山を想起するのが普通だったのではなかろうか。

このように見てくると、この一段、作者の筆つきは話の筋を叙するに急で、最小限の説明の労さえともすれば省きがちだと言える。このような姿勢は、説話の自由区域においてのびのびと想像の翼をひろげ、楽々と自らの語り口のなめらかさに酔うというのとは、まさに正反対のものとしか考えられない。つまりこの一段こそ、この物語の原型を示すもので、作者による自由な変改はほとんど蒙《こうむ》っていないのではないかと思われるのである。しかも一々説明を加えずとも、読者と作者との共有の知識をもとにした黙契に頼れる部分が、かなりの程度期待できたのではないかと考えられそうな節までもある。そうとすれば、現在の『竹取物語』のもとになった竹取説話の露頭をここに認めることも可能であるように思われる。

二　蓬萊の珠の枝

これに対して、次の「蓬萊の珠の枝」の段になるとすべてが一変する。長さからして、「仏の石の鉢」の段の五倍から六倍はある。これだけの差は、説話構成上対等たるべき部分の扱い方として自然発生的なこととは認めがたい。そういう点、説話の平衡感覚は意外に几帳面なものである。また、ここでは皇子に対して語り手は鄭重《ていちょう》な敬語を用いることで、その尊貴さを読者に十分意識させ、皇子のそれにふさわしい堂々として重々しい挙措を語って、彼の詐術をいっそう効果的にしている語り口も、なかなかのものである。こういう点は、もちろん話の自由区域で、作者が存分に自分の才能を発揮したものと認めて間違いないところであろう。

何よりもそれがみごとになされたのは、皇子の架空の冒険談の部分である。語る当人の皇子はもとより大嘘であることは知り、読者も知っている。知らないのは直接の聴き手の竹取の翁と、物越しにひそかに聞き耳を立てているかぐや姫ばかりである。しかもその迫真の語りは翁を感嘆させ、かぐや姫を絶望の淵《ふち》に突き落すだけの力があり、事情を知っている読者をもはらはらさせ、固唾《かたず》をのませるに足る巧みさを具えている。

それは、内容面で蓬萊山に関する知識を総動員してもっともらしい描写をしたり、そこにたどりつくまで五百日、短期の滞留の後帰航を急いで四百余日と、合計でちょうど偽物の細工に要した期間千日という日時に合わせたりという類の工夫は言うまでもないが、それよりもここで効果を発揮しているのは、いかにも計算されつくした語りの呼吸である。単純で短い文を連続的にたたみかけて、相手に口をはさむ余裕を与えないうちに、思うままに自分のペースに巻き込んでゆく語勢をうまく写し、単文を接続助詞の「て」で次々と重ねてゆくのなどは、興奮した語り手のよくやる口調である。また不必要なほど文末に助動詞「き」を加え、それを係助詞「なむ」で強調しているのが目立つが、これは言うまでもなく、自分の個人的体験であることの強調ぶりであると同時に、その過剰さによって、ためにする偽計を匂わせるものである。そして蓬萊の情景を描写するにあたっては、その文を「たり」「り」によって引き緊《し》めて臨場感を盛り上げようとするなど、この作者は、文章とか文体とかいうものにかなり自覚的で、しかもそれを目的に応じて使い分ける術《すべ》を心得ていたと言うことができる。嘘話をいかにも本当らしく語らせて、作中人物を感心させ、一方では事情を知る読者をして、その巧妙さを認識させながら、同時に、実はそれが嘘話であることの証跡を、そこここに感得させるのだから、大したものである。

2　優曇華から珠の枝へ

このような作者のわが手腕への自信というか、あるいは読者の気持などどうにでも操ってみせるという自負心というべきか、とにかくそういう気持を、この作者は持っていたようである。さきにも触れたように、この物語は、もっと素朴で小規模だった原型説話を語り直すことによって成立したものであったらしい。その際、しばしば論じられるところであるが、難題物の入れ換えもなされたようである。具体的には、この段でも、蓬萊の珠の枝というのは、原話では優曇華の花だったのではないかと推測されるのである。その場合、読者の多くはすでに原話を知っていたであろうことも当然想定できる。そうとすれば、そのような読者に、新しく考案された難題を抵抗感なしに納得させるためには、何か一工夫なくてはならないであろう。単に別々の話ということで、問題を避けて通ることもできたであろうが、この作者の自信たるや、あえてその困難さに挑戦したのである。

　庫持の皇子が偽物の珠の枝を作り上げ、それを大げさに京に搬入する際に、世間の人々が聞きつけて、「庫持の皇子は、優曇華《うどんぐゑ》の花持ちて、上《のぼ》り給へり」（二三頁）と大騒ぎし、その噂《うわさ》を聞いたかぐや姫は、「われは、この皇子に負けぬべし」と、胸を衝かれて不安に陥ったことが語られる。

　この箇所の解釈については、従来から諸説のあるところで、実は珠の枝なのだが、それを知らぬ世間の噂が珍奇な物の代名詞的な優曇華の花となってしまったので、流言のありかたを示して面白いとか、『今昔物語集』所収の類話に見るように、この話の原型は優曇華の花であったのを、作者が新しく蓬萊の珠の枝に語り直したのであったが、ここで不覚にもうっかりして原型を暴露してしまったのだとか説明されてきた。前者は合理的な説明であるが、もしそのようなあやふやな浮説に過ぎないのならば、「われは、この皇子に負けぬべし」と胸つぶれて思ったというかぐや姫の態度は、はなはだしい軽率ということになる。また「負けぬべし」という言葉もあまり強く断定に傾きすぎていると言えよう。後者の、作者の不覚の間違いとする説も、このあたり、さきにも見たように作者の神経が鋭く張りつめている部分で、そうした失敗など生じそうには思えないのである。この物語にも作者の思い違いによるとしか考えようのない矛盾もないことはないので、ここもその類だと解することが絶対にありえないとまでは言えないが、何か別に解釈の余地があれば、そちらを選ぶしかないであろう。

　その別の解釈とは、片桐洋一氏の説（「物語の伝承と変相」文学・昭和四十九年七月）で、原話に優曇華の花とあったのを、新たに蓬萊の珠の枝と語り変えた作者が、世間の者どもは真実を知らぬから優曇華の花だと騒いでいるのだが、実はここに語るとおりの珠の枝だったのだ、今でも世間では優曇華の花だったと信じている人があるが、それは無責任な噂にのせられた愚か者なので、ここで私が語っているのこそ真実の話なのだ、と読者を説得しようとしている箇所がここだというのである。かぐや姫が「負けぬべし」と胸をつぶすのは、噂の優曇華が実は珠の枝のことなのだと主張しようとしている作者の意識が、それこそ思わずも影響してしまったためだということになろうか。

3　作者の自由区域

それはとにかく、この一段は、作者が最も自由に得意になって腕を振った部分と思《おぼ》しい。ここで不吉な予感に胸を衝かれたかぐや姫の前にやがて庫持の皇子が姿を現わす。彼女は「ものも言はで、頬《つら》杖《つゑ》をつきて、いみじく嘆かしげに思ひ」に沈むが、こうなったからにはもう文句は言わせないぞ、とばかり皇子は縁まで無遠慮に上がりこむ。それを翁までが、もっともな態度だと容認するのだから、かぐや姫の運命はまさに風前の燈火《ともしび》というところ。彼女は「親ののたまふことをひたぶるに辞《いな》び申さむことのいとほしさに」と返らぬ繰り言をつぶやき、取って来られるはずのない物を、皇子が案に相違して持って来たことを無念に思うというだけで、何らの対抗手段をも持たないのである。翁はもう手回しよく寝室の用意まで始める。まさに絶体絶命、進退きわまったかぐや姫である。それだけに、報酬を得そこなった工匠《たくみ》らの愁訴によって、皇子の偽計が暴露される条は効果的であるし、その後の人物たちそれぞれの行動も、いかにも生動的に描かれたのであるが、こうしたどんでん返しの鮮やかさは、それがあまりに鮮やかであるだけに、物語全体としてみるときには、やや問題があるように思われる。

それは、入念に配慮のゆきとどいたこの一段が、あまりに性急で独りよがりにすぎた前段の叙述と落差がはなはだしすぎるうえに、次の段以降も、かぐや姫の運命に関しては、これに近似するほどの緊張感は遂になく、話の盛り上がりという点では、頂点があまりに前にきて、全体としての説話的興趣を削《そ》ぐ結果になっている。この点は説話としては最も基本的な問題で、通常の場合には生じえない種類の齟齬《そご》である。こうした現象を生じた原因は、漸層法《ぜんそう》という説話の常套《じようとう》手法をことさらに破壊して、目新しい物語を仕立てようという積極的な意図ではなく、説話の大枠《おおわく》はそのままに、その内部だけを自由に奔放に塗り変えようとする作者の、いわば近視眼的手法のもたらした結果と考えるべきであろう。

三　三人の求婚者から五人の求婚者に

次は右大臣阿部御主人であるが、彼は原話では最後の求婚者だったのではないかと考えられる形跡がある。それは、五人の求婚者のそれぞれに難題が提示される条に、「石作《いしつくり》の皇子《みこ》には……」「庫持《くらもち》の皇子《みこ》には……」と挙げられてきて、次に「いま一人には、唐土《もろこし》にある火鼠《ひねずみ》の皮衣《かはぎぬ》を賜《たま》へ」と言われていることとである。この「いま一人には」という言い方は、どう考えても五人の中での三番目の人物への呼びかけではありえない。やはり三人の中での最後の人物としか受け取れない言い回しである。

もう一つ言い添えるならば、この阿部の右大臣が火鼠の皮衣を麗《うるわ》しい箱に入れて持参した時、すっかり信用した翁は大臣をかぐや姫の居室近くにまで案内するのであるが、そこで作者はこう語る。

「かく呼びするゑて、この度はかならず婚《あ》はせむ」と、嫗《おんな》の心にも思ひをり。

深窓に籠るかぐや姫に代って求婚者たちと何くれと折衝するのは、これまですべて翁の役であった。ここでももちろんその点に変りがあるわけではないが、ただここに嫗が登場していることが目を惹《ひ》く。

嫗は、物語の冒頭部分に「妻《め》の嫗《おんな》にあづけて養はす」とあった以外に全く姿を見せたことはないのである。この場面にしても、これで最後の求婚者の結着がつくというのでないかぎり、嫗の登場の必要性も必然性もないのである。これはやはり、最後の機会になるはずなので、冒頭との照応をはかって、特に嫗に言及したものと解するほかないであろう。

　このように、原話においては三人の求婚者だったのが、この物語においてさらに二人の人物が付け加えられたのだと見定めるならば、それに応じた形で、最初の三人と後の二人との扱い方に著しく特徴的な差のあることが見えてくる。

　まず形式的なことに注意するなら、それぞれの段の主人公たちの紹介の仕方からして二つに分れる。前三者は、

○石作の皇子は、心の支度ある人にて、……

○庫持の皇子は、心たばかりある人にて、……

○右大臣阿部御主人《あべのみうし》は、財《たから》ゆたかに、家《いへ》ひろき人にておはしけり。

と、まずその人物の性格を示した上で、いかにもその性格にふさわしい話を展開する。それに対して、後二者は、冒頭からすぐに、

○大伴御行《おほとものみゆき》の大納言は、わが家にありとある人、召し集めて、……

○中納言石上麻呂《いそのかみのまろ》足《たり》の、家に使はるる男《をのこ》どものもとに、……

と単刀直入、事件そのものを語り始めるのである。

　これだけなら、あるいは同形式の羅列に芸のなさを感じた作者の工夫の跡と解することもできるかもしれないが、実は、あの「竹姫」の求婚者の表現のしかたが、同様に前三者と後二者とに明確な区

別のあることが思い合わされるのである。そこでは、土司の息子、商人の息子、役人の息子に対して、高慢ちきな少年、臆病でほら吹きな少年とあった。こうした人物の性格把握の違いは単なる偶合といってよいのであろうか。

説話内容に入ると、これも「竹姫」の場合と同様なのであるが、前三者はいずれも要求された難題物を持参の上で求婚し、それが真赤な偽物であることを看破されて面目を失うという形を具えている。それに対して、後二者は難題の品物を手に入れることができず、求婚そのものが果せないのである。

四　求婚譚の自己否定

ある意味では、右のことから当然に結果するとも言えるのであるが、『竹取物語』では、前三者の場合に、難題物を詠みこんだ和歌によって求婚がなされ、そしてそれを手厳しくやっつけた返歌によって拒否されることになっているのに対して、後二者の場合には、その求婚と拒否の贈答歌そのものが存在しないのである。このことは、王朝時代の求婚物語としてはまさに違例で、求婚物語という形態自体の否定につながりかねない因子を含むものであるように思われる。

日本の社会が一応の文明形態を具えはじめたとき、それは隣接する巨大な中国文明を意識し、それを模倣することから歩みを始めるほかなく、社会の全面が中国文化の強い影響に蔽《おお》われ、文字・文学の面でもその例外ではありえなかったことは周知の通りであるが、そうした文化的情況の中でも、女性的世界はかなり意識的に民族的伝統を保存し、和歌による古代的感情表現も生きつづけた場であった。言《こと》と事《こと》との一致を信じ、誠《まこと》は真言《まこと》としての和歌によってのみ十全に表明されるとの意識はまだまだ絶えてはいなかった。物語の根源も当然同じ精神・感情に発していたはずである。その物語の中で、求婚が語られながら和歌がないということは、まさに矛盾であり、自己撞着《どうちゃく》というほかないであろう。

現に、大伴の大納言の場合についてみても、彼は龍神の祟《たた》りによって瀕死《ひんし》の境に陥りかろうじて生き返ったとき、

「かぐや姫てふ大盗人《おほぬすびと》の奴《やつ》が、人を殺さむとするなりけり。家のあたりだに、今は通らじ。男《をのこ》ども、な歩《あり》きそ」とて、

家に少し残りたる物どもは、龍の珠を取らぬ者どもに賜《た》びつ。

と語られるのである。この意味は、「龍の頸の珠を取らなかったという大功績のあった家来どもに褒美として与えた」というので、まことに皮肉をきかせた物言いとして聴き手の笑いを誘ったことであったろうが、その裏側には、醒《さ》めた作者の眼があったことを見逃してはなるまい。

色好みの狂熱に浮かされた者の目には、すべての価値に優先すると見えたかぐや姫の女性美の絶対性も、いったん熱が覚めた目で見直されるならば、男を破滅に追いやる罠《わな》に外ならなかったことが認識され、その命令に反して、破滅に瀕した主君を消極的にではあったにしろ救った累代の家司《けいし》どもを評価するに至ったというのである。これでは高橋亨氏に同じて、「難題求婚譚を主題的に否定してしまった」(「竹取物語論」国語と国文学・昭和五十一年三月)と評するほかないであろう。

次の「燕の子安貝」の段は、やや複雑な構成をもっている。そして、この段には贈答歌がない、とさきのような言い方をすると、それには抵抗があるかもしれない。しかし、この場合、二つの特殊な

条件を考慮に入れなければならない。その一つは、この章段末尾にある贈答歌は、まずかぐや姫から石上の中納言に贈られた病気見舞の歌であり、それに答える中納言の歌にはなお姫への未練は表明されてはいるものの、そこにはもはや事態を動かすだけの積極性はなく、彼はそのまま絶え入ってしまうのである。つまり、これは通常の意味での求婚歌ではないということである。第二には、この贈答歌の置かれている部分は、本来の難題求婚物語の枠からはみ出した附加的第二義的な部分であろうということである。

本来の求婚失敗譚は、中納言が墜落のショックから意識を回復したとき、子安貝と信じたのが燕の古糞であったことを発見し、「あな、かひなのわざや」と嘆いた。それ以来思うに違うことを「かひなし」と言うようになったのだ、と例の語源譚によって話が締め括《くく》られたとき、すべては完全に結着がついたはずである。

しかも、この後続部分では、中納言の気持が、

貝をえ取らずなりにけるよりも、人の聞き笑はむことを、日にそへて思ひ給ひければ、ただに病《や》み死ぬるよりも、人聞きはづかしく覚え給ふなりけり。

と、作者の言葉で説明されている。恋の狂熱と肉体的ショックから、時間をかけて回復してくるにつれて、彼の情念を捉えて放さなかったのは、「いたいけしたるわざして止むこと」(馬鹿げた振舞いをして命まで失ってしまうとは)という、人聞きの恥ずかしさだったというのである。真に彼を死に到らしめたのは、恋の絶望というよりも、貴族にもあるまじき愚行への悔恨と、世間の嘲笑《ちょうしょう》への怖れとであったというのであれば、これを語る作者の意識は、自らが語り続けてきた求婚難題譚の主題的意味を、実は全然信じていなかったのだ、と解するほかないであろう。この点、さきに指摘した「龍の頸の

珠」の場合と、まさに揆《き》を一にする。

このような自己否定的なコンプレックスは伝承説話の健全さになじむものではない。その点からしても、この部分が、本来の求婚難題譚の枠の外にあり、別に附加されたものと考えるのが自然である。そうすると、これまで述べてきたところを総合して、次のように考えるのが、最も実情に合うことになろう。

この物語の原型では、初め求婚者は三人、難題も三つであった。そこにこの物語の作者が、さらに二人の人物と二つの難題とを追加したのであったが、彼自身はこの求婚物語に内発的興味を抱いていたわけではなく、むしろ伝承説話の型枠では押えきれないなまの人間性に心を惹《ひ》かれるところがあったのではないか、と。

求婚譚部分における物語作者の意識

右に見てきたところでは、『竹取物語』の作者は、既存の原型説話を自家薬籠中のものとして自在に改変や増補を加えながら、読者の興味を大いに盛り上げて、この物語を語りすすめてきた。ただし、その作者の原型説話への関与のしかたは、必ずしも計画的ではなかったし、あるいは全体の均衡を失わせまいとするような配意もなかったようである。かなり思いつき的で気の向くままという印象も強いが、それだけに彼の心的傾性は率直に表れていると判断して誤りないところであろう。

ここでは、従来からしばしば論ぜられたように作者の意図や目的——たとえば、高位高官にある人物の腐敗堕落への批判や諷刺といったこと——よりも、むしろ作者自身が意識しないままに思わずも露呈してしまった、もう一段奥に潜む彼の内面の動態を探ってみたいと思う。表にあらわれた現実の批判的暴露といった批評は、いまさら繰り返す必要もないであろうし、それが実はどういう意味をもつものであったのかは、やはりその底に潜む作者の深層の意識のありかたを押えたうえでなくては確実なところは捉えられないであろう。

一　人間への興味

伝承説話における人間理解は型による認識であることが特徴である。説話に登場する人物は、いずれも何らかの基準によって分類された人間類型の一つの代表である。これはどんな昔話や伝説を思い浮べていただいても、直ちに納得されるところであろうが、この『竹取物語』においても、右の求婚難題譚の部分で、さきにも触れたように、石作の皇子、庫持の皇子、阿部の右大臣の話が、冒頭まず登場人物の性格規定で始められ、彼らの性格は終始そこから逸《のが》れるものではなかった。その点、求婚説話の自己否定にもつながるような話の展開をもつ、大伴の大納言の話と、石上の中納言の話が、そういう性格規定をもたず、いきなり彼らの行動から語り始められていることは、この二つの話が作者によって原説話に付け加えられたものであろうと推定されることと思い合せるとき、十分意味のあることであったと考えられるのである。

つまり、この作者にとって、先天的に与えられた性格をもち、運命のままに生きる人間の諸々の類型が興味の対象となるのではなく、自らの行動によって運命に働きかけ、その折衝の結果によって傷つき、場合によっては鼓舞されながら、環境を変革するとともに自己をも変えてゆく人間が問題だったのではないかと思われるのである。おそらくこうしたことは、作者自身にもほとんど自覚されていなかったであろうし、もちろん作者自身そうした意味の言明をどこかでしているわけではない。われわれとしては、作者の描き出した人間像、特にその人間像の変貌を通してそうした内面の隠微な動向を察知するほかないわけである。しかし、事がいかに深層意識的な、目につきにくいものであったにしても、それがもっている意味は大きく、やがては人間の意識の全体を変革し、文学の大きな発展につながってゆく性質のものであるから、軽々《けいけい》に見すごすわけにはいかないのである。

二　かぐや姫の人間化

さて、『竹取物語』の求婚譚部分にそうした方向からの照明をあててみると、そこで最も陰翳《いんえい》に富んだ人物として浮び上がってくるのがかぐや姫だということができる。これらの章段で最も中心的役割を担い、それだけに作者の筆の費やされることも最も大きかったのは、言うまでもなく庫持の皇子や阿部の右大臣といった求婚役の人物であるが、彼らは、その故にまた説話の枠に縛られる度合も大きく、作者の腕の振いどころも、彼らの性格や行動の端々、いわば装飾的部分に限られ、さほど人間像の根幹部分には及びえなかったという事情もあったようである。したがって、彼らの言動が、一見いかに生き生きとかつ詳細に語られることがあったにしても、彼らの性格は冒頭の規定を一歩も出ることはなかったし、また伝承の説話の型を外れるものではなかった。全身全霊を捧げたはずの恋に破れても、その手傷が彼らの心をどう変え、それによって彼らの処世の態度がどうなったか、といえば、その点に作者の関心はほとんど払われていないというほかない。

それに対して、説話におけるかぐや姫の役割は、かなり単純、かつ形式的なものであったといってよい。彼女は人間界を超越した美的理想像として、求婚者たちの狂熱的な憧憬《しょうけい》を超然と見下し、人間的な情念や策謀を冷たく拒否する存在であれば足りるのである。その点、原型説話をほぼ保存していると考えられる「仏の石の鉢」の段におけるかぐや姫像は、やはりその原型的性格をよく残しているものと思われる。また、部分的にはかなり新しい筆が加えられ、全体としても新しい意匠が凝らされはしたものの、説話の基本型にはほとんど手がつけられなかったと思われる「火鼠の皮衣」の段においても、かぐや姫のイメージには右とさほど変りはないのである。

ところが、そうした様相は、「蓬萊の珠の枝」の段で大きく崩れる。この段になると、作者は、物語を自分には直接関係のない所与のものとして、つき放した態度で語り伝えるという姿勢を、もはや維持しようとはしなくなっている。ここでは、物語の中の登場人物は、現実の作者や読者とは切実な関係を持たない別次元の存在なのではなく、われわれの日常世界と本質的には同じレベルに属する同質的存在として扱われるようになったのである。つまり、作者の意識の中で、この物語世界は、当時の身分的貴族社会と地続きとなる。この段に至って作中人物に対する待遇意識、具体的な表れとしては文章の上での敬語法が、当時の日常社会のそれと一致するようになったのはそのためなのである。そう解する以外にこの突然の変化を納得できるように説明する途《みち》はあるまい。さきにも触れたように、五人の求婚者の話を語り重ねてゆくうちに、作者の感興がのりにのって、いわゆる説話の自由区域が大きく成長し、原型説話からは予想もされなかったような絢爛《けんらん》たる物語世界が現出したという点では、この章段などまさに随一と評することができるのであるが、それは作者のそうした意識と密接に結ばれたことといえる。

このような作中人物への感情移入は、もともと完全に超越的存在でなければならなかったはずのかぐや姫にまで及んで、彼女のイメージを著しく人間化してしまうのである。この段は、原型説話においても、「竹姫」がそうであるように、事態の解決は外力によるものであって、かぐや姫の超人的能力によるものではなかったらしいが、それにしてもこの段におけるかぐや姫のイメージは、その無力な痛々しさによって読者の同情を買う弱小な女性でしかない。その具体的な詳細についてはさきにも述べたところなので、ここでは省略するが、ただ改めて強調しておきたいのは、次の点である。

それは、かぐや姫のイメージの人間化とは、単に右のような感覚的印象についてのみ言うのではなく、もっと基本的な人間把握の問題としても考えてみる必要があるということである。この段で、かぐや姫が小さな胸を傷《いた》めるのは、皇子が難題の珠の枝を持って来れば、彼女は皇子との結婚を拒否することができなくなるためである。その難題は、超越者たるかぐや姫が有限の人間と結ばれることを拒否するために提出したものなのであるが、いったんそれが物語世界に提示されてしまうと、今度はその難題が果された暁には、超越者たるかぐや姫も、その自らの課題に拘束されることから免れないのである。つまり、ここで、かぐや姫は人間と相対的関係に立たされたわけで、超越的絶対者としての優越性を失う結果になる。伝承説話の世界においては、こうした関係を逆用して人間が超越者に立場を転換することも可能なのであり、その実例にも乏しくはないのであるが、この段では事情がかなり別である。さきにも述べたように、ここでは作中人物が著しく日常的現実的な意識で捉えられているために、そういう人間と相対関係に立たされたかぐや姫は、人間を超越者に引き上げるよりも、逆に彼女の方が人間化されるという方向でしか考えられなくなる。ことに皇子の奸策《かんさく》に追い詰められた彼女を窮境から救出するのが超越的絶対者の力ではなく、極めて人間的な失策から生じた偶然なのであってみれば、いっそうかぐや姫のイメージは人間的なものとならざるをえないのである。

そして、この作者は、全くの自由区域として新しく語り出した、あの「燕の子安貝」の結末の附加部分においても、かぐや姫をいっそう人間と同一のレベルに引き下ろした形で描いて見せようとしているかに思われる。自分のために死を招いた石上の中納言に対して、かぐや姫は「少しあはれと思《おぼ》しけり」と語られているのである。この「あはれ」とは純粋に人間的感情であるし、「少し」という限定詞にもなかなか複雑な思い入れがあると読んでもよいのだろうが、それよりも、ここで作者が思わずも「思し」と尊敬語を用いている点に注目したいのである。例外的用例であるだけに、伝写の誤謬《ごびゅう》も予想されないこともないが、やはり叙述内容と照応するものとして、原本性を認めてよいと思われる。

三　大伴の大納言と石上の中納言

このように、作者の人間への興味のあり方を見てくると、さきに求婚譚の自己否定と評した大伴の大納言の結末部の行動の意味するところも、読者の笑いを買い、大納言の愚かさを嘲けるような形をとりながら、そうすることによって説話の型による人間把握を拒否し、別様の人間理解の可能性を暗示するものではなかったかと思われてくる。単に上層貴族の愚かさ、臆病さをさらけ出して批判したものとだけ見るのでは、いささか短見のそしりを免れないであろう。また逆に、この心機一転ぶりを、大納言の武人らしい性格の表れとして統一的に理解しようとする説も、この段の自己否定の契機を見落すものとして、形式的整合性にひかれすぎるとの批判を避けられないのではないかと思われる。

やはり、最も代表的な武人が、自他共に信じて疑わなかった勇猛果敢さを、一度の試煉《しれん》によって完膚なきまでに引き剝《は》がれ、その本性の怯懦《きょうだ》さが暴露され、嘲笑されるという説話的定型がまず先在し、それに則《のっと》って話を進めた上で、その己れの弱さに居直ってみせる人間の姿を描いたものと解すべきではなかろうか。とすれば、『竹取物語』の作者の独自性は、何よりも、この最後の部分の居直りを強調してみせることによって、説話的定型の信頼性に一撃を加えた点にあるという評価も、必ずしも的外れとは言えないように思う。

「燕の子安貝」の段では、もう一段明瞭な形で、一旦完結した説話に、新しい見地から附加された一節があり、そこに作者の意識がより直接的に反映しているのではないかという点は、さきに述べたのでここには繰り返さない。ただ、ここでは、そうした場面において初めてかぐや姫の側から積極的に歌が贈られたことに注意しておきたい。伝承的な型の支配がゆるがぬ力を持っている部分では、このようなことは絶対にありえぬことであった。かぐや姫は常に受動的拒否的形象でなければならないのである。この常識を出た予想外の驚きこそ、何よりも中納言を感激させたのであった。かぐや姫の歌そのものは、病気見舞の形をとりながら、

年を経て波立ち寄らぬ住の江の
　まつかひなしと聞くはまことか

というものであった。その言うところは、心からのいたわりというには程遠いものであろう。あくまで高い所から相手の失敗を冷笑的に眺めやり、絶望した相手が自己の殻に閉じ籠ってしまったのを見

てとると、同情というよりはからかいの気味をこめて、「どうしたの、私は待っていたのに」と、心にあるわけでもないことを言ってみた、という趣である。近代のわれわれだったら、腹を立ててこそすれ、のめのめと返歌する気になどなれるような歌ではないはずである。

それなのに、中納言の返歌には、まさにすがりつかんばかりの必死さがにじむ。もとよりこの場合、右のような近代の感覚で事を処するわけにはいかない。当時の求愛の贈答において、男が女の返歌を得ること自体はなはだ困難さを伴ったし、かりに返歌を得るまでに漕《こ》ぎつけたところで、その歌の内容は、手を替え品を替えて訴える男の言葉を、あるいは言い負かそうとし、あるいは全く逆に逸《そ》らそうとして、けっして素直に内心を示すようなものではないのが通例である。それゆえ、こちらが絶望の淵《ふち》に沈んでいるとき、言葉はどうあれ、見舞の形で歌が女の側から贈られたというだけで、中納言にとっては望外のことだったわけである。

しかし、それにしても、中納言の歌には、かぐや姫の歌に見られるような軽妙なひびきはない。同じように懸詞・縁語の連鎖を綴《つづ》りながら、こちらは執念の重さと一縷《いちる》の可能性にすがろうとするひたむきな真剣さがあらわである。

かひはかくありけるものをわびはてて
死ぬる命をすくひやはせぬ

課題の「貝」が「甲斐」に通うことによって「かひなし」は「かひあり」に転換することができるではないか。現にかぐや姫の情けによって自分の失敗した努力も「かひ」があることになったではないか。「かひ」さえあれば全《すべ》ては充《み》たされるはずである。加えて「かひ」といえば、薬を掬う「匙」もそうである。とならば、その「かひ」によって絶望の果てに今死のうとしている自分の命だって救わいれないでもあるまい。あくまで課題の「かひ」に執着して、現実の絶望を言葉において救済しようとするこのしつこさ。死に瀕してまで流行の言語遊戯に没頭することの滑稽さ、とばかりこれを笑いとばしてしまうことは、ここではもうできない。いかに愚かなことにであろうと、人間が己れの全存在を賭《か》け、自らの死を以って決着をつけようとするまでの真剣さは、やはり人の心を動かさずにはおかない。このように語られてきた後では、単に形式的な駄洒落《だじゃれ》の語源譚によってしめくくりをつけようとしても、もはや話はしっくりとは収束できなくなっている。この中納言の人間的な執念が、かぐや姫をも人間化して、「少しあはれ」という人情を引き出すに至ったのだと解さなければならないだろう。この時のかぐや姫は、もはやあの冷眼的な高みに超然としているわけにはいかなくなっているのである。自分の絶対的優越を確信するところから、見下した相手を挑発する傲慢《ごうまん》さも人間くさいが、相手の必死の真剣さに思わず心を動かされてしまうかぐや姫も、その計算外れも含めてまことに人間的だと評することができよう。

このように見てくるとき、伝承説話の枠によって物語を語りすすめながら、作者の意識は、表面その型の当代的再生に狙《ねら》いをつけ、世相の諷刺批判によって恵まれぬ境遇に沈淪《ちんりん》している読者に鬱憤《うっぷん》のはけ口を与え、時には巧妙な話術により、時には辛辣《しんらつ》な笑いによって、読者の感情を自在に操《あやつ》ってみせる快感に酔っているようでありながら、実はその奥深いところで、そういう型によっては律しきれぬ人間の不可思議さに気がつきはじめていたことが認められよう。この型にはまらぬ人間の性質の余計なはみ出し部分、これがしきりに作者の興味を刺戟しつづけているようである。やがて作者にとっては、この人間性への関心の方が、伝承の型による約束よりも、はるかに強い気がかりに成長してくるのである。すでに見たあの「天の羽衣」の段における意識の明瞭な矛盾と分裂は、実はこうして早くから用意されていたものなのである。

和歌と言語遊戯

一　物語と和歌

右に見たところでも、この物語の中で果す和歌の役割が軽々に見落すことのできないだけのものを担《にな》っていることについては、まず疑問のないところであろう。数だけからいっても、これだけの分量の物語に、十五首というのは、けっして少なくはない。しかもその配置にも作者は並々ならぬ配慮をしていて、物語の要《かなめ》ともいうべき勘所の押えにうまく利用していることは、少し注意して調べてみるならば直ちに納得できよう。

しかし、それはそれとして、『竹取物語』はなぜ和歌を必要としたのであろうか。だいたい物語文学というものが、他の散文フィクション、たとえば小説や説話などと、どう違うのか、それらに対する物語の特徴は何か、という問題に対する最も端的明快な解答は、物語とはその本性上和歌を含む文学であるとすることであろう。小説・説話などは必ずしも和歌の有無にかかわらない文学形態なのである。ただし、これは『竹取物語』が見事な成功をおさめたことから、その後に続く物語作品がその先例にならい、そうした伝統が成立したのではないか、という疑問を誘発することになるかもしれない。

それに、さきにも触れたように、『竹取物語』には先行する原型説話が存在し、その原型説話は、『竹取物語』の前半部分にはかなりなままの形態を残しているのではないかと推測される。「仏の石の鉢」の段などは、その古い説話的特色を色濃くとどめていると考えられる部分であった。そうなれば、その原型説話がすでに和歌を含んでいた可能性も高いとしなければならない。

そうだとすれば、やはり『竹取物語』そのものの中に和歌を要求する何かが内在したのであり、それが作者の内の何かと呼応したのだと言うことができよう。問題は、その作品と作者の内なる何かがどのようにして現実の和歌として結晶したのかということである。

二　懸詞——言語遊戯の偏好

まず最初に比較的確実と思われる「仏の石の鉢」の場合について考えてみよう。この段における和歌利用の形式は、当時の貴族社会における求婚の歌の風習に従ったものであることは言うまでもないが、単にそうした風俗描写としての——ということは、話の本筋には直接かかわらない装飾的な、ということになるが——利用のしかたというにとどまらないことは、一読して誰しも感ずるところであろう。形式としてはそうであっても、作者の関心は、すでに結果の見えている求婚の成否をこえて、もっと別なことに集中されているのではないか。

第一の歌についてみよう。

海山の道に心をつくしはて
　ないしのはちの涙流れき

これは課題の仏の石の鉢を取って来て捧げるに際しての歌なのだから、その探索の苦心を言い、自分の真心を訴えながら、その課題を隠し題として歌を構成すれば、当時の作法からしても上乗のものと言える。この歌の狙《ねら》いはそれであったのだろうが、結果としては、「石の鉢」を隠すことに汲々として、肝心の求愛の情の表白がかすんでしまっている。頭注にも記したように、「ない」に「泣い」、「ち」に「血」をかけているが、その中間は無処理であって、物名歌《ぶつめいか》というにはいささか粗末である。しかし、そういう無理を押してまでも与えられた課題にひっかけた言葉の洒落《しゃれ》が作者の関心を強く捉えていたことは疑えない。そういう作者の関心の方向性があまりに強烈なためであろうか、後代の解釈者もそれに引きずられるように、「尽くしはて」に「筑紫果て」を重ねてみようとする強引な解が後をたたないのである。

これに対するかぐや姫の歌、

置く露の光をだにも宿さまし
　をぐら山にてなにもとめけむ

が直接皇子の歌に対応しないのは、初めから相手を無視し、拒否する態度のあらわれとして、一応認めることもできよう。ところが、奸策が露顕したと知った皇子は、「鉢を門に捨てて」、換言すれば、難題を果した時結婚が認められるという説話の論理《ルール》を無視して、なお姫に言い寄るのである。

白山《しらやま》にあへば光の失《う》するかと
　はちを捨てても頼まるるかな

これは、「小暗山《をぐらやま》」に「白山」を対比し、「露の光をだにも宿さまし」に対して「光の失するか」と弁明し、「鉢を捨て」たことをさえも「恥を捨て」るという行動の口実として求婚するものであった。

歌は明瞭に求婚贈答歌の形式をふんでいる。しかし、この求婚は、行動の情熱に支えられたものではなく、もっぱら言葉の連想や洒落《しゃれ》――現実との関連を断絶して、それ自身の秩序のみを押し出す思考――を手段としたものであった。説話の主人公であるかぐや姫が、一顧だに与えようとしないのは当然であった。

しかし、このような言葉のあやに対する嗜好《しこう》は、作者にとってははなはだ誘惑的だったらしく、彼はこの段を締め括るにあたって、「かの鉢を捨ててまた言ひ寄りけるよりぞ、面《おも》なきことをば、『はぢを捨つ』とは言ひける」と強調しないではいられなかったのである。

この間の事情は、さきに見た「燕の子安貝」の附加部分の「貝」をめぐる贈答歌の場合にも、まったく同様であった。ただその場合には、言語の形式面の面白さを偏好する意識とともに、現実に眼をふさいでまでもそうした言語遊戯に執着しなければいられない人間の心にも、思わずも触れてしまった趣がある。どこかでも言ったと思うが、日本語の思考において、本来は「言《こと》」は「事《こと》」だったはずで、そのために「真言《まこと》」である和歌が、「真事《まこと》」つまり誠実の証《あか》しでありえたわけであるし、逆に「事」を動かすことのできる力を「言」に認める言霊《ことだま》の信仰もあったのである。

ところが、右の「仏の石の鉢」に見られる言語に対する興味は、まさに駄洒落と極《き》めつけられてもしかたのないようなものであった。そこでは「言」は「事」からまったく切り離されて、純粋に形式面でのみ興味の対象になっていた。これは何も和歌についてばかりではない。段末の語源譚形式の結着のつけ方にしても同じである。鉢を捨てたことから、厚顔なことを恥を捨てるというのだ、と語る作者は得意満面だろうし、読者もなるほどと膝をたたいたのかもしれない。しかし、それは「恥を捨つ」という言葉の由来を信じたのではなく、まさに奇想天外、まったく無関係なことを、言語の形式面での偶合を利用して見事に結びつけてみせた手際のためなのである。その意味からすれば、事柄としては離れていればいるほど、信じられなければ信じられないほどいっそう効果的だったわけである。説話には、その結末を語源の説明で締め括る形式が内外ともに多いが、そこに語られる事物が現実に存することから、その起源を語る説話も事実なのだと主張するのが、その主たる機能だったはずである。つまり、神話意識から解放された伝承説話においては、その話が事実あったことだという証明として語源譚が採用されたのであるが、この『竹取物語』は、一歩進んで、誰も信じられない語源譚的駄洒落を添えることによって、フィクションの物語を、創作作者の手柄として興じようとしているのである。それゆえ、もっともらしい口つきにだまされて、その語源譚を信じてしまっては、物笑いでしかないし、またこの物語をまともに読み解いたことにはならないのである。

ところで、冒頭の「かぐや姫の生ひたち」の末に、求婚者たちが夢中になって、夜、垣に穴をあけたりして大騒ぎをした、それ以来、求婚のことを「夜這ひ」と言うようになった、とある。「よばひ」の語義については頭注に記したが、「よばひ」の語に注釈を附する後世の学者は、本居宣長をはじめほとんど例外なしに、それが「夜這ひ」からきた語ではないと明記しないと落着けぬらしい。つまり黙っていればこの竹取式語源説が通用してしまいそうな不安があるのである。これは農漁村などに長く続いた若衆宿にかかわる風俗に附会《ふかい》されて理解されやすかったこともあるが、十一世紀半ばの『新猿楽記』にも、十三番目の娘はまさに人三化七《にんばけ》という女だったのだが「近来《ちかごろ》、夜這の人有り」と見える。これは漢文体の文章であるから、戯文ではあるが宛字《あてじ》とばかりは考えられない。やはり当時の風習からしても、夜忍んで行く意に解しやすかったのであろう。したがって、もしこういう理解が『竹取物語』当時すでに予期されるものであるならば、この擬語源説的洒落は失敗だったことになる。そう考えるべきであるなら、この語源説は、原型説話にすでに存していたものとした方がよいのかもしれない。その場合には、これは洒落ではなく、まともな説話形式を踏んだものということになるが。しかし、やはりこの物語を生んだ雰囲気——それは次章に述べる——を考え合せるならば、頭注（一一頁）のように解しておきたいところである。

三　言と事の分離——物語歌の新しい効用

さて、右には、「言」が「事」から切り離されて自由に操作されうることとの発見があったことを述べた。さきに益田勝実氏の説を引いて言った、フィクションの創作のためには、これは不可欠の前提であった。作者の空想の中で、言葉によって関連づけられた秩序に事柄を従わせること、ここに物語文学成立の鍵《かぎ》があったわけである。

最初の段階では、そうして形造られた嘘《うそ》を嘘と意識しながら、その巧みさ、いかにもまことしやかな語り口を楽しみ、その嘘にキリキリ舞させられている作中人物の愚かさを、作者・読者ともども高みから見物する快感を味わうのである。その例として、さきには庫持の皇子の冒険談を挙げた。そして超越者であるはずのかぐや姫までが、世間の噂や皇子の言葉で身動きもできず追いつめられてゆく様子を見た。その際まずすっかりだまされて感極まってしまったのが翁であった。

くれ竹のよよの竹とり野山にも
　さやはわびしき節をのみ見し

この歌は、翁においては、まさに「言」と「事」との合致する真情の告白であることに疑いはない。

しかし、作者の興味は、竹取の翁の歌がいかに竹取りらしく、竹の連想によって完璧《かんぺき》に組織されているかにあったことは、頭注に記した通りであるが、さらに「さや」に竹の葉ずれのわびしい音を聞いてもいいのかもしれない。

これに対して、皇子は、旅装束のままの袖を示しながら、思い入れよろしく、

わが袂《たもと》今日乾《かわ》ければわびしさの
　ちぐさの数も忘られぬべし

と返す。贈答歌としての見所は、「わびしき節」に対して「わびしさの千種《ちぐさ》の数」と承《う》けた点であるが、実はそれよりも、この歌の表現は「わが袂今日乾ければ」と、目的達成を強調しているところがミソで、これを言うために皇子は潮に濡れた（と称する）旅衣のままでやって来ているのである。作者の語り口はさりげなく、皇子の偽計の真実らしさを強調する手段としての旅装束と言っているかのようであるが、実は三度にもわたって、「旅の御姿ながら」が繰り返されるのは、目的がここにあったのである。この歌は、すでに詠者の皇子において「言」が「事」から分離されて操作されているのであるが、さらにこの物語の作者によっては、事件の運びが、歌の効果から逆算して組み立てられるようになっているのである。さらに加えて、物語の上では、皇子のしてやったりの自信と、自分の代理者たる翁の感銘とが、贈答歌という最高の形式で確認されてしまったために、かぐや姫は絶体絶命の立場に追い込まれることになったわけである。作者がいかに和歌の効用を心得て、それを意識的に運用しはじめているか、推察できよう。

四　帝とかぐや姫——相背く運命とくいちがう贈答歌

「御狩のみゆき」の段の末に、帝とかぐや姫の贈答歌があるが、その和歌を扱う物語作者の表現意識には、以前とはかなり異質なものが感じられる。まずここにはあのわずらわしいまでの言葉の形式面への偏好がない。もちろん当時の歌だから懸詞や言葉の対照への配慮が欠けるわけではないが、この場合それは第二義的で、むしろ真情の表出がすべてであると解してよいような詠みぶりである。帝の歌には、ほんとうに後ろ髪引かれるような未練の情があふれ、また、懸詞の効果で、四句切《ぎれ》かといったん受け取られたのが、それともやはり三句切なのか、ととまどい、たゆたうような調べが、詠者の帰るべきだと思いつつ、なお後戻りせざるをえない気持を、何よりもよく表現している。結句の投げ出したような体言止めの据え方にも、われと扱いかねる重い未練の断ちがたさがにじむ。

それに対するかぐや姫の返歌は、物語には「御返事」と明記されているのだが、返歌の体をなしていない。さきに挙げたこの物語の場合もすべてその例に漏れないのであるが、およそ贈歌があり、それに返歌するという以上は、最小限の条件として、贈歌の内容を、修辞的なポイントを主とした形で受け止めていなければなるまい。ところが、このかぐや姫の歌は、そうした最低限の心の重ね方をすら拒否しようとしているかの趣である。贈歌の修辞を受け止め、投げ返すならば、よしその投げ返し方がいかに痛烈であり、争論的であろうと、それは恋のテクニックの一種だと男の側では了解するのが当時の風ではあった。しかし、かぐや姫のこの歌には、そうしたことへの顧慮よりも何よりも、真剣な拒否の情がすべてに優先する。そしてその拒否は、心の問題ではなく、どうにもならぬ立場の違いなのだと強調しているのである。
この一組の贈答歌とも呼べぬ二首の歌には、あの形式と内実との分離は感じられない。そしてこの歌は、そのまま詠者の内心の率直な表白なのであってみれば、物語作者の顔つきも、人物操作の手つきも、こうした表現のバックから浮き上がって見えてくることはない。作者は、伝承説話の場合に似て、再び姿を背景に隠してしまっているのである。それかあらぬか、この章段の結末には例の擬語源説が消えている。次の「天の羽衣」が、はっきりとした段落意識で語り始められているのだから、作者がここで一応の段落を意図したことに疑いはない。それだけにこの消失は偶然とは思えないのである。

さきにも見たように、かぐや姫が昇天に際して、天人を押しとどめて帝に書き遺した文《ふみ》にも和歌が一首あった。

今はとて天の羽衣着るをりぞ
君をあはれと思ひいでける

ここには、言葉を形式的に扱おうとする志向も、言葉遊びへの執着もまったく見られない。表現としてはこの上なく素朴で、いささか潤いに欠ける木訥《ぼくとつ》ささえ感じられるほどである。しかし、もう一度読みかえしてみるがよい。「今はとて」の初句の重さを感じられないだろうか。あるいは、この頭の重さゆえに、この歌の姿がなにか調《ととの》わないものとして印象づけられるのではないか、という気がしてくる。
かぐや姫は、月の都の人たる本性上、けっして地上の人間とは結ばれぬ運命を最初から知っており、さきに見たように、帝にも出会いの時からそれを訴えていた。しかしこの地上の国土への流謫《るたく》のさびしさは、人の心と身とを与えられた彼女にとって、ひとり耐えるにはやはりあまりに痛切だったようである。やがて帝の贈歌には、「御返り、さすがに憎からず」取り交わすようになり、三年ほど、互いに心を慰め合う月日が流れたという。しかし帝との交情が彼女にとって何よりの慰めになったということは、一面からいえば、彼女の本性と、人間としての心との板挟《いたばさ》みの苦痛が一層深くなったということでもあったはずである。彼女としては、そのためにも帝の愛を素直に受け入れる態度を見せることができなかった。自分自身の苦悩を決定的にしないように。そして、今、自分は天の羽衣を着ることによって、その板挟みの運命から解放されようとしている。今こそ彼女は自らに課してきた禁忌を解除することができるわけである。「君をあはれと思ひいでける」とは、その自らの内なる抑制されてきた愛の確認だったのである。

この歌の初句の重さは、今まで耐えに耐えてきた情念の鬱積を、一度に吐き出そうとする瞬間の休止《ポーズ》、一瞬に凝縮された三年間の内面の歴史の実質の重さだったのではないか。その圧力の前には、もはや言語の形式を云々する余裕はなかったのであろう。ここでは、言うべきこと、言わずにいられないことの圧力があまりにも大きくて、言葉の方がそれに対応しかねているという感じが強い。

帝の返歌は、次の「富士の煙」の段に見ることができる。

逢《あ》ふこともなみだに浮かぶわが身には
　死なぬ薬もなににかはせむ

この歌では「無み」に「涙」を懸けるというような知巧的技法も用いられてはいるが、全体としてそうした知的言語的興味が目立つのではなく、愛別離苦の情が素直に流露しているとみてよい。別れにあたって初めて内心の愛を率直に打ち明けてくれた姫に、自分は何をもって答えたらよいのか。これほどに純粋な愛までが拒まれざるをえないのが人間であるなら、人間としての永遠の生などいったい何の意味があるのか。いっそ尽きせぬ思いに焦がれて死ぬのが人間にふさわしい。

こうして、永生《えいせい》を庶幾《しょき》する伝承説話の土俗的思考を積極的に否定することによって、帝の悲劇は完成され、真の人間性の象徴となりえたのであった。人間に最も本具的な欲求・願望を自らの決意によって拒否しなければならないことの悲しみ、これが帝の歌に流れる抒情《じょじょう》性の本質である。

このように、かぐや姫と帝との間には、その出会いと離別——始めと終りに、二組の贈答歌が用意されている。帝の歌もかぐや姫の歌も、一首としてみればそれぞれ情感の流露するものでありながら、互いに呼応することは遂にない。最後の帝の歌など、技巧的な面もあるのだから、贈答歌としての呼応をはかろうとすれば不可能ではなかったはずなのに、それがことさらに避けられている気配さえある。この歌は帝の独詠歌として読まるべきだとする説も根強くあるほどである。あれだけ言葉の連なりに関心の強かった作者である以上、これが偶然の結果であるとは思えない。作者はことさらに二人の贈答歌の真剣なちぐはぐさを示すことによって、遂に結ばれることのありえない運命を暗示しようとしているのであろう。

五　結末の擬語源説

それにしても、この「富士の煙」の段は、やはりクライマックスの昇天の場面に添えられた後日譚的印象が強い。帝の歌に感じられる技巧性も、事件の衝撃からやや自分を取り戻すだけの時日の経過があったためであると同時に、思わずも自分の想像力の創り出した世界に同化しきって自分を忘れていた作者の意識が、再び自制を回復してきたことの表れと理解してよいであろう。

同じことが、巻末に例の擬語源説を持ち出してきているあたりの筆勢にも感じ取れる。もともと物語の結末というのは、冒頭と並んで最も伝承的制約の強くはたらく部分である。これは、お伽噺《とぎばなし》などを語る際のわれわれ自身の経験に照らしても、直ちに納得できることであろう。それゆえ、ここに語源譚的語り口が現れること自体は当然ともいえるが、その語りの姿勢の一癖も二癖もあるひねり方が、例の作者の言語遊戯への偏好を思い出させるのである。

この作者の癖を知っている読者は、物語が結末に近づくのを意識するとともに、不死の薬を焼いた山だから「ふしの山」と言うのだ、と例の語源譚が来ることを予想する。作者の方は、いかにももっともらしく不死の薬を繰り返してみせるのである。それをいよいよのところまで引っ張っておいて、突如「士どもあまた具して」登ったから「富士の山」なのだ、と見事背負投げをくわす。まったく一筋縄ではいかないしたたかさであるが、その後《あと》さらに、不死の薬を焼いた煙は今も依然として立ち昇りつづけているとつけ加える。「士どもあまた」を直ちに「富士」に読み替えることができるほどの知識をもつ読者であるならば、そのうちの多くは、またここから、『日本書紀』や『万葉集』の字面で最も普通であった「不尽の山」の表記を思い合せることであろう。それが解らない読者は、解らなくてもよいのだが、その暗示に聰《さと》かった読者は、なるほどと感心するとともに、自分の明敏さに秘かな誇りをも感じて、巻を閉じることができる仕掛けなのである。ここまでくると、もうすっかり余裕を取り戻した作者がいる。

六　言語遊戯と近代読者

右に見てきた、この物語の作者の言葉に対する著しい関心、それも言語そのものを、事実から切り離して組み合せ、そこに人の意表をつく独自の論理の筋を発見して興ずる精神は、おそらくそれがなければ『竹取物語』そのものが存立しなかったであろうと思われるほど、この物語にとって不可欠のものであった。それだけに、このいわば言語遊戯は、物語の材料や組織のすみずみまで行きわたっていると言ってよい。よく問題にされる難題と求婚者の名前との対応関係ももちろんそれであるし、それ以外の人名の一人ひとりにも、何かそういった意識がはたらいての選択であることは疑えない。求婚物語部分に作者はかなりの熱中ぶりを示すのであるが、それは、彼の意識においては、よく言われるように上層貴族階級の腐敗堕落に対する批判や諷刺である前に、人名と難題と結果とを、いかにうまく和歌と語源説とに盛り込めるかという挑戦だったのではないかと思われるほどである。

こういう言語遊戯に対する異常なほどの興味は、この作者のみにとどまらず、一つには時代の風潮でもあったと考えられるが、これは近代の読者にははなはだ評判の悪いものであった。あまりにも見えすいた言葉だけの小手先の技巧で、事実とは無縁であることが、自然科学を生み、リアリスティックな思考を基盤とした近代社会の嗜好《しこう》に合わなかったのである。しかし現在の時点であらためて思うに、近代精神との背反は事実であるにしても、それゆえにそれは無価値だと極《き》めつけてよいものであろうか。現代のナンセンスＣＭや漫画の流行もそうした近代精神への反逆に根を持つものであろうし、反近代の旗をかかげる現代詩における言語の自律性の主張とも相通ずるところがありそうである。そこまで背のびをしなくても、近代の合理化の徹底追求に疲れた精神にとっては、クロスワード・パズルよりももう少し高級な安息を与えてくれるだけの内容を、この物語の言語遊戯が内包しているとは言ってよいだろう。

作者と時代

一　作者推定の意味と条件

『竹取物語』の作者は、まったく不明である。誰か特定の個人名を挙げる説もないではないが、いずれも臆説にすぎず、しかも十分他を納得させるだけの根拠のあるものはない。そして、この物語の伝存の状態や、当時の物語の地位などからして、作者名を特定できる見通しは、まず絶対に、立てられるものではないのである。

ことに『竹取物語』が最初の物語であるというにとどまらず、仮名による大規模な散文作品形成の初めての試みであるという条件を考えるならば、その作者を、漢学畑もしくは和歌の世界で名を成した人々の間に求めることは、かなり慎重さを要する。このような全く新しい表現世界を開拓するためには、すでに既成の表現様式を身につけ、そこで十分な成功をかちえて、自信と満足感を見出だしているという条件は、むしろ抑制として働く場合が多いのである。特に、この場合、仮名散文というものが、漢詩文や和歌とは比べるべくもない下世話《げせわ》な代物《しろもの》だという意識が一般的だったことも考えておかなければならない。このような場合、新しい様式の確立者は、旧様式の技術的蓄積を十分利用できる条件に恵まれることは望ましいに違いないが、その面ではなお無名であり不遇であることとの方が重視さるべき条件となろう。

こう考えてくれば、この物語の作者として特定の人物を推定するという作業は、論者の思いつきをいかに物語の内容や表現にうまく結びつけてみせるかという、一種の連想ゲーム的興味以上に出ることが困難であろう。ただし、それは必ずしもすべての作者論が不毛であることを意味するわけではない。後にも触れるが、この物語が、ある一人の作者による丸々の創作ではなく、先行する原型説話の存在が想定され、また、いったん「物語」として成立した後にも、時々の読者の手によって様々な程度の改訂や増補などが疑われるにしても、それでもなお『竹取物語』は、ある一人の作者の手によって成った、一回かぎりの作品である。そう断定してはばからないほど、この説話から物語への、言葉を換えて言えば、伝承から文学への飛躍の意味は大きく決定的だったのである。そうとすれば、読者たるもの誰しもその作者について思いをめぐらしたくもなろうというものである。

しかし、この意味での作者なら、それは必ずしも特定の固有名詞に結びつかなくてもよい。この物語の一回性ということは、それが文学史の転回点をまさに身をもって示したことであり、それを可能にしたのは、この作者が時代の悩みと矛盾とを自分のものとして引き受け、たじろがずにそれに直面し、全身的にそれと対決することを辞さなかったためだと言うことができよう。そうだとすれば、われわれは、この『竹取物語』を通して、作品の中に生きる作者の精神を、千年を隔てた現在においても感得することができる以上、それを一個の人格的統一体として把握する試みは無謀とばかりは言えないであろう。またそうして獲得された作者像を、時代の苦悩と矛盾とに対峙させてみるとき、われわれわれは改めてこの作品のもつ深い意味を、自らのものとして理解できるのではなかろうか。

二　作者の精神的特性

これまで見てきたところでも、随所に作者の精神的特性は看取された。いま振り返ってみて、最も著しいことは、すべてを圧して人間に対する関心と愛着の深さである。ことに旧来の人間観が、日本固有の土俗的伝承的思考においても、また大陸渡来の儒教的もしくは仏教的認識においても、人間というものを一定の与えられた型において理解しようとする傾向が否定できなかったのに対して、この作者は、そういう枠を離れて自由な眼で人間を見ようとする。そうしたとき、人間は固定された型からはずれ、情況に応じて様々に変貌《へんぼう》する、その変貌の仕方において最も真実な姿を見せることになる。

たとえば、大伴御行。平常の情況においては彼の勇武豪放な性格は自他共に認めるところだったが、いったん試煉《しれん》に遭《あ》うや忽ちにその怯懦《きょうだ》な本性が暴露され、世間の嘲笑の的となる。これは伝承的な型による人間理解の例としてよいであろう。しかし、この作者はそれだけで終らせないのである。こういう無残な試煉に遭い、従来の己れの生き方の虚妄《きょもう》を胆《きも》に銘《めい》じて思い知らされた男にとって、それまで信じてきた価値体系がそのままということはありえないであろう。彼にとってこうした空しさをもたらす色好みとは何であったのか。いったんの狂熱から醒《さ》めてみれば、不可能な難題を強要するかぐや姫とは、畢竟《ひっきょう》、男にとって最も危険な罠《わな》ではなかったか。それに反して、従来人間の数にも思わなかった家司《けいし》・従者たちこそ、自分にとっての何よりの宝だったのではないか。

『竹取物語』の作者とは、さりげなくこうした人間認識を語ってみせる人物なのである。しかし、彼は、だからといって、こういう大伴の大納言をそのまま肯定しているわけではない。直ちに読者によって笑殺される大納言のイメージが何よりもよくそれを証明している。作者は、人間性の内に潜む弱小さも、怯懦《きょうだ》も、狡猾《こうかつ》さも皆知っており、それらを一概に否定し、現実に眼を背《そむ》けることの無意味さも悟っている。しかし、彼にとって最も大切なことは、そうした現実の追認ではなく、あくまで高貴で透徹した理想への憧憬であった。彼にとっての理想とは、「天の羽衣」の段に象徴的に語られているところからすれば、仏法的真如《しんにょ》にほかならず、月はまさにその象徴であった。

ただ彼が宗教家になりきれなかったのは、あくまでこの真理の絶対性を貫いて、煩悩《ぼんのう》の纏綿《てんめん》する人間存在を否定しさることができなかったからである。彼は理性では真理を求めながら、心情において人間の「あはれ」への愛着をどうしても断絶できなかったのである。彼は宗教家たることに失格したが、そのことが同時に彼をして初めての物語作家たる資格を獲得させたのであった。

第二に著しい特性として、知的精神の旺盛さを挙げなければならないだろう。右に見た人間理解のあり方にしても、旧来の人間観をけっして無批判に受け入れようとしていない点にそれを認めることができよう。ただし、この知的精神の批判性は、専ら日本に固有の土俗的なものに向けられ、海の彼方の新しい文明に対しては、多く熱い憧憬の眼差しが注がれる点は、当時の文化事情を反映するものと言えようか。かぐや姫の昇天が、どうしても中秋の明月を背景としてでなければならなかった事情については、さきに述べた通りである。これは単に真如の月の象徴的イメージというばかりでなく、海彼《かいひ》の新思潮にあこがれる知的エリートの感覚があったことは否定できないように思う。

そういう作者の感覚が随所に反映しているだけに、もし「竹姫」の原話のごときが彼の目に触れたのであったら、との想像を禁じえないのである。もっともこの想像が当っていたにしても、この作者は民間伝承をそのまま採用するような芸のないことはしない。難題一つを取ってみても、火鼠の皮衣とか龍の頸の珠など、中国に拠《よ》るべき文献のあるものについてはとにかく、民間伝承的趣向の明らかなものについては、撞《つ》いても割れぬ金の鐘を仏の石の鉢に換え、打ってもこわれぬ玉の枝は蓬萊の珠の枝に置き換えている。こうすることで、かぐや姫の超現実的神秘性は、さらに知的なエキゾティシズムの香気を加えることになったのである。

これからするならば、最後の燕の子安貝も単に民間信仰に拠《よ》った思いつきとしてしまうことには、憚《はばか》りを感ずる。「竹姫」では燕の巣の金の卵なのであるから、燕はあるいはそこに由来するのかもしれない。そして、燕といえば、『詩経』に「天、玄鳥（つばめ）に命じて、降《くだ》りて商を生ましむ」（商頌・玄鳥）とあり、殷《いん》（商の別名）帝国の始祖伝説に連なる。『史記』によれば、殷の始祖契《せつ》の母が水浴している時に、燕が卵を落したのを見て、それを取って呑んだところ契を生んだという（殷本紀）。『史記』はまた、秦《しん》の祖大業についても同様の伝承を記録している（秦本紀）。また古代中国では、燕禖《えんばい》という子を求めて祈る祭が行われたが、これは燕が陽に感じて卵をかえし子を生むことから、燕の飛来する春分の日の行事とされたという事実もある。一方でこの難題が石上の中納言に割り当てられることから、石上《いそのかみ》から磯《いそ》の上《ほとり》の連想がはたらいて、貝となり、これが燕の生産力信仰と結ばれるところから子安貝が案出されたと考えられないだろうか。こういう人名と難題との相関については、石作の皇子と偽の石の鉢との間にもそれが当然認められよう。

こういう作者なのであるから、その苦心のしどころは難題ばかりでなく、人名の選択にもあったはずで、それについては、加納諸平《かのうもろひら》が『竹取物語考』において詳論している。いまそれをここに紹介するのは、繁雑にすぎようから、別に附説するところを参照されたい。それは持統・文武朝の中心人物五人を宛てるもので五人一組で動かしようのない准拠《じゅんきょ》を設定した上で、それを見事に難題とも関連させてみせようというのである。こういう点にも、作者は史籍に精通しているというにとどまらず、その知識の巧妙大胆な運用に自負をもち、読者の讃嘆を期待しているらしい趣が感じられるのである。

こういう海外の新知識に対しては、この作者は極めて貪欲で、思わぬ範囲にまで及んでいる。たとえば、大伴の大納言の難破後に罹《かか》った風病の症状は、頭注にも引いた如く、『病源論』に拠っていることが明白である。これを実際の経験と見ることは難しいであろう。この『病源論』は、『日本国見在書目録』にも登録され、『和名類聚抄《わみょうるいじゅしょう》』にも引かれていて当時の新知識だったらしい。その風病の項は五十巻中かなり厖大《ぼうだい》な量を占めしかも各所に散在もしているが、この作者はかなり的確な症状を、直接風病の症候群を列挙している巻以外の箇所から選択しているのである。こういう瑣事《さじ》にまで注意を怠らぬ点、彼の知識に対する態度は天晴れと言えよう。

第三の特性としては、言語への強い興味の持ち方が挙げられよう。この点は、従来も懸詞・洒落《しゃれ》に対する異常なまでの偏好として指摘されてきた。そしてそこでは、こうした興味は低級な言語遊戯でしかないとして、むしろ否定的に評価されることが多かった。しかしここで肝要なのは、そうした皮相な見方ではなく、こうした言語遊戯を成立させている基礎条件が、日本古来の「事」と「言」とを一体のものとする意識の解体であったという事実である。駄洒落を連発して悦に入っている作者には、もはや言霊《ことだま》信仰の制約はない。言語は、事実関係から切り離されて、独立した自律的世界を形成することが自由になったのである。

作者は、たとえばかぐや姫と帝との間に、どうにも噛《か》み合わぬ贈答歌を二組置いて見せる。しかも、その出会いと訣別《けつべつ》という決定的な時機を選んでである。しかし、この二人の関係が遂に平行線をたどって結ばれることがないのは、相背く歌を取り交わしたからなのではなく、逆に二人が互いに意識し合いながら、結局結ばれることのない運命にあることを、この常に噛み合わぬ歌の贈答によって、読者に信じさせるのである。

こういう言葉と事実との関係の逆転は、和歌ばかりでなく、散文の部分においても明瞭に見てとることができる。たとえば、庫持の皇子の偽漂流談である。大嘘でありながら、変化《へんげ》の人たるかぐや姫をも絶体絶命のところに追いつめるだけの威力を発揮するのであり、その嘘が暴露するのは、皇子の奸策《かんさく》が不徹底だったためでしかない。

作者は、こうした言語の自律性を利用することによって、日常的な現実を超える真実の世界を構築することに成功する。この点に関しては、さきに「天の羽衣」の段の分析によって示したところを、もう一度振り返ってみていただければ、容易に納得されよう。事は駄洒落や地口の低級な笑いといってすませてしまうわけにはいかないのである。さきに見た主要人物と難題、また地名などに言語上の関係をつけるための苦心は、単に作者の繁瑣趣味と見るべきではなく、こうした言語的統一世界の存在感を強調するためのものだったと考える方が、真実に近いであろう。

三　『竹取物語』の成立年代

さて、それでは、そういう作者が生きた時代というのは、どういう時代だったのか。それを考えるためには、この物語の成立年代をつきとめなければならない。これを考えるにあたっても、直接それを指示する証拠はないのだから、『竹取物語』の内部と、その周辺にある数少ない傍証とを組み合せて考えてゆくほかないわけである。こういう考証は江戸時代以来重ねられてきて、現在ではほぼ九世紀末というところまでつきつめられている。一応その成果は信用してよいと考えられるので、そこからかけ離れる徴証は省略して、焦点となる時期のみに限定して、その概略を述べてみよう。主な資料は「附録」に採択してあるので参照されたい。

まず『大和物語』七十七段がある。これはさきにも触れたように、現在の『竹取物語』の「天の羽衣」の段によったものと認められる。そして、この院の八月十五夜の宴は、延喜九年（九〇九）のことであったとする考証は認められてよい。そうすれば、この物語の成立が、この年以前であることは確実である。

ついで、『古今集』仮名序を見ると、かつては絶えることのなかった富士の煙が、現在は立たなくなってしまったと言って、世の有為《うい》転変を嘆いている一節がある。この仮名序の成立は延喜五年の日付けを信じてよい。『竹取物語』の結末は、富士の煙が今に絶えることなく立ち昇っているというのだから、これが成立の時点で煙が立たなくなっていたというのでは話にならない。従って、当然この記述をもつ『竹取物語』は、『古今集』仮名序の成立以後に書かれたものではないことになる。

それでは、富士の煙が絶えたのはいつごろか、ということになるが、それは確実には指摘できない。もちろんある日突然にぱたりと絶えたという性質のものではないだけに、この考証は困難である。ただ都良香の「富士山の記」には「其の遠きに在りて望む者、常に煙火を見る」とあり、文中に貞観《じようがん》十七年（八七五）十一月、天女が山頂に舞うのを土地の人が見たと記しているので、貞観末年ごろには、なお噴煙があったと認められるという程度がせいぜいのところであろう。

また、『竹取物語』では、大伴の大納言の失敗をしつこくからかって嘲笑の種にしているが、これをあえてなしうるとは、現実の大伴（淳和《じゅんな》天皇の諱《いみな》が大伴だったことから、当時は伴《ばん》と改姓していた）の大納言善男《よしお》が政界に特異な権勢を保持していた時期には考えにくい。つまり、この物語の成立は、伴大納言の失脚する貞観八年（八六六）の応天門の変以後となろう。

さらに、この物語は、しばしば述べてきたように仮名散文によって書かれたものとしなければならない。現在知られている草仮名の最古の例は、讃岐国司解《さぬきのこくしのげ》に添えられた藤原有年の中文《もうしぶみ》で、貞観九年のもの。次いでは清和天皇の護持僧を勤めた円珍自筆の病中上申案文（案は下書きもしくは写しの意）の一部がある。寛平初年（八八九頃）のものかと思われ、前者から二十年ほど後のものである。ほぼ完全な平仮名の遺例としては、延喜五年（九〇五）の因幡国司解《いなばのこくしのげ》案《あん》の紙背《しはい》にある仮名消息がある。この平仮名があまり完成に近い形なので疑問を挾《さしはさ》む向きもあるが、その点の心配はしなくてよいようである。近年、京都の教王護国寺の千手観音像の中から発見された檜扇《ひおうぎ》に元慶《がんぎょう》元年（八七七）十二月の年紀があり、それに落書きがあるが、漢字まじりの平仮名文で、一部には連綿さえも見られるのである（小松茂美『かな――その成立と変遷』）。これらの発見によって、仮名の発達は従来考えられていた以上に急激なものだったことが確かめられ、仮名散文の成立も十世紀に近くなればなるほど考えやすいことは事実であるが、貞観末年か元慶年間ぐらいになれば、かなり可能性が大きくなっていることは認められるのである。

そして、この貞観から元慶年間というのは、和歌史でいえば、まさに六歌仙時代なのである。懸詞・縁語を中心とする修辞技法が工夫され、それが最も絢爛《けんらん》と目立った形で頻用《ひんよう》された時期にあたる。

この物語中の和歌の傾向はそれに最も近いものがあることは先述の通りである。

また、この時期は、博多《はかた》に中国の貿易船の来航することが相次ぎ、諸院・諸宮・諸王臣家等が使者を派遣して争って珍奇な商品を買い漁《あさ》り、その弊害が目に余るようになったころである。本来外国貿易は政府の直接管理するもので、その検進の事務は大宰府《だざいふ》の管轄であった。ところが当時は、その制度が有名無実化し、仁和《にんな》元年（八八五）には大宰府を通じて禁令を発し、さらに重ねて延喜三年には太政官符《だいじょうかんぷ》をもって私買を厳禁しなければならぬ情況にあった。これは、物語の阿部の右大臣の条によく適合する事実であろう。

もう少しひろく見るならば、当時は、藤原良房・基経執政下のいわゆる前期摂関政治の時代である。ただし後の兼家以後のような絶対権力はまだ形成されておらず、藤原北家の優越性にしても相対的なものであった。数々の抗争事件も、彼らが他氏排斥のために仕組んだというよりは、抜き差しならぬ対立の中から彼らが自らの才幹と好運によって勝ち抜いて来たものであり、冷酷なまでの事件処理の辛辣《しんらつ》さは、彼らの危機感の表れであると見るべきもののようである。その点からすると、この物語において、藤原氏の専権に対する反感を見、それへの批判をことさらに重大視するような見解は、なお一考を要するのではないかと思われる。

しかし、それにしても前代以来の律令《りつりょう》体制建て直しの努力も次々に失敗し、社会的困難はいよいよ増大してきた時期であることには間違いない。当時、こういう社会的困難を、辛うじて完全な破局に至らしめず支えていたのは、いわゆる良官能吏たる中下級官人たちの現実対応能力であった。しかし一方で、こういう現実的対応は、律令に対する臨時修正法令としての格《きゃく》・式《しき》を乱発する結果となり、律令による統一的原則による整合性が、社会の全面において失われ、慣例にもとづく多元的な現実処理が一般的となったことは見逃せないところである。

このような新しい政策を推進した良吏は、大学寮出身者を主体とし、そのため当時の財政的困難の増大のなかで、例外的に大学寮は拡充強化されたほどである。しかし、ぎりぎりの極点にまで押し詰められたとき、中央政府にとって良吏たることは、地方人民にとっては悪吏となるという矛盾を、彼らは自己一身の内部に体験することを免れなかった。また、良吏も所詮《しよせん》貴族としては中流に終らざるをえないという見通しが、彼らを地方で権力を利しての富豪化に誘い、悪吏に転じさせる例も、枚挙にいとまがないほどであった。こうして、良吏による新政も、彼らの主観的意図にもかかわらず、忽ちに崩壊し、後には深い不信感と挫折《ざせつ》感を残す結果となったようである。

四　作者は知識的官人の一人か

『竹取物語』の作者は、その思想や文筆能力からみて、どうしても大学寮出身者か、そうでないにしても彼らと同等以上の学問的素養と知的好奇心に恵まれた人間であったろうと考えないわけにはいかない。そうとすれば、右に見てきたような社会の病《やまい》を最も痛切に感じ取り、同時に人間の力の空しさをも切実に思い知る経験を重ねた人物ではなかったろうか。そういう彼の眼には、国家の病根を目の前にしながら、何も感ぜず動ぜず、ひたすら逸楽に耽《ふけ》る門閥貴族は、何ともやりきれない存在だったであろう。しかし、さらに進んで、これを特定の藤原氏とか大伴氏への怨恨に結びつけて考えることは、どうも根拠薄弱に思える。まして、天武天皇系の皇統に反感をもつ人物とまで臆測をたくましゅうするに至っては論外であろう。モデルは単に昔の話にいかにも事実であるかの粉飾を加える材料にすぎない。その子孫から特別の反撥を招いては迷惑であろうが、何百年も昔の怨《うら》みを当時まで持ち越しているかどうか疑問であるし、作中の人物の扱いにそれほど深い含みがあるようにはとても読めない。この時代の人間は極めて現実的であり、実利的なのである。

律令制はまさに崩壊に瀕《ひん》し、それに代るべき方策を見出だしえぬまま、この時代の苦悩の中に生きる知識人たち、しかも彼らの多くにとっては、現実にコミットする官職は求めても得られなかった。望むと望まざるとにかかわらず、彼等はただ見つめ、批判することに自分の存在意義を見出だすほかはなかったのである。彼らの先輩・同僚たちの官途に就くものは羨望《せんぼう》の眼差しを注がれたにちがいないが、やがて彼らはほとんど挫折し、あるいは志を曲げて濁世《だくせ》に迎合していった。作者の人間を見る眼が徹底した鋭さを加えざるをえなかったゆえんであろう。

この作者の新奇なもの、異国的なものに対する飽くなき好奇心と憧憬も、おそらくこうした強制された閑暇と無関係ではなかったであろう。中秋の明月や医学書など、いち早い海外の新しい風への薫《くん》染《せん》の徴証を、さきにもいくつか見てきたが、『竹取物語』の成立時期を右のように見定めるとすれば、もう一つどうしても言及しておかなければならぬことがある。それは、さきに月を仏法的真如の象徴と述べたが、もう少し具体的に見るならば、天人たちの降臨の描写が阿弥陀仏《あみだぶつ》の来迎図《らいごうず》の影響下にあり、地上五尺の空間に立ち並ぶというのは、厭離穢土《えんりえど》の観念によるかと考えられることである。頭注にも示したように、これが『更級日記《さらしな》』の夢に現れた阿弥陀仏の描写と共通点を多く持つことによっても、まず疑えないところであろう。そして、天人の言葉として、この国土を指して明瞭に「穢《きたな》き所」と断定されているのである。これは浄土教信仰の洗礼を受けた表現と言わなければならないであろう。そうとすれば、これは浄土教が寺院内部から一般社会に進出した、最初の例の一つと考えられるのである。

平安貴族社会に大きな影響を及ぼした浄土教信仰は、もっぱら天台宗内部に移植され発達したものであった。承和《じようわ》十四年（八四七）円仁《えんにん》によって、中国五台山の念仏三昧《ざんまい》の法が叡山にもたらされた。貞観七年（八六五）には、叡山に不断念仏が始まり、元慶七年（八八三）には常行三昧堂が東塔に移建され、仁和二年（八八六）には、円仁の弟子遍昭《へんじよう》が元慶寺《がんぎようじ》に阿弥陀三昧を課している。しかしまだ一般社会でこの早い時期に新思潮に呼応した例としては、島田忠臣の詩一首が知られるのみである。

（井上光貞『日本浄土教成立史の研究』）

五　誰のための物語か

このような作者の姿勢を追ってゆくと、表面戯作《げさく》を装い、洒脱な滑稽を事とするようでいながら、これは決して童幼や婦女子のために注文に応じて文を舞わせたような作品ではないと思われてくる。語呂合せめいた洒落を弄《ろう》している時でも、最も新しい知見をそれとなく行文中に埋め込んだ場合でも、作者は直ちにそれに気づき喝采《かつさい》してくれる同質の知己をこそ期待していたのではなかったか。それゆえにこそ、作品全体から見ればどうでもよいような瑣事に至るまで、作者は骨を削る苦心を払っているのである。やはり『竹取物語』の読者として第一義的に想定されていたのは、作者同様の男性知識層であったと考えるべきであろう。

ことに、この作品が貞観・元慶のころに書かれたのだとすれば、当時は徐々に女性教育への関心が起り、また後宮も勢力を蓄えつつあったとはいえ、後期摂関時代はおろか、醍醐《だいご》朝程度の後宮文華にもほど遠い実情にあった。まして、『竹取物語』が最初の物語だったとするならば、そうした前例のない作品の執筆をわざわざ注文するだけの見識が、すでに女性たちの周辺に具わっていたとは信じがたい。もちろん、無関係な場で書かれた『竹取物語』が予想外に広い範囲で大きな好評を博するという事態がいったん生ずれば、その仮名で書かれた評判の物語を女性教育のために利用しようとする企てが生れることは、これは十分考えられることであり、以後物語の発展は女性世界を離れてありえなくなるという筋道も容易に納得できるところではある。

成立と伝来

一　『竹取物語』の原型

『竹取物語』が作者の想像力のみによって、全くの無から突如として形造られたものとは考えられないことについては、再々触れてきた。具体的に原型説話の存在について述べたこともある。それでは、その原型説話とはどんなものだったか、ということになると、これはもうほとんど分らないというほかない。『竹取物語』に影響を及ぼした昔話や伝承となれば、もはや雲をつかむような漠然としたことしか言えないのである。さきに羽衣伝説に関して挙げた「奈具社《なぐのやしろ》」の縁起や「伊香小《いかごのお》江《うみ》」の伝承にしても、それが直接に関与しているか、という点になると、これは不明である。ただ「伊香小江」の方は、『曾根好忠集』によって、そのころの知識人たちの視野に入っていたことが認められる。『万葉集』には竹取の翁と明記された伝説が採録されているが、これは竹取の翁が九人の仙女に求婚するといった古伝承を踏んだものであったらしい。ただし、これが『竹取物語』とどう結びつくかという点になると、諸説区々として定説を見ないのである。

二 「今は昔」の意味

そのような羽衣伝説とか竹取の翁伝説とかが、どれほどの勢力をもっていたのか、そしてどれほどそれが『竹取物語』の成立基盤を準備したかについては、不明なことが多すぎるが、いずれにもせよ、『竹取物語』は、それらとの連続においてよりも、断絶において注目されなければならない作品であった。紫式部がいみじくも下した「物語の出で来《き》はじめの祖《おや》」という評価は、まさにこのことにかかわる。ここから新しい伝統が始まるのである。

「今は昔」という、『竹取物語』の冒頭の一句が、そのことを象徴的に語っているように思われる。

古代の伝承は、われわれの知るかぎり、単に「昔」と語り出していた。そしてその話は、昔のことでありながら、それにつながって今がある、あるいは、今こうであるのは、昔これこれだったからだ、と、今と昔を結びつけ、その一体化した時空に伝承の世界が展開されていた。そこでは何を言われるまでもなく、昔と今とは一続きのもので、それ故にこそその伝承が信じられてきたのである。

それに対して、『竹取物語』では、まず「今は昔」と言われなければならないのである。この一句については、最近ことにいろいろな説があるが、素直に日本語の表現の常道に従うならば、ＡハＢダの型と解するほかはないだろう。つまり従来言葉に出すまでもなく一続きのものとして意識されてきた「今」と「昔」とを、改めて「今ハ昔ダ」とことわるのである。こう言われた以上、「今」と「昔」とは対立的契機としてことさらわれわれの意識を刺戟しないわけにはいかなくなる。

しかし、それにしても「今ハ昔ダ」とはどういう意味なのだろうか。簡単に言えば、「今」とは、語り手と聴き手が向い合っている物語する場なのである。語り手も聴き手も、日常現実の世界においては、利害の対立や対人関係の思惑などで日夜身をすり減らしている人間かもしれない。しかし、「今」こうして物語の場に出席した以上は、そうした日常の現実から遮断《しゃだん》された、一種抽象の世界に身を置いたわけだ。ここでは日常は閉め出され、われわれは新しい感覚の目覚めるのを感ずることができるだろう。さあ、日常を閉め出したついでに、その新しい感覚をもって「昔」の世界へ行ってみよう。なに、むずかしいことではない。目を閉じて物語の世界に没入すればよいのだ。さあ、もうわれわれは「昔」にいる。昔の物語の世界だ。――ざっとこんな意味を含んだ慣用句といってよい。

「昔」というのは、語源的には、向うの方の意味だという。それが時間的に転用されて、「今」とは区別され、切り離された、向う側のある時点をさすことになったのだろう。その意識は、「昔」のことを語るとき、原則として助動詞「けり」が用いられることによって確認できる。この「けり」は、さきにも最もよく物語の文体を代表する語として取り上げたのであったが、それは、物語の現場（上述の点からの引き続きで言えば「今」）から隔離されている向う側の世界の叙述を示す助動詞なのである。同じ回想の助動詞でも「き」が、主として自分自身の体験として、引き続き記憶の中にとどまっていることを表わすのと対照的な機能である。

そして、右に昔と今とが一続きになっていると言った古来の伝承、たとえば『古事記』や『風土記』に見られる神話や伝説は、もっぱらこの「き」によって語られているのである。それに照らしてみれば、この「今は昔……けり」の文型が、それとは正に対立するものであり、全く新しい意識に支えられた新しい文学の確立を端的に示すものであることは容易に理解されるところであろう。『竹取物語』の文章は、まずこの「けり」止めの文をいくつも重ねて、われわれ読者に日常の現実とは切り離された向う側の世界の事件であることを納得させる。そうして、われわれが、こちら側の日常的な意識から解放されたところで、「たり（テイル）」とか「ぬ（タ）」とか、われわれ自身がその事件の現場に立ち合っているかの思いを抱かせる語法に切り換えられるのである。

「今は昔……けり」と語り始めるのは、王朝の物語や中世説話ではごく一般的となり、慣用句としてほとんど意味など考えられもしないようになってゆくのであるが、これは『竹取物語』の成功によって導かれた現象ではなかったかと思われる。（西郷信綱『神話と国家』）

そして、『竹取物語』の巻末は、「その煙、いまだ雲の中へ立ち昇るとぞ、言ひ伝へたる」と、再び「今」に立ち戻って終るのであるが、こういう型は伝承世界のものであったと言える。いわば一つの円環が完結された趣である。しかし、この物語における効果は、これによって「今」と物語世界が一続きのものと意識されるのではない。向う側の世界の事はすべて終ってしまった、煙は現に立ち昇っているけれど、あれはすべてが終ってしまったことを教えているのであり、われわれは、その煙を通して、あの純粋な美しさの世界にはるかな憧《あこが》れをつなぐことができるのだと、むしろその断絶を強調することになっているのである。

三　漢文体『竹取物語』はなかった

『竹取物語』が「物語の祖」となったということが、右のようなことを意味するとしたら、それは到底漢文体によって表現できる種類のことではなかった。古くから『竹取物語』はまず漢文体もしくは擬漢文体の作品として成立し、しばらく後に現在の和文体に書き改められた、という説が根強くあり、現在の学界の一部でもなおその説は主張されている。たしかに、和文による物語に先立って漢文体の散文作品がいくつか残されている。そして、それらの書かれた年代も、ほぼこの『竹取物語』の成立時期と重なることは事実である。

しかし、都良香の「富士山の記」「道場法師伝」や、紀長谷雄《きのはせお》の『紀家怪異実録』、三善清行《みよしきよゆき》の『善家秘記』、あるいは作者不明の『続浦島子伝記』など、そのいずれを取ってみても、怪異奇事への興味と、それについての伝承ないしは風聞を、事実と信ずるかぎり忠実に記録しようとしたもので、そこには想像力の自由な羽搏《はばた》きによる虚構の物語はない。書斎の知識人の一時の解放感と鬱屈した精神の慰めという、いわば生理的効用は認められるのであるが、それ以上に、新しい創造に向けての積極的な行動と評価するためには、まだまだ距離がありすぎる。

浦島伝説など幾度も書き記されているのだから、竹取翁伝説もあるいは漢文によって書きとめられたことがあったかもしれない。それは何とも分らない。しかし、それがあったにしても、それは到底「物語」と言えるだけの実質を具えたものだったとは考えられない。右に挙げた諸作品と現在の『竹取物語』を比べてみるならば、何よりもその分量において比較にもならない。もちろん内容的にも心理描写・性格描写の欠如という、虚構の文学としての肝要な一点で、これらは説話の域に留まるほかないものなのである。

『竹取物語』の語法や語彙《ごい》に訓読調のものが多いという事実は、原漢文を訓《よ》み下したと解釈すべきではなく、作者が使い馴れた言葉を、読者として同質の層を想定していたことから、気楽に使ったというまでのことである。伝承説話に一般の共同体意識に基づく黙契部分（つまり言わなくても分り合えるという内容）の存在が、『竹取物語』においては後になるほど感じられなくなり、「御狩のみゆき」以後にはほとんど消失してしまうということは、この物語が個人の創作であることを裏づけている。われわれが「物語」と呼ぶのは、こういう作品なのであり、片々たる伝承の記録ではないのである。

四 「物語の出で来はじめの祖」

『竹取物語』を、紫式部の言葉をかりて「物語の出で来はじめの祖」と呼ぶことは、こうした解説的な文章において常に行われているところであり、この文中でも折に触れて使ってきた形容句であった。『源氏物語』の「螢」の巻で、物語に対する深い透徹した自己批評を読んでいる以上、われわれは、この発言をただ成立年代の最も古いものと単純に考えるわけにはいかない。やはり、これは、『源氏物語』の立場からする、自らの文学伝統の確認の意味をこめてのものだったであろう。そして、『竹取物語』がそうした文学伝統の開祖でありうるためには、先行の類似説話とまさに文学として本質的な点において対立し、それを克服したものでなければならなかったはずである。

そうとすれば、『竹取物語』が物語文学の名に価するようになったということは、具体的には形態、内容、あるいは方法などの点で、どのような新しい発展が見られたというのであろうか。その点については、上来かなり筆を費やしてきたところから、おおよそは汲み取っていただけるはずであるが、特に前代においても同時代においても、この類の説話が怪異の不思議さを語ることを主にしたのに対して、この物語では人間の問題が常に中心に置かれていたこと、そして古い型による認識を捨てて自由な想像力を駆使した虚構を自覚的に方法化した点を、第一に確認し、評価しておきたい。そしてそういう新しい内容と方法を盛るにふさわしい仮名散文の文体を創り出すということも、不可欠な作業であった。このような点こそ、『竹取物語』が切り拓《ひら》いた物語というジャンルにとって本質的な指標なのであり、『源氏物語』をはじめすべての物語が『竹取物語』に負うものなのであった。

こうした『竹取物語』の影響を最も直接に蒙《こうむ》りながら、『源氏物語』「絵合」の巻で、反対派の右方から論難されたような非現実性を脱却しようとしたのが、『うつほ物語』であった。『うつほ物語』は一般に考えられている以上に『竹取物語』に負うところが多いのであって、その始発の巻「藤原の君」の原型は、世に変化《へんげ》の人と呼ばれる絶世の美女貴宮《あてみや》を中心に五人の貴公子による求婚の物語として語り始められたのであった。現在の形態はその後の増補の結果と考えられている。

五 『竹取物語』と竹取説話の伝来

それでは、『源氏物語』がそれほどにも直接の祖として推重した『竹取物語』は、現存のものなのか、あるいは現存本からいえばなお一段階前の原型を考えなければならないのかが、なお時として問題になることがある。それについて、直接に断定するだけの明証はないのであるが、『大和物語』『うつほ物語』それに『源氏物語』自身のなかから、『竹取物語』の内容を示す資料を集め（「附録」参照）、比較総合してみるならば、そこから浮び上がってくる『竹取物語』像は、ほぼ現存本と一致すると見てよいようである。そして、物語文学の伝統に関するかぎり、その傾向は、以後もほぼ承《う》け継がれてゆく。

ところが、説話の世界においては、必ずしもそうは言えない事情にあったようである。まず平安朝末期の『今昔物語集』に竹取説話の典型的なものが収録されている（「附録」参照）。これは話型としてはほとんど完全に『竹取物語』と一致するといってよく、また文章も『竹取物語』を参照した形跡が明らかに認められるのであるが、ただ難題の数が三つであり、その内容も素朴で伝承説話にふさわしいものであるうえ、優曇華《うどんげ》の花を含んでいることから、これは『竹取物語』の原型説話が物語とは別に庶民社会に流れて来たものが、この時期になって汲《く》み上げられたものではないかとも考えられている。

さらに鎌倉時代まで下ると、『海道記』あるいは『古今集』の注釈などの中に少しずつ形を変えながら、この竹取説話が現れている。その代表的なものは「附録」に掲げる通りであるが、それらの多くに共通する要素として、かぐや姫が竹林の鶯《うぐいす》の巣から発見され、時には鶯の巣に産みつけられた時鳥《ほととぎす》の卵から生れたと語られていることである。『海道記』など、『竹取物語』の歌まで引いて、その強い影響下にあることが明白であるにもかかわらず、かぐや姫を鶯姫と呼んで改めようとしないのである。よほど根強い規制力が知らず識《し》らずのうちに働いていると考えるほかないであろう。そういえば、『竹取物語』の方にも、発見当初の姫を「籠《こ》に入れて養ふ」という表現があったことが思い合わされるが、やはり奥深いところでつながっているものがあると思われる。

そのためかどうか、中世においては、一般に『竹取物語』ではなく、このような竹取説話の方が流《る》布《ふ》し、文芸作品の上にも直接の栄養となっている。たとえば、『曾我物語』や謡曲「富士山」など、いずれも鶯姫系統の説話によって文を成しているのである。

六　『竹取物語』の伝本

そういう事情は、『竹取物語』の伝本にも反映していて、これだけ有名な物語でありながら、わずか一つか二つ室町時代末期にまでさかのぼる伝本があるほかは、すべて近世に入ってから書写されたものばかりである。ただ後光厳院宸筆《ごこうごんいんしんぴつ》と伝えられる断簡《だんかん》がわずか二葉であるが現存し、その書写は室町時代初期のものと認められている。

このような情況なので、伝存の本文そのものも、いずれの伝本を取ってみてもかなり誤写や脱落が認められて、これこそは、と思われるような本文はない。したがって、我々としては慎重に現存伝本を比較検討しながら、少しでも原型に近づける努力をするほかないのである。

こうした面の研究は、現在ほぼ基礎調査が固まり、あとはそれをどう活用して平安時代の本文の再建に向って歩を進めるか、という段階にあるといってよいであろう。これまでの調査からまず言えることは、この物語の伝本は大きく二系統に分けられることである。それは通例、古本系統と通行本系統とに類別されている。

古本系統というのは、ただ一本、近世後期の写本があるほかは、すべて刊本などへの校合《きょうごう》書き入れによって知られる本文であることを特徴とする。それらの源泉をなしたと考えられる今井似閑《じかん》の校合本に、宝永四年（一七〇七）に、「ある古本を以て一校せしめ畢《をはん》ぬ」という奥書が見られることからの命名であって、必ずしもこの系統の方が古い形を伝えているというわけではない。ただ上記の伝後光厳院宸筆断簡がまだ一葉しか発見されていなかった時期には、その一葉の本文が古本系統に近いものがあったため、古本が文字通り古い本文を伝えるものであるかに考えられたこともある。ところが同筆の二枚目が発見されてみると、それは古本系統とも通行本系統とも明らかに異なった本文を持つものであることが明瞭になった。しかもこの古い断簡の伝える本文は必ずしも誤脱の少ない善い本文かどうかはなはだ疑わしいものがあるのである。

また二、三首の和歌についてではあるが、『海道記』および『風葉和歌集』との比較が可能である。その結果は、僅少部分であるうえに、『海道記』も『風葉和歌集』も、どこまで細部の本文が確定できるのか疑問が残るのであるが、概して言えば、『海道記』は古本系、『風葉和歌集』は通行本系と見られそうである。つまり、両系統ともその限りでいえばかなり古くさかのぼりうる由緒をもつわけである。

こうして、現在は改めてこの二系統の本文を客観的に先入感を持たずに検討してゆくべき段階にあるわけである。

しかし、そういう白紙の立場で両系統を詳しく点検してゆくと、両者互いに相補うことのできる箇所も多いが、両者の相違点の中には、後世意味を通じさせるために加えられた意図的な改訂と目されるものも少ないわけではなく、そしてその種のものは古本系統の本文の方に目立って多いのである。この点、文意が通じやすいことが必ずしも善い本文を意味することにならないことに注意する必要がある。さらに古本系統の本文には語法上からも成立当時のものとは考えにくいものがかなり含まれている。

そういう点を勘案してみるならば、現在の資料によるかぎり、やはり通行本系統の本文を中心に、諸本の異同を考え、慎重に古本系統の本文にも目を配りながら、関連する諸方面の知識を総動員して、周到精密に物語の語るところを読み解いてゆくのが、結局最も近道なのではないかと思われるのである。

本書が底本として高松宮家本を選び、通行本の代表的な位置に立つ武藤本、同じく通行本の代表的な一本で底本に最も近いかと思われる島原本を中心に本文を立てたのは、そのような考慮に基づくのである。

附説

作中人物の命名法

この物語を読んでいてまず気づくことの一つに、主要人物はもちろん、ほとんど取るに足らぬ端役の一人ひとりに至るまで、一々もっともらしい名がつけられていることがある。これがたとえば『今昔物語集』の竹取説話のような普通の昔話なら、こんなに神経質なほど命名に気を配らず、ただ他と区別する必要のある人物についてだけ、最小限の特徴を何かの形で言っておいてもすんだはずである。それにもかかわらず、作者が作中人物の命名にこだわるのは、これがかつて「昔」の世に実際起った事実を語る話なのだ、という建前をとっているためなのである。その点、史書の記述法に範例を仰ぎ、かつそれを利用していると言ってよいであろう。一面、この物語の作者にとっては、そうした記述の体裁が最も親近感をもてるものでもあったらしい。そうとすれば、これは、この物語の作者を割り出す手がかりにもなりうる点である。

作者としては、この物語の人物が、はるかな昔、実際に生きていた人たちだという印象を読者に与えたかった。これが全くの作り話であったことから、作者の立場では、よけいに事実であるかの装いを凝らすことが必要と感じられたという事情もあったろう。そして現実の人間であるならば、名前があるはずである。名前を持つことによって、個々の人間ははじめて自己の存在を主張しうるであろう。だいたいこの物語の作者は、「解説」にも述べたように、言葉というものに特別の関心を抱いていた。そうとすれば、この命名にあたっても一方ならぬ工夫が凝らされたことであろう。

この点については従来から研究者の関心をひいて多くの説がある。しかしそれらは多く部分的であって、物語全体に目を配ってのものとは言いがたかったようである。もう少し全般的なかかわりに注意してみることによって、われわれはもう一歩作者の意識に近づくことができるのではないかと思われる。そういう全体的な関連において人物名を考えることは、頭注欄ではとうてい処理しきれなかったので、そうした点を中心として、以下解説を加えておこう。

一　竹取の翁――讃岐造麻呂

大和国広瀬郡に散吉《さぬき》郷があった。『三代実録』元慶《がんぎよう》七年（八八三）十二月の条に、「二日甲午、……大和国正六位上散吉大建命神《さぬきおおたけのみことのかみ》・散吉伊能城《いのきの》神、……並びに従五位下を授く」と見えている。そして、『延喜式』には同じく大和国広瀬郡に讃岐《さぬき》神社を掲げている。これからするならば、「散吉」と「讃岐」は相通ずるとみてよいであろう。従って、竹取の翁は、散吉郷に住む讃岐氏の一族だったと考えるのが自然といえる。そして臆測を付け加えることが許されるなら、右の『三代実録』の元慶七年という年紀にこだわってみたくなる。つまり、この讃岐造麻呂《みやつこまろ》という名前が案出されたのは、案外そのすぐ前に、それまで長らく正六位上で放置されていた讃岐神社の祭神に昇叙のことがあったのに触発されるところがあったのではないかと思われるのである。

また、かぐや姫の名をつけたのが、御室戸《みむろど》斎部《いむべ》の秋田とある。御室戸は地名であろうが、「御室」は「御諸《みもろ》」と同じく「杜《もり》」と同根の語、神の降臨する所の意であり、「戸」は場所を表わす造語成分であるから、もともとは普通名詞であったはずである。ここでは具体的には讃岐神社のある場所をさすと考えてよいであろう。古代では子女の命名役は、一族の長老が勤めるのが通常であったらしいが、そうだとすれば、竹取の翁も斎部氏の支配下にあったと考えられる。事実、斎部氏の支族に讃岐氏があったことは認められるし、また讃岐国は斎部氏の一つの本拠地であったようである。おそらくは、讃岐の斎部氏の支流が大和に移住して散吉郷を開いたのであろう。竹は神聖な霊力をもつ植物とされ、神事に用いられることも多かったので、竹取の翁は、その竹を取ることで、斎部氏に奉仕していたという設定であろう。『古語拾遺』によれば、讃岐の斎部氏も、毎年、調・庸のほかに竹竿《たけざお》八百を貢進《こうしん》することになっているという。あるいは、そういう連想もはたらいているかもしれない。（塚原鉄雄『王朝の文学と方法』）

二　かぐや姫

頭注（一一頁）に、垂仁天皇の妃にカグヤヒメノ命《ミコト》という同名の人物が存在したことを記したが、『古事記』によって、この人物の系譜をもう少しさかのぼって紹介すると、次の系図のようになる。

開化天皇 ― 崇神天皇 ― 垂仁天皇
開化天皇 ＝ 丹波竹野媛《タニハノタカノヒメ》
　― 比古由牟須美命《ヒコユムスミ》
　　　― 大筒木垂根王《オオツツキタリネノミコ》 ― 迦具夜比売命《カグヤヒメ》 ＝ 垂仁天皇
　　　― 讃岐垂根王《サヌキタリネ》

この系図を眺めていると、いろいろな連想に誘われる。事はただ「かぐや姫」という一名辞だけの問題ではないように思われてくるのである。まず、カグヤヒメの叔父の讃岐垂根王という名は右に見た「讃岐の造」と関係があるのではないか、また、大筒木垂根王の娘なら、竹の筒の中から生れるという想像と結びつきやすいのではないか、そして、その祖先は竹野媛《ひめ》なのである。『古事記』によれば、この竹野媛は、旦波《たには》の大県主《おおあがたぬし》、由碁理《ゆごり》の娘だという。現在の京都府中郡から竹野郡にかけて勢力を張っていた豪族の出身だったのだろう。

なお、ここの大筒木垂根王以下三人の名は、『日本書紀』の方には見られない。作者は『古事記』によって迦具夜比売の名に逢着したと考えるべきであろう。そうとすれば、『日本書紀』が専ら尊重された時代にあって、こうした『古事記』の伝承に興味を示し、新しい物語をそうした古い記憶に根づかせようとしている作者の態度は、注意しておいてよいものであろう。

さらに想像をひろげてみるならば、丹波の竹野媛という名は、それが在地の土着勢力と結びついていたであろうと推定されるだけに、丹後国の丹波郡・竹野郡のあたりに注目を求めているように思われる。その時すぐに思い合わされるのは、『丹後国風土記』逸文の「奈具社《なぐのやしろ》」の伝説である（「附録」参照）。それは、丹後国の丹波の郡家《こおりのみやけ》（郡役所）近くの比治《ひじ》の真井《まない》に降りた天女の話であり、その天女が流離の果てに行きついたのが、竹野郡奈具社であったと伝えられているのである。作者が『古事記』『風土記』などの古記録に詳しかったとすれば、この丹波竹野媛の名を連結点として、『竹取物語』の素材源を、この奈具社伝説にまでたどることも十分可能だったと考えてよい。

また後世のことではあるが、かぐや姫という名の実在人物がある。『大鏡』第二巻太政大臣実頼の条に、

「また、さぶらひける女房を召し使ひ給ひけるほどに、おのづから生れ給へる女君、かぐや姫とぞ申しける。この女君を、小野宮の寝殿の東面《おもて》に帳立てて、いみじうかしづき据ゑたてまつり給

ふめり。いかなる人か御婿になり給はむとすらむ」

と見えるのがそれである。この『大鏡』の叙述も、『竹取物語』を踏んでのものであるように思われる。あるいは、父の実頼が晩年の愛娘《まなむすめ》をいとしむあまり、大切に籠め据えて、容易に結婚させようとしなかったことから、世の人々が「かぐや姫」とあだ名をつけたというのかもしれない。

三　五人の求婚者たち

この五人の人物の名については、すでに早く加納諸平《もろひら》が『竹取物語考』において、実在人物に比定する考証を行っている。以下その説を中心に整理しながら解説しておこう。結論を言えば、持統朝末期から文武朝初期に朝廷の中心人物であった五人、即ち丹比島《たじひのしま》・藤原不比等《ふひと》・阿部御主人・大伴御行・石上麻呂を物語の五人に宛てようとするのである。


『日本書紀』持統天皇の十年十月の記事に、

「仮に、正広参位《しやうくわうさんみ》右大臣丹比真人《まひと》に、資人《つかひびと》百二十人賜ふ。正広肆《し》大納言阿部朝臣《あそみ》御主人・大伴宿禰《すくね》御行には、並びに八十人。直広壱《ぢきくわういち》石上朝臣麻呂・直広弐藤原朝臣不比等には、並びに五十人」

と五人の名が列記されているのをはじめ、『続日本紀《しよくにほんぎ》』文武天皇の大宝元年三月の条には、

「左大臣正広弐多治比《たぢひ》真人島に正二位を授く。大納言正広参阿倍朝臣御主人に正従二位。中納言直大壱石上朝臣麻呂、直広壱藤原朝臣不比等に正正三位。……大納言正従二位阿倍朝臣御主人を以て右大臣と為す。中納言正正三位石上朝臣麻呂・藤原朝臣不比等、正従三位紀朝臣麻呂を並び

に大納言と為す」

とあって、官職もほぼ物語と同じである。ただし、大伴御行は大納言のままこの年の正月に死去しているので、右の三月の記事には登場していないのである。

こういう記録を見てゆくならば、右大臣阿部御主人・大納言大伴御行・中納言石上麻呂足の三人がそこから名前を借用したことは、まず疑いのないところと認められよう。そうすると、残る石作の皇子と庫持の皇子はどうか。

これに対して、諸平は、庫持の皇子は右の藤原不比等が宛てられているのだと主張する。その根拠はおよそ次のようである。まず『帝王編年記』斉明天皇五年の条に、

「是歳、皇太子（天智天皇）妊《みごも》れる寵妃御息所《みやすみどころ》の車持公《くるまもちのきみ》の女婦人《むすめ》を、内臣《うちのおみ》鎌子（藤原鎌足）に賜ふ。已《すで》に六箇月なり。件《くたん》の御息所を給ふ日、令旨に曰く、『生るる子、男に有らば臣の子と為し、女に有らば我が子と為さむ』と。爰《ここ》に内臣鎌子、守ること四箇月、厳重たり。遂に其の子を生産《う》ましむ。已に男なり。仍《よ》りて令旨の如く、内臣の子と為す。其の子、贈太政大臣正一位勲一等藤原朝臣不比等なり」

とあり、また『公卿補任《くぎようぶにん》』の大宝元年の項に初めて不比等が見えるが、その注に、

「内大臣大織冠《たいしよくくわん》鎌足二男。一名史《ふひと》。母は車持国子君《くにこのきみ》の女《むすめ》、与志古娘なり。車持夫人《くるまもちのぶにん》」

とあり、さらに傍書して、

「実は、天智天皇皇子なりと云々《うんぬん》」

と見える。これらによってみるならば、それが事実であったかどうかはともかくとして、そういう伝承がこの物語の成立当時すでにあったと考えてよいのかもしれない。そうとすればこれはまことに面

白い着眼と言うことができる。どうせこういう秘事であれば公式の史書などに載ることではなし、ひそかに口づてに語り伝えられることが案外真相を言い得ているかもしれないのである。そう思ってみれば、『尊卑分脈』の「藤氏大祖伝」に収める「不比等伝」にも、

「内大臣鎌足の第二子なり。一名、史。斉明天皇の五年生る。公、避けらるる事有りて、便ち山科《すなはやましな》の田辺史大隅《たなべのふひとおほすみ》等の家に養はる。其れを以て史と名づくるなり。母は車持国子君の女、与志古娘なり」

と、何やらその誕生をめぐって事情ありげな書き方がなされている。

古代においては、皇子などでさえ名づけ方などかなり便宜的だったようで、『文徳実録』巻一に言うところだと、乳母《めのと》の姓を取って皇子の名とするのが通例だったという。そうすると、実は天智天皇の皇子だった不比等は、母方の縁者が乳母にたったただろうから、内々では車持の皇子と呼ばれたのであったろう、というのが諸平の推理である。ただ「車持」はあくまでクルマモチで、これをクラモチと読むいわれはない。これは「車持」をもう一つおぼめかし、財産家としてのイメージをふくらませるために、「庫持」に置き換えたのであろう。『釈名《しやくみよう》』に、「庫、舎なり。物の在る所の舎なり。故に斉《せい》・魯《ろ》は、庫を為して舎と曰《い》ふ」とあり、『後漢書』の竇融《とうゆう》伝によれば、庫という姓があるが、この音はシャで、昔先祖が守庫大夫という官についていたことからの名であるという。これらから、車と庫を通用するものとしたのであろう。庫の原義は、兵車を入れるくらである。

さて、『竹取物語』に出る求婚者五人のうち四人までが、文武朝初期の執政の重臣五人のうちに比定されるのであってみれば、残る石作の皇子だけが、まるきり架空の人物というのでは落着かない。石作の皇子という名は、全く史籍に発見することができないのである。そうとすると、史上の五人の

列記者のトップに立つ多治比真人島が石作の皇子のモデルである可能性は考えられないだろうか。これができるなら、すべてはぴったりと整合するのである。

多治比真人島は宣化天皇の曾孫にあたる多治比王の子である。父の多治比王が成長の後、奏請して多治《たじ》比公《ひのきみ》の姓を賜って臣列に下り、天武天皇の十三年十月、八色《やくさ》の姓《かばね》の制定に際して、島が真人の姓を賜ったのである。島の父が多治比王と称したのは、やはり乳母が多治比氏であったためであろう。そして、『新撰姓氏録』によれば、多治比氏と石作氏は、同祖の親縁関係にある。してみれば、島も母方の縁によって、石作氏の乳母に育てられたことも考えられる。さらに、島の幼時にはまだ皇親の身分だったとも思われ、石作の皇子と呼ばれた可能性がある。これが、諸平の推測のあらすじであるが、少なからず苦しい臆測の積み重ねというのが、わたくしの正直な感想である。しかし、五人のうち、たった一人ということになると、やはり何とか考えたくなるのは事実であり、おそらく『竹取物語』の作者にあっては、その思いはいっそう痛切であったろうから、案外こんな苦しいこじつけもしたのかもしれないという気もする。もちろん石作の名は、偽の石の鉢との連想が主となったものであろうが。

四　求婚者たちとかぐや姫と

それでは、この五人の求婚者のモデルと、さきのかぐや姫や讃岐の造などのモデルとは全く別個に思いつかれたもので、無関係なのであろうか。時代も著しくかけ離れているが、この作者の性格からすれば、この間に何の脈絡もつけないということはなさそうに思われる。この間を結びつける何らかの系譜的関係があってよいはずであろう。そういう観点からすると、ここに一つの興味ある事実がある。

さきに大宝元年に大伴御行が死去したと記《しる》したが、この「大宝」という年号が建てられたのは、この年三月、対馬《つしま》から黄金が献ぜられたためである。これは、実は先年大伴御行が、大和国忍海《おしぬみ》郡の人、三《み》田首《たのおびと》五瀬《いつせ》を対馬に派遣して黄金の採鉱に当らせた結果であった。そこで朝廷は大いに喜んで五瀬をはじめ関係者に恩賞の大盤振舞いをし、御行は亡くなっていたので、その子に多大の賜与があったと、『続日本紀』は記している。ところが、これには後日譚《ごじつたん》があって、この事件は全く五瀬が仕組んだ国家的規模の詐欺事件で、大伴御行はうまうまとそれに乗せられていたことが発覚するのである。朝廷ではその喜びが大きかっただけに、こうなっては御行に対する評判は反動的に暴落したことだったであろう。

ところで、五瀬の策略に皆が皆うまくだまされたについてはそれだけの事情がなかったわけではない。それは、天武天皇の三年三月に、対馬の国司忍海造大国《おしぬみのみやつこおおくに》から、銀が初めて発見されたとして、朝廷に献上されることがあった。日本最初の銀の採取である。この時も大国の位階を進め、群臣に賜物があったのである。

いまここで特に注意を促したいのは、五瀬が大和の忍海郡の人であり、最初の銀の採掘者は、忍海造大国であったことである。この「忍海」の共通項は何を意味するのだろうか。『日本書紀』神功皇后五年三月の記事に、葛城襲津彦《かずらきのそつびこ》が新羅《しらぎ》から捕虜を連れ帰り、彼等を、忍海ほか三箇所に住まわせた、それが今の四つの邑《むら》の漢人《あやひと》の始祖であると見える。これ以後各地に広がったらしく、多くの忍海の名を負う者たちが記録に見られるようになり、その帰化系の人々は各種の世襲的技術者として活躍している。たとえば、『肥前国風土記』の三根郡漢部《あやべ》郷の条に、推古天皇の時代、新羅との戦いに備えて、来目皇子《くめのみこ》が忍海の漢人に命じて、ここで兵器を造らせたので、以後ここを漢部と呼ぶようになったのであると見える類である。

そして、『新撰姓氏録』によると、河内国皇別の項に、「忍海部」を挙げ、それに、「開化天皇皇子、比古由牟須美命《ひこゆむすみのみこと》の後なり」と注記している。河内の忍海とは、「神功皇后紀」に帰化人を住まわせたとあった、その場所である。平安朝初期にはこうした伝承が信じられていたわけであるが、この比古由牟須美命とは、さきに掲げた系図を参照されれば明らかなように、迦具夜比売の祖父にあたる人物である。

こうして、みごとに二組のモデル群に連絡がつくのであるが、もう少し道草をしてみよう。比古由《ひこゆ》牟須美《むすみ》は彦湯産霊の意であり、その外祖父の由碁理《ゆごり》は湯凝の意で、いずれも製鉄技術に因《ちな》んだ鍛冶《かじ》部民の信仰に由来する名であろうと推定される。忍海部はそういう信仰を伝える技術者集団であり、忍海の漢人はそうした部族の下に配属された技術移民であったと考えてよいであろう。そうすると、さらに臆測を重ねることになるが、庫持の皇子の命を受けて珠の枝の偽物を作った漢部内麻呂は、漢人部打麻呂をかけた名で、ここにつながってくるのかもしれない。

五　小野房守と高野大国

小野房守　小野氏は妹子《いもこ》が最初に遣隋使となって以来、代々相継いで遣唐使や遣新羅使に任命され、また大宰府に下って外交に当ることの多かった家柄である。そうした連想がはたらいての命名であろう。

高野大国　高野氏というのは極めて特殊な一族である。史上、桓武天皇の生母、高野新笠《にいがさ》の系統だけにしかこの名は見られない。新笠は百済《くだら》系帰化人の裔《すえ》たる和乙継《やまとのおとつぐ》の娘であったが、光仁天皇がまだ皇位継承など予想もされない不遇時代にその妃となり、天皇即位の後に高野の姓を賜ったのである。前代に絶大の権勢を振った高野姫天皇（孝謙天皇）にあやかっての名であろう。桓武天皇時代には、乙継の孫、家麻呂が外戚たる故をもって才学が無いにもかかわらず中納言にまでなって、例外的な殊遇ぶりが世間に噂された。おそらく、高野という名に、作者は才能がないにもかかわらず、帝の私的な寵が厚いことを寓しているのであろう。また「大国」という名は、本姓の「和《やまと》」から大和国を連想し、「和」を高野に置き換えて、残りの大と国とを組み合せたものかもしれない。あるいは、上に挙げた諸人物との関連でいうならば、天武三年に対馬から銀を献じたのが、忍海造大国であった。

六　中臣房子と斎部氏

中臣房子が勅使として派遣されながら使命に失敗、無能ぶりをさらすのは、作者が藤原氏に悪意を抱くことの表われとする説がある。さらに「房子」は「良房」を暗示したもので、藤原氏からの報復を怖れて、「藤原」を本姓の「中臣」としたか、とも考えられている。しかし、本文を一読すれば分るように、この中臣房子の使命は初めから成功するはずのない役割なので、それに失敗したといっても、それを、中臣氏さらには藤原氏への批判意識の表われと解するのは、うがちすぎというほかない気がする。返報を怖れるほどの深刻さなど感じられはしないであろう。もし返報を怖れるほどの痛烈な嘲弄《ちょうろう》になっているとすれば、その名に中臣とあろうと藤原とあろうと、さほどの違いはなかったのではなかろうか。

物語で読むかぎり、中臣房子の言葉遣いは、権柄《けんぺい》ずくな感じが否《いな》めないが、だからといって、それが藤原氏の専横の暗示とするまでには距離がありすぎる。それよりも、この内侍の言葉が直接向けられる竹取の家が斎部の一族であることのほうに、より意味があったのだと考えられる。『日本後紀』大同元年（八〇六）八月の記事によれば、当時中臣氏と斎部氏との間に激しい対立があったことが明らかである。斎部氏が中臣氏の専横を憤って、自分たちこそが神事の奉幣使《ほうへいし》たるべきだと訴え、これを否定する中臣氏との間に争論があったのであるが、この時平城天皇の勅裁があって、以後両氏が半々ずつ奉幣使を勤めることになったというのである。しかし、この翌年に成立した『古語拾遺』（斎部広成編）にも依然として中臣氏批判の言辞が満ちている。神祇行政全般に中臣氏の進出が著しく、古い伝統を固守しようとする斎部氏がことごとに圧迫を感じていたのであろう。それがこれだけ大きな訴訟事件になり、さらに『古語拾遺』の撰述ということが重なったのであってみれば、事件の記憶は『竹取物語』の成立当時まだ過去のことにはなっていなかったであろう。

中臣房子の物言いの押しかぶせるような激しさと、それに対する理も非もないひたすらな竹取側の拒否のかたくなさは、こういう事件を背景として読むほうが、はるかに面白い。

附録

『竹取物語』関係資料

一、『竹取物語』の成立、流布《るふ》、影響などの諸問題を考えるにあたって必要と思われる資料を、なるべく原態に近い形で掲げ、簡単な解題を附した。

一、掲出の本文は、一般の利用の便宜を考え、物語本文の校訂基準にほぼ従い、表記なども統一した。漢文体のものは、書き下し文を先に掲げ、後に原文を添えた。

一、中国の民話「竹姫」については、対訳の形で掲げ、かつ『竹取物語』の難題求婚部分との比較対照表を添えた。本文・訳・解題・比較表、すべて発見者百田弥栄子の手による。

一、掲出資料は、「竹姫」以外は鎌倉時代までに成立したものにとどめ、ほぼ年代順に排列した。

竹姫

金沙江の左岸は美しい風景と温暖な気候に恵まれ、稲や麦の黄金の穂がたわわに実る所だった。村人は稲や麦の他に、好んで竹を育てていた。その種類は数知れず、金明竹とか、孝行竹とか、淡竹《はちく》とか、麻竹《まちく》とかが、山谷を覆い尽す中でも、麻竹は村人たちにそれは好かれていた。

麻竹は楠《くすのき》よりも更に高く、涼しげな枝葉と太く真直ぐな幹をもっている。一、二年で幹が硬くしまると、村人は切り倒して家を建て、橋を架け、物を担ぎ、役に立たぬ所はなかった。それで筍《たけのこ》から竹材まで、村人は麻竹を愛した。麻竹の筍が一番うまく、良い値で売れると知ってはいても、誰も皆掘りおこすには忍びな

斑竹姑娘

在金沙江的左岸、有一塊風景美麗、気候温和的地方、種稲子、稲子結成金珠穂串、種麦子、麦子也結成金珠穂串。這地方的人、除了播種稲麦之外、還喜歓種竹子。那竹子的種類、可就説不清啦、什麼金竹、慈竹、水竹、楠竹、種得満山満谷、就中数楠竹最愛人們喜愛。這楠竹、長得比筆直的楠木還高、枝葉稀稀疏疏、身幹又大又直、只消一両年、竹竿就長得很結実、人們砍下来造房子、搭竹橋、抬東西、没一様不恰到好処。所以、従生筍到成材、人們都很愛牠。雖然都知道這種竹筍是最

かった。

金沙江の南岸にある切り立った岩近くの貧しい家も、裏に四十坪ほどの山畑と、先祖からの竹林をもっていた。

その家に住む母と十歳に足りないランパ（チベット語で息子の意）は、この竹林を命とも思って育て、わけても麻竹《まちく》には行き届いた世話をしていた。母子はどんなに空腹でも、決して筍《たけのこ》は掘らなかった。麻竹は人の心がわかるのか、早く大きくなって主人の心尽しに応《こた》えようと、思いきり伸び育っていた。

だが、禍《わざわい》が竹林に降って来た。

この地方一帯を治めている土司《どし》（少数民族の世襲の支配者）が、ひともうけしようと思いついたのである。ある日金沙江の両岸の村人に「竹林の筍すべてを買収する」という使者をよこした。村人たちの気持を無視して、最低の安い価格で筍は買いあげられてしまった。

筍を買うといっても、掘っていくのではない。

なぜ筍を掘らないのか。土司は、それでは利益が薄

好喫的東西、也可以運出去売好価銭、可誰也舍不得動手抜筍。

有一戸窮人家、住在金沙江南岸的陡岩辺、屋背後有二十多丈寛的一塊山地、幾代人伝下来一座竹林。這家人的老媽媽和一個十来歳的朗巴、把這座竹林当成性命一様培植、特別是対楠竹、更照護得無微不至。両母子尽管喫食不够、但也不肯砍一根竹筍充饑。那些楠竹、好象也通人性、使勁長得枝秀幹粗、生怕長慢了、会辜負主人的好意似的。

但是、禍事飛到竹林来了。

管轄這一帯地方的土司、住在寨子裏尽打発財的主意。有一天、他派差人伝令金沙江両岸的百姓、要買所有竹林的筍子。於是、不管百姓們願不願意、就用最低的価銭把筍子買下了。

説的是買筍子、可他並不砍筍子。

いと考えたからだ。村人によく面倒を見よ、と命令し、二年後に筍がそろって竹材に成長すると、竹を切り倒して筏《いかだ》に組み、金沙江に流して売り払った。村人に苦労の限りをなめさせて、土司ひとりで大もうけしたのである。

ランパの家にも、裏に竹林があったから、土司の毒《どく》牙《が》から逃れることはできなかった。母子は兵士を伏し拝んだが、筍を救うどころか、竹林の世話をしなければならなかった。筍の数はわかっているから、一本でも足りなかったら筍ではなく竹材の値段で、弁償させられるのだ。

弁償などできる訳がない。貧しい母子は涙を忍び、空腹をかかえて、麻竹が日増しに伸びるのを見守った。麻竹が大きくなればなるほど胸はかきむしられ、涙があふれた。

だが不思議なことが起った。母子の涙が一粒こぼれると、朽葉色の竹の幹に斑《ふ》が一点、現れたのだ。涙がこぼれるほどに、斑はぽつぽつと浮きでて来る。まる

土司為什麽不砍筍子呢？ 他想販筍出売的利益不大、就命令百姓給他照数看守、等両年過後、那些筍子全長成好竹材了、他纔派人砍下、紮成竹筏、従金沙江流放出去変売。老百姓喫尽了苦頭、他却用一個本銭賺了一百個利銭。

故事裏講的這戸窮人家、因為有屋背後那片竹林、当然也逃不脱土司的魔爪。両母子尽管在土司派来的兵士面前磕頭求情、也没法保住筍子、還一様要給他照看竹林、因為筍子点了数、将来如果短少一根、不是照筍価賠償、而是照竹価賠償的。

拿什麽賠呀？ 這戸窮人家的両母子、只好忍着眼涙、餓着肚子、看着楠竹一天一天向空中長去。楠竹越長得好、両母子就越傷心、涙也流得越多。

但是、奇怪的事発生了。這両母子流出一顆涙珠、那原来是灰瓦色的竹竿上、就

で画家が描きあげたかのように。

斑《ふ》がたくさんついて美しい、ひときわ映える一本の麻竹《まちく》は、ランパと同じ背丈になると幹や枝葉が茂るだけで、一向に伸びなくなった。

ランパは毎日竹林で泣いてはその竹と背比《せいくら》べをしたが、いつも同じ丈で、幹や枝葉はランパの涙がおちる度に、みごとな斑をつけた。

一年たって竹林に生い育つと、土司《どし》は家来をさし向けた。ランパと母は、麻竹が一本二本と倒されるのを、泣きながら見ていた。まるで胸に針を突き刺されるような気持で、母はたまらず何度も気を失った。

土司の家来がランパと同じ背丈の竹に手をかけると、母はひざまずいて哀願した。

「この竹はまだ小さくてお役に立ちません。どうぞそのままにしておいてくださいまし」

家来はその小さな竹を見た。

「役に立ちそうもないがね、土司のものだから、切らないわけにはいかんな」


生出一塊斑点、涙珠越滴越多、楠竹的斑点也越長越多、好象是画家画上去的一樣。

有一根秀勁的楠竹、斑点長得很多、很好看、但長到和朗巴一般高的時候、就只長身幹和枝葉、再也不肯向上長了。

朗巴天天到竹林裏去哭、也天天去比那根楠竹、楠竹総是和他一般高、只是身幹和枝葉上随着他的涙珠増長着美麗的斑点。

過了一年、竹林長成、土司派人砍楠竹来了。朗巴和媽媽、流涙看着楠竹一根一根地被砍倒、象針尖刺着心肝、媽媽支持不住、幾次昏了過去。

当土司派来的人要動手砍那根和朗巴一般高的楠竹的時候、媽媽跪在土司派来的人面前哀求道、

「這根楠竹長得很矮、你們砍去没用、請免了吧」

土司派来的人、対那根矮楠竹看了看、

家来は鉈《なた》を竹の根めがけて振りおろした。いきなりむしゃぶりついた母は、はずみで血が麻竹にかかるほど指を切られて、気を失った。

　ランパが母を呼びさましている間に、家来たちはすべての麻竹を切り倒し、河へ担いでいっていた。

　ランパは母を家に連れ帰り、家来のすきをみて、その小さな麻竹をかかえて切り立った岩の方へ急ぎ、淵《ふち》にさっと投げ入れた。

　家来は疲れていて、この麻竹がなくなったことに誰も気づかない。家来たちが行ってしまうと、ランパはそっと岩の縁《ふち》ににじり寄った。竹は淵の中で、渦《うず》のままに弄《もてあそ》ばれて、河の方へ漂って行ったかと思うと、岩根に打ち返されている。決して波に押し流されてはいなかった。

　ランパは急いで葛《くず》の蔓《つる》を引き抜いて縄をない、一方の端を手近の突きでた岩にくくりつけた。猿が水飲みに行くように、縄を伝って人の降りたことのない岩壁を降りていき、右手で縄をしっかり握って、左手で竹

説、

「用是没用、可這根竹子是土司的、怎能不砍？」

　於是、他們挙刀就砍竹根、媽媽奔上去、拉着那些人的手、被他們砍傷了手指、血濺到那根楠竹上、她就昏過去了。

　朗巴把媽媽喚醒過来、那些人已経砍完了楠竹、揹着下河去了。

　朗巴扶了媽媽進屋休息、趁土司派来的人没注意、抱着和他一般高的那節楠竹向陡岩走去、一下子拋在回水沱裏。

　土司派来的人、因為揹楠竹累了、誰也没注意到這節楠竹的下落。等他們走了、朗巴纔溜到岩辺去看、那節楠竹還在回水沱裏、跟着漩渦打転、一会児漂到河中、一会児又漂到岩脚、総不肯随波逐流而去。

　朗巴趕緊拔了幾根葛藤、扭成縄子、一頭牢結在岩辺的朝天石上、然後縁着縄子、

を引きあげた。

竹は手に取ったものの、片手で縄をたぐって、切り立った岩壁をのぼれるはずはない。大人でも難渋《なんじゅう》するのに、ランパはたった十歳そこそこ。

だがこんなことでひるみはせず、ランパは両の脛《すね》をからめて縄を挟《はさ》みこみ、手早く縄の端で竹を背に結ぶと、自由になった両手で岩をぐいぐいよじのぼった。ランパは上に着くなりくずおれて、眠りに落ちていった。

どのくらいたったろうか。ランパはすすり泣く声に気がついた。その竹にぽかんとして向き合っている母の姿が見える。

驚いたことに、泣き声は竹の中から聞えてくるではないか。

家に抱えこんで用心深くさいてみると、筒の中にかわいい女の赤ん坊がいた。母はこれまでの心痛などどこへやら、うれしげにかき抱いた。ランパは馬の乳を飲ませようと、すっとんでいった。だがなんとも不思

象猴子下河喝水似的、降到人跡不到的岩脚水辺、右手抱緊葛縄、左手一伸、把那節楠竹撈住了。

楠竹是撈住了、可是朗巴一只手攀縄、怎能上得陡岩呢？就是大人也很困難、朗巴只不過十来歳呵。

但是、困難嚇不住他、朗巴両脚一絞、夾住葛藤、趕緊用双手将葛藤的這一頭把楠竹拴在背上、然後騰出双手、一攀一挪地上岩来了。

朗巴剛上岩口、就累倒在地上、沈睡不醒。

隔了好些時候、朗巴被一陣哭声惊醒、睜眼一看、他的媽媽正対着那節楠竹発呆。

怎麼回事、哭的不是他媽媽、哭声是従楠竹裏発出来的。

朗巴抱了楠竹回家、小心劈開楠竹一看、竹筒裏竟有一個漂亮的女孩、媽媽楽得忘

議なことに、この赤ん坊はみるまに大きくなって、ランパが戻ってきた時には、ランパと同じ背丈になっていた。とても母が抱いていられるものではない。

ふたりはあまりの事にあっけにとられたが、この女の子が変化《へんげ》の類とは少しも思わず、降臨した天女だと認めたから、竹姫と名づけ、家にひきとめて楽しく暮した。

それからは母は家事に励み、ランパと竹姫は畑仕事や竹林の水やり、それに毎日決って狩りをした。

月日はたちまち過ぎて、ランパは鷹《たか》のようにりりしく、竹姫は牝鹿《めじか》のように美しくなった。ランパが金沙江の流れのようにゆったりとおおらかに唱《うた》えば、娘もひばりのように澄んだ円《まろ》やかな声で唱う。山に河に、この二輪の花は輝いて、母はいつもうっとりと微笑《ほほえ》んだ。ある日、母は竹姫の手をとって言った。

「わたしはおまえが娘のように可愛いよ。おまえ、ランパの嫁になって、ずっとわたしのそばにいておくれ」

去了憂愁、趕緊抱在懐裏、朗巴転身去取馬嬭餵她。可是、事情変化得非常奇妙、那女孩見風直長、等到朗巴取了馬嬭回来的時候、她已経長得和他一般高大、媽媽也抱不住她了。

朗巴和媽媽、対這件事情雖然驚異、但一点也不懐疑她是什麼妖精、倒認為是天女下凡、把她叫作斑竹姑娘、留在家裏、一家人過着快楽的生活。

従此以後、媽媽管家務、朗巴和斑竹姑娘種地、澆竹林、還時常一起上山打猟。

日子過得快、朗巴和斑竹姑娘也長得快、男的象山鷹一様英俊、女的象牝鹿一様美麗。男的唱歌象金沙江流水那麼婉転而又雄渾、女的唱歌象百霊鳥那麼清脆而又迷人。山光水影、処処閃耀着這両支鮮花、媽媽也常常笑得夢中醒来。有一天、她拉着斑竹姑娘的手説、竹姫は銀の鈴を振るような声で笑った。

「わかりましたわ。でも三年待ってくださいね」

なぜ三年も待つのかというと、それにはこんな訳があった。

あの横暴な土司《どし》が死ぬと、その息子は四人の仲間——商人の息子と役人の息子、高慢な少年、臆病でほら吹きな少年と交《まじ》わった。

この五人は羽振りはよいが、誰も真の学問や技量を備えていない。肥えた馬にうち乗り、軽やかな皮衣に身を包んで、ひがな一日山へ河へと遊びほうけている。

ある日、五人はランパの家の前の河辺へやってきた。彼らは淵《ふち》に気づき、その上の切り立った岩壁に目を移して、そのけわしさに驚いた。ふいにその時、銀の鈴を振るような娘の笑い声が、竹林の奥から聞えてきた。

竹林をすかしてみると、竹姫と母が麻竹に水をやっている。

五人は竹姫の花かとみまがうばかりの美しさに目を奪われ、犬のようによだれをだらりとたらしたままだ

「娘象女児一様疼你、你就嫁了朗巴、永遠不要離開我吧」

斑竹姑娘打着銀鈴一般的哈哈説、

「好是好、但是要等三年」

為什麼要等三年呢？

原来有這麼一回事。那個横暴的土司死了、土司的児子交了四個朋友——一個是商人的児子、一個是官家的児子、一個是驕傲自大的少年、一個是胆小而又喜歓吹牛的少年。

這五個人都有銭有勢、但誰也没有真正的学問和本領、他們只是乗着肥馬、穿着軽裘、天天游山玩水。

有一回、他們游玩到朗巴屋前的江辺来了。他們看了回水沱、又看回水沱上的陡岩、正在対着険境賛嘆的時候、忽然聴到銀鈴般的姑娘笑声、従竹林中伝来。

他們偷偷向竹林裏一望、看見斑竹姑娘

った。

　間が悪いことに、この日ランパは親戚の家へ出かけていて、三日経たないと戻って来ない。

　更に間が悪いことに、その五人の輩《やから》が地位と権勢をかさに着て、この貧しい家に入ってきて、我がちに娘に求婚したのである。

　母は恐ろしくなり、どうしたものかと途方にくれた。ところが竹姫はにっこりして、母に言った。

「ご心配なく。わたしが相手を致しましょう」

　竹姫は鷹揚《おうよう》に近づくと、土司の息子に言った。

「どこかに撞《つ》いても割れぬ金の鐘《かね》があると聞きましたが、三年のうちに捜してきてくださったら、あなたのお嫁さんになりましょう。でも三年が過ぎたら無効《だめ》ですよ」

　土司の息子は自分の権勢で天下にできぬことはないと思って、すぐさま誓いをたてると、馬でかけ去った。

　竹姫は商人の息子を見て言った。

「どこかに打ってもこわれぬ玉樹があると聞きました

和媽媽在給楠竹澆水。

　斑竹姑娘鮮花一般的美容、驚得他們都吐着舌頭、象狗一様直流饞涎、半天也縮不回去。

　糟糕的是、這時候、朗巴走親戚去了、要三天纔能回来。

　而更糟糕的是、這五個家夥仗着地位和権勢、竟然走進這戸窮人家、一個個争着向她求婚。

　朗巴媽媽恐慌得很、憂愁得不知用什麼辦法対付。

　斑竹姑娘却笑着対媽媽説、

「不要緊、讓我対付他們」

　斑竹姑娘大大方方地走来、対土司的児子説、

「聴説什麼地方、有一口打不破的金鐘、你能在三年内取了来、我答応嫁給你、但過了三年就無效了」

が、三年のうちに捜してきてくださったら、あなたのお嫁さんになりましょう。でも三年が過ぎたら無効《だめ》ですよ」

商人の息子は自分の財力にものを言わせれば天下にできぬことはないと思って、すぐさま誓いをたてると、馬でかけ去った。

竹姫はこんどは役人の息子に言った。

「どこかに燃えない火鼠《ひねずみ》の皮衣《かわごろも》があると聞きましたが、三年のうちに捜してきてくださったら、あなたのお嫁さんになりましょう。でも三年が過ぎたら無効《だめ》ですよ」

役人の息子はたくさんの家来を使えば天下にできぬことはないと思って、すぐさま誓いをたてると、馬でかけ去った。

竹姫はそれから高慢な少年に言った。

「どこかの燕《つばくらめ》の巣に金の卵があると聞きましたが、三年のうちに捜してきてくださったら、あなたのお嫁さんになりましょう。でも三年が過ぎたら無効《だめ》です

土司児子仗着自己有勢、認為天下没有辦不到的事情、就発了誓、騎馬走了。

斑竹姑娘掉頭対商人的児子説、

「聴説什麼地方、有一株打不砕的玉樹、你能在三年内取了来、我答応嫁你、但過了三年就無效了」

商人児子仗着自己有銭、認為天下没有辦不到的事情、就発了誓、騎馬走了。

斑竹姑娘又対官家的児子説、

「聴説什麼地方、有一件焼不爛的火鼠皮袍、你能在三年内找了来、我答応嫁你、但過了三年就無效了」

官家児子仗着自己手下人多、認為天下没有辦不到的事情、就発了誓、騎馬走了。

斑竹姑娘又対那個驕傲自大的少年説、

「聴説什麼地方的燕子窩裏、有個金蛋、你能在三年内找了来、我答応嫁你、但過了三年就無效了」

よ」

この高慢な少年も自分の優れた技量でできぬことはないと思って、すぐさま誓いをたてて、馬でかけ去った。

竹姫は最後に臆病でほら吹きな少年に言った。

「どこかの海龍の額《ひたい》に分水珠がついていると聞きましたが、三年のうちに捜してきてくださったら、あなたのお嫁さんになりましょう。でも三年を過ぎたら無効《だめ》ですよ」

その少年は肝が特別に小さかったから、海龍と聞いただけで身震いしたが、

「そんなの簡単さ」

とほらを吹き、誓いをたてて馬でかけ去った。

三日後にランパは戻ってきた。母からこのことを告げられて、ランパは苦しげに竹姫に言った。

「君はぼくのお嫁さんだ。もしもやつらの一人か何人かが宝を捜してきたって、君はそのみんなの嫁になるわけにはいかないだろう」

那個驕傲自大的少年、認為自己有蓋天的本領、哪有辦不到的事情、也発了誓、騎馬走了。

斑竹姑娘対最後一個胆小而又喜歓吹牛的少年説、

「聴説什麼地方的海龍額下、有一個分水珠、你能在三年内取了来、我答応嫁你、但過了三年就無效了」

那個少年胆子特別小、聴説海龍就很害怕了、但却要吹牛、説、

「這有什麼困難」

他説完話、也発了誓、騎馬走了。

三天以後、朗巴回来了、聴媽媽説了這事、便満面憂愁地問斑竹姑娘道、

「我不能没有你、要是他們有一個或者幾個都找来了那些宝貝、你一人能嫁幾人？」

斑竹姑娘温柔地答道、

竹姫はやさしく答えた。

「わたしがお嫁に行くのは、あなたの許《もと》へだけですわ。あの方たちは、誰も宝を持ってこられませんもの」

ランパが心細げに竹姫を見ると、竹姫は静かに微笑《ほほえ》んで安心させた。

身の程をわきまえぬ五人の輩《やから》は、どこへもぐりこんでいったのか。

まず金の鐘をとりに行った土司《どし》の息子の話をしよう。息子はあちこち尋ね回って、やっとそれがビルマの国境にある警鐘で、その上たくましい兵士が昼夜守りについている、ということがわかった。土司の息子ごときがどうして取ってこられようか。おまけに物臭《ものぐさ》で、何事をするにもじきに投げ出すこの息子が、はじめから手にあまることをするはずはなかった。

かといって、美しい竹姫のことをあきらめる気はない。金の鐘を捜しに行くと言っておいて、深山の廟《びょう》へもぐり込み、銅の鐘を盗んで持ち帰って、金メッキを

「我要嫁的只有你、他們、没有一個能够取宝来的」

朗巴半信半疑地望着她、她安詳地笑着叫他放心。

那五個想喫天鵝肉的癩蛤蟆、跳到哪裏去了呢？

先説取金鐘的土司児子。

他一打聴、纔知道緬甸果然有口金鐘、是辺疆的警鐘、並有雄兵日夜看守着、哪裏是土司児子的権勢能够取来的？　這家夥又很懶惰、做一点点事情就嫌麻煩、怎肯去作明知辦不到的事呢？

但是、他対美麗的斑竹姑娘不肯放手、就假装説是去取金鐘、溜到深山裏的一座廟裏、偸了一口銅鐘回来、鍍了金、親自送到斑竹姑娘面前、訴説自己辛苦取宝的経過、一心想騙取斑竹姑娘的芳心。

ほどこした。さて竹姫の前にさしだして、これまでの苦難をひとくさり話し、一心に竹姫の気をひこうとした。

竹姫はにっこりして鋭い錐《きり》を取りだすなり、土司の息子の目の前でその鐘をツンとつくと、金箔《きんぱく》がはげて大穴があいた。息子は言葉もなく、恥ずかしさのあまり馬にとびのって逃げだした。竹姫は銅の鐘を門《かど》の外へ放りだした。

玉樹を取りに行こうとした商人の息子はどうなったか。

息子は玉樹が確かに通天河に生い育っていると耳にしたが、山越え河渉《わた》る苦しみをなめたくはないから、玉樹を取りに行くと言って北方へ行き、漢人の巧みな彫物師を数人よびよせた。そして濃緑色の上等な玉石を通天河に萌《も》える玉樹に似せて細工させ、栴檀《せんだん》の精巧な小箱に収めて竹姫にさしだした。これまでの苦労話をつくりながら、一心に竹姫の愛を得ようとしたのである。

斑竹姑娘笑着取出一把鋒利的錐子、当着土司児子的面、向那鍍金的銅鐘一戳、金箔脱落、銅鐘被戳了一個大洞、土司児子没有話説、羞得急忙上馬逃走、斑竹姑娘把銅鐘扔出門去。

想取玉樹的商人児子呢？　他也打聴到確実有一珠玉樹、生長在通天河上、但他也不肯跋山渉水去喫苦頭、就假装説是去取玉樹、走到北方、招了幾個手芸高超的漢人工匠、用碧緑碧緑的上等玉石、雕鑲成一座和通天河上一様的玉樹、用旃檀木做成精致的匣子装好、親自送到斑竹姑娘面前、訴説自己取宝的経過、一心想騙得斑竹姑娘的愛情。

斑竹姑娘見這株玉樹、的確又美麗、又貴重、便盤問他取宝的一些細節。

他正在説得熱鬧、忽然看見斑竹姑娘的臉上露出笑容、以為她一定嫁給自己了、

その玉樹の枝は、確かに美しく貴かった。竹姫は商人の息子に根ほり葉ほり問いただした。

息子が身をいれて話していると、ふっと竹姫の顔に微笑《ほほえ》みが浮んだ。息子は嫁にきてくれるのだろうと早合点して、得意気に笑った。

だが竹姫はぴしりと聞いた。

「あなたの後ろの方たちはどなたですの」

はっとして振りむくと、そこには玉樹を細工した彫物師たちがいた。息子は顔色を失《な》くしてたじろいだ。

漢人の彫物師たちは、なぜ工賃を払わずに帰ったのかと、よってたかって責めたてた。

竹姫はさげすみをこめて、冷やかに笑った。

「あなたはなぜわたしを騙《だま》し、漢人をあざむいたのですか」

商人の息子は言葉もなく、玉樹の枝を抱えて馬で逃げようとしたが、彫物師たちに手をとられ、玉樹の枝を壊された上に引きたてられていった。

役人の息子は、自分で火鼠の皮衣を捜しに出発した。

也得意地笑得合不攏嘴。

但是、斑竹姑娘却突然問道、

「你背後跟的什麼人?」

商人的児子猛地転過身去、看見跟来的是那幾個給他雕鑲碧玉樹的漢人工匠、窘得臉色一下変白了。

那幾名漢人工匠、上前拉住他、責備他為什麼臨走時不付工錢。

斑竹姑娘鄙夷地冷笑着説、

「你、為什麼騙我也騙漢人?」

商人的児子被質問得没話説、抱着玉樹就想上馬逃走、被那幾個漢人工匠拉着手、把玉樹打砕、然後扭着走了。

官家的児子呢? 自己動身去尋找火鼠皮袍、從西藏問到四川、没有找着。後来又問到北京、還是没有找着。一年過去了、第二年的冬天、他纔在松潘、聴人説在終年積雪的深山裏的一座古廟中、似乎有一

チベットから四川《しせん》省まで行ったがみつからない。更に北京《ぺきん》にまで足をのばしたが、ここにもなかった。一年が過ぎ去り、二年目の冬になって、ソンパンで、積雪の消えない深山の古廟《こびょう》に燃えない火鼠の皮衣があるらしいと耳にした。

　役人の息子はずいぶん捜してやっと雪山をみつけたが、古廟はみつからない。それでもへこたれずに更に雪山の山頂まで登りつめると、古廟のかわりに割れた瓦《かわら》とくずれかかった壁があった。思いがけず、その瓦《が》礫《れき》の中に石の小箱がころがっている。苦労して蓋《ふた》をあけると、黄色の緞子《どんす》の袋が入っていた。口を開くと、果して緋《ひ》色《いろ》の鼠の皮衣があった。息子は夢かと喜び、これこそ火鼠の皮衣と合点して、大急ぎで包み直してもち帰り、竹姫にさしだした。そして宝捜しの道のりや出来事を話した。得意な個所では声をはりあげ、危険な目をみた個所では竹姫の為に命すら投げだしたとでもいいたげに、涙を流すというふうであった。

　竹姫は鼠の皮衣を見ながら話をきき終ると、松のそ

件火焼不爛的火鼠皮袍。

　官家児子找了很久、雪山是找到了、可是找不到那座古廟。他又耐心地在雪山裏探尋、還是找不到古廟、只在一個山頂上、找到了一堆砕瓦頽垣。但出乎意外、在砕瓦頽垣裏発現了一個石匣、費了很多気力、打開石蓋、裏面有一個黄緞子包裹。打開包裹、居然有一件火紅色的鼠皮袍子。官家児子高興極了、以為這就是火鼠皮袍、急忙包好趕回去、親自送到斑竹姑娘面前、訴説自己尋宝的路径和細節。他説到得意処就縦声大笑、説到遇険処、竟流出涙来了、好象為了她、他幾乎把性命都抛了。

　斑竹姑娘望着鼠皮袍子、聴他説完了話、就焼起一堆松柴、她把那件鼠皮袍子投進火裏、一陣皮毛焦味、刺得両人直打噴嚏。不消説、鼠皮袍子已経焼成灰燼了。

　斑竹姑娘鼻下裏哼了一声、官家児子低

だに火をつけて皮衣をくべた。毛皮のこげる臭《にお》いが、ふたりの鼻をさした。もちろん鼠の皮衣は燃えて灰になってしまった。

竹姫があきれると、役人の息子はうなだれて外に出て、馬でかけ去っていった。

自分は人並み優れた技量があると思っている高慢な少年は、どうなったか。少年は燕の巣の中にあるという金の卵を捜しに、旅立った。

少年は大勢の供を連れ、南から飛んできて人家の軒下にかけた燕の巣を一つまた一つとひっくり返して、無数の巣を壊し、たくさんの卵を割った。小さな親燕は梁《はり》の上を飛び回り、壊れた巣を守って悲しげに鳴いた。それでも少年はどの巣に金の卵があるのか、捜しだせなかった。

情けある人はこれを見て嘆き、正直な人はこれを見て怒った。ある少年は坐視《ざし》しておられず、山頂の摩天《まてん》楼《ろう》を指さして、

「摩天楼の梁に燕の巣があるが、金の卵はあそこだ

着脳袋、出門上馬跑走了。

那個自以為有蓋天本領的驕傲少年呢？倒真正動身尋找燕窩裏的金蛋去了。

他帯着一群手下人、挨門挨戸去翻従南辺来築在人家檐下的燕窩、搗毀了無数燕窩、打破了很多燕蛋、弄得那些嬌小的燕子爸爸和燕子媽媽、繞着屋梁乱飛、守着破巣悲鳴。他也始終找不出哪個燕窩会有金蛋。

慈善的人看得傷心、正直的人看得発怒、一個少年、看不順眼、指着山上的一座摩天台、騙他説、

「摩天台的画梁上、有個燕窩、那窩裏就有金蛋」

他也不問是真是假、就帯起人到摩天台去了。

摩天台有一百零八丈高、那画梁自然也高一百零八丈。他抬頭一看、那上面果然

よ」

と、でまかせを言った。

高慢な少年は真《ま》にうけて、供を連れて摩天楼をめざした。

摩天楼は百八丈（約三六〇メートル）もあり、梁もそれだけの高さがあった。見上げると、確かにひとつがいの燕が巣をかけている。少年は供を登らせようとしたが、皆あまりの高さに首をすくめて尻ごみした。

少年はどなりちらしながら綱をもってこさせ、一方に金鎚《かなづち》を結びつけた。それから綱を輪にしながらどんどんたぐり、金鎚の結び目近くを勢いをつけて振って、さっと梁にひっかけた。そろそろと手にした端をゆるめながら金鎚を結んだ方をおろすと、こんどは金鎚をはずして桶《おけ》をくくりつけた。少年は桶にのりこんで命じた。

「役立たずの怠け者め、力いっぱい綱を引けっ」

供はやっとのみこんで、桶を結んでいないもう一方を引っぱった。一丈引くと桶も一丈上り、十丈引くと

有一対燕子、築了一個燕窩、便叫手下人想法上去掏窩、可是手下人尽都対這麼高的画梁縮起頭、吐着舌頭。

他一面破口乱罵、一面叫手下人拿根繩子、一頭結上小鉄錘、然後挽成活纜執在手上、甩幾甩結了小鉄錘的那一頭、一下子把繩子擲繞画梁、慢慢松開手執的繩子、讓小鉄錘墜下繩子、再取下小鉄錘、繫上一個桶子、自己坐在桶子裏、就命令手下人説、

「你們這群無用的懶牛、使勁拉那一頭繩子吧」

他的手下人、見他這個辦法不錯、就拉着没結桶子的那頭繩子、拉一丈、桶子上昇一丈、拉十丈、桶子上昇十丈、他在桶子裏得意非常、直催手下人快拉。就這様一辺拉、一辺昇、昇到一百丈、桶子開始揺晃了、昇到一百零七丈、桶子揺晃得更

桶も十丈上っていく。少年は桶の中で有頂天になって、それ引けやれ引けと騒いだ。こうして引いては上り引いては上りして百丈まで上ると、桶は揺れだし、百七丈の所では恐ろしいほど揺れ動いた。災《わざわい》が降りかかったことに気づいた燕は、子を守る本能でさかんに桶の回りを飛んで鳴き交わしていたが、突然翼で敵にたち向ってきた。雄燕は少年の手に摑《つか》まって、ひねり殺された。残った雌燕は必死に少年の顔めがけてかかっていき、少年の手をかわして嘴《くちばし》で少年の目をつついた。

少年は痛さに叫びながら、飛び回る雌燕を摑まえようと身をのりだした。その刹那《せつな》、桶の縁《ふち》につまずいて、まっさかさま。

供たちはびっくりして金沙江までかけもどり、山で狩りをして暮していた。竹姫を見知っている者が好意で高慢な少年は死んだと告げたから、竹姫とランパはまたほっとした。

最後の臆病でほら吹きな少年にも、幸運は巡ってこなかった。

厲害了。梁上的燕子明白是禍事来了、保護子女的天性、激得它們先繞着桶子悲鳴、然後就鼓翅撲打敵人、雄燕被他捉到手裏掐死了、剩下那只雌燕、拚命衝到他的臉上、没等他伸手捉住、一嘴把他的眼珠啄破了。

他一面喊痛、一面伸手去捉疾飛的雌燕、上身歪出桶外、一下子就跌出桶子、摔死了。

手下人嚇得跑回金沙江、在山裏打猟過活、有知道斑竹姑娘的、好心好意把驕傲少年摔死的事告訴她、她和朗巴、又放下了一頭心事。

最後一個是那位胆小而又吹牛的少年、他也没有碰到好運。

開始的時候、他不肯自己去取什麼龍珠、因為一則怕海路危險、二則怕海龍発怒。他想与其自己遇険、不如派人冒険去換自

はじめのうち少年は、海路の危険と龍のたたりが恐ろしいからと、分水珠をとりに行く気などなかった。そこで自分の幸福の為に、自分にかわって家来を危険に赴《おもむ》かせることにした。金銀・刀槍《とうそう》を渡して、龍の珠をとりに次々に数組の家来を海に船出させた。

　家来たちは馬鹿ではないから、金銀・刀槍を受けとると、人知れず父母や妻子をつれて、遠国へ行って住みついた。

　少年は一年待ったが、ひとりも帰らない。

次の年も待ったが、誰も戻らない。

　この二年間、少年は会う人ごとに、龍の珠を手に入れると言いふらしていた。だが今になってもひとりとして戻らないので、世間のもの笑いの種になっていた。そこで、

「わたしが自分で龍の珠をとってくるぞ」

　と言って、本当に牛や羊を売って金銀にかえると、家来と船で海に乗りだした。

　海へ出て五日とたたないうちに大風に出合った。大

己的幸福。於是拿出金銀、刀槍、接二連三地派了好幾批人出海去取龍珠。

　那些人都不是痴人、拿了金銀、刀槍、就悄悄帯着父母妻児、溜到很遠的地方安家去了。

　他等了一年、不見一個人回来。

　他又等了一年、還是不見一個人回来。

　他在両年等待期間、曾経逢人吹嘘要取龍珠的事情、現在没有一個人影回来、他受到了許多人的嘲笑。於是、他対人説、

「我要親自出海去取龍珠！」

　他真的売了牛羊、集了很多金銀、帯着人乗船出海去了。

　在海上航行不到五天、就遇上大風、把大木船吹得漂了幾天幾夜、全船人都暈倒了、他自己也躺在船板上、翻腸倒肚地吐得頭要開花、胸要開膛……

　第七天、海上風平浪静、他坐的那只大

きな木船は何昼夜も波にもまれて、みんな酔ってしまった。少年も甲板にのびて、腹のものをあらいざらい吐いた……

七日目に海が凪《な》いだ。少年の乗った木船は、人影のないうららかな南海の孤島の砂洲《さす》に打ちあげられていた。

家来たちは、怒った海龍が風を起したのだと、少年をうらんだ。少年はますます恐ろしくなって落着かず、もう分水珠など捜すものかと心に決めて、航海を続けようとはしなかった。かといって大陸に通じる道はわからない。少年はすっかりあきらめて家来とこの島に住み、永遠に異郷に流浪《るろう》した。

その後幾人かが、少年に背《そむ》いて船を出し、故郷にたどりついて、この顚末《てんまつ》を竹姫に告げた。

そうして竹姫は、ランパと夫婦の契りを結んだとさ。

木船、已経擱到一座気候温暖而無人跡的南荒島的沙灘上。

手下人埋怨他不該衝犯海龍、惹起海龍王発怒颳風。他更怕得心神不定、決心不找什麼龍珠、也不敢再継続航海了。但又找不到任何通大陸的路径、只好死了心、帯着那些手下人住在島上、永遠流落海外了。

後来、有些人背着他上船漂海、回到了家郷、送了消息給斑竹姑娘。

斑竹姑娘呢、和朗巴成了夫妻。

この「竹姫」は、チベットに伝わる一大長編説話『金玉鳳凰《きんぎょくほうおう》』の中に見られる。ここで『金玉鳳凰』のあらすじを紹介すると、以下のようである。

ある国に賢く知恵のある王子がいた。ある日短慮をおこし、学んだ法術で七人の魔術師を殺す。雪山の隠士はこれを見て嘆き、「国王になるには、沈着さと強靱《きょうじん》な精神が必要だ」と諭《さと》して、王子に「遠国の沙羅《さら》の森に行き、そこに住む金玉鳳凰を国に連れ帰ること、ただし、神鳥がどんな話をしても口をきいてはならぬ」と教える。

王子は深く反省し、旅立つ。森で鳳凰をみつけて連れ帰る道々、鳳凰は興味深い故事を話す。王子はつい禁忌《タブー》を犯す。鳳凰はたちまち森に飛び帰ってしまう。

このくり返しが五年間続き、王子は地球を二、三周するほど歩いたことになる。ここで鳳凰は王子の成長を見て、王子を国に帰す決心をする。

国中の人々が王子を出迎える。王子は国王となり、国を平和に治める。

『金玉鳳凰』は、このように大きな筋の中に多数の故事が独立して挿入されている形式を持つ。「竹姫」も、鳳凰が王子に物語る故事の中の一編であって、「竹姫」のような故事があたかも環《わ》をつなげる如く一つ一つ連なっているところから、『金玉鳳凰』は一般に〝連環説話〟と呼ばれる範疇《はんちゅう》に入れることができる。

『金玉鳳凰』中の十五話は、すでに一九五七年に単行本として上海《シャンハイ》の少年児童出版社より、田海燕編著で発表されたが（「竹姫」も採録されている）、六一年になって改めてその全体を載録するという意図のもとに、まず第一冊四十三話が発行された。「竹姫」はこの六一年版より訳出したものである。しかし第二冊以降はまだ発行されていない。

一九五七年版と六一年版の二冊の前書によると、連環説話『金玉鳳凰』はカム地方（四川省西部と西蔵《チベット》の昌都地区の二地区にわたっている）の四川省阿壩《アバ》と甘孜《カンツェ》チベット族自治州を中心とする一帯で伝承されており、編著者が一九五四年春から五六年にかけて採集整理したものという。

チベットに伝わる他の連環説話『ふしぎな屍体の話』（一名『話し終らぬ話』）と、その源流を一にするものであろうと、田氏は述べている。

この「竹姫」がどれほど『竹取物語』と一致するかは、次に掲げる対照表によって比較してみるならば、一目瞭然《りょうぜん》であろう。

『竹取物語』と『竹姫』の、五人の貴公子難題求婚譚比較表

	『竹取物語』	『竹姫』
	求婚者1	求婚者1
求婚者	石作の皇子	土司の息子
提示された難題	仏の石の鉢	撞いてもわれぬ金の鐘を、三年のうちに
難題品の性格	天竺に二つとなき鉢	ビルマの国境の警鐘
求婚者の心境	入手の可能性はないが、なお、この女見では世にあるまじき心地す	入手の可能性はないが、きれいな竹姫のことはあきらめきれぬ
入手した物	大和の山寺の、ひた黒に墨つきたるを取る	深山の廟の銅の鐘を手に入れ、金メッキをする
姫の行動	光やあると見るに、螢ばかりの光だになし	錐で鐘をつくと、金箔がはげ、大穴があく
偽物とばれた結果	恥じて逃げる	恥じて逃げる

	求婚者　2	
求婚者	庫持の皇子	商人の息子
提示された難題	蓬萊山の白銀の根、黄金の茎、白珠を実とする木の一枝	打ってもこわれぬ玉樹の枝を、三年のうちに
難題品の所在地	東の海の蓬萊という山	通天河
入手までの経過	○難波から舟出し、後に漕ぎ帰る ○秀れた鍛冶工匠六人召し抱える ○巨費を投じて珠の枝を作らせる	○北方へおもむく ○漢人の秀れた工匠を雇う ○巨費を投じて玉樹の枝を作らせる
姫の心境	われは皇子に負けぬべしと思う	たしかに美しく、貴い玉樹と思う
偽物とばれた結果	○鍛冶工匠、禄いまだ賜らずと来る ○皇子、日暮れて逃げ出す ○皇子、帰り道にて工匠どもを懲ぜさせ給う 深山に入る	○工匠、来て息子の未払いを責める ○息子、玉樹の枝をかかえて逃げる ○息子、工匠たちに手をとられ、玉樹の枝をこわされてひかれて行く

	求婚者　3	
求婚者	右大臣阿部御主人	役人の息子
提示された難題	唐土にある火鼠の皮衣	もえない火鼠の皮衣を、三年のうちに
難題品の所在地	唐土	ソンパン
入手までの経過	○唐土の王慶に宛てて、文を書く ○天竺の聖が唐にもって渡ったのを買ったとの文を受ける	○チベット―四川―北京と捜し歩く ○二年目の冬、ソンパンの深山の古廟で、皮衣を捜しあてる
姫の行動	火にくべると皮衣はめらめらと焼ける	火にくべると、皮衣は灰になる
偽物とばれた結果	顔色を失くして帰る	すっかりしおれて帰る

	求婚者 4	求婚者 5
求婚者	大伴御行の大納言	臆病でほらふきの少年
提示された難題	龍の頸の五色に光る珠	龍の額の分水珠を、三年のうちに
入手までの経過	○家来に食糧、財産を分け与え、代りに取りに行かせる ○家来、財をもって姿を消す ○自身で、筑紫の方の海へ漕ぎ出す ○疾き風になり、青反吐をつき給う ○三、四日後、播磨の明石の浜に吹きよせられ南海の浜かと思い、伏し給えり	○家来に金銀刀槍を分け与えて、取りに行かせる ○家来、財をもって遠国へ行く ○自身で、海へ舟を出す ○大風になり、舟酔いして吐く ○七日後、南海の孤島の浜にうちあげられる
結果	手輿に担われて家に帰る	孤島に住みつき、異郷にはてる

	求婚者 5	求婚者 4
求婚者	中納言石上麻呂足	高慢な少年
提示された難題	燕の持たる子安の貝	燕の巣にある金の卵を、三年のうちに
入手までの経過	○家来に燕の巣くいたらば告げよと命ずる ○飯炊く屋の棟に巣をくい侍るとの報告あり ○人を籠にのせ、綱をつりあげさせて、ふと子安貝を取らせ給えと提案あり ○中納言、籠に乗りこむ ○家来がいそいで綱を引くはずみに、のけざまに落ちる	○供をつれて出かけ、無数の巣をこわす ○ある人、山頂の摩天楼にあると、でまかせをいう ○少年、摩天楼の梁に重りをつけた綱をひっかけ桶をくくりつける ○少年、桶に乗りこむ ○燕の攻撃をさけようとして、まっさかさまに落ちる
結果	絶え入り給う	死ぬ

奈《な》具《ぐの》社《やしろ》

丹後《たにはのみちのしり》の国の風土記に曰《い》はく、丹後《たにはのみちのしり》の国丹波《たには》の郡《こほり》。郡家《こほりのみやけ》の西北《いぬゐ》の隅の方に比治《ひぢ》の里あり。この里の比治山の頂《いただき》に井あり。その名を真奈井《まなゐ》といふ。今はすでに沼となれり。この井に天女《あまつをとめ》八人《やたり》降り来て水浴《みかはあ》みき。時に老夫婦《おきなとおみなと》あり。その名を和奈佐《わなさ》の老夫《おきな》、和奈佐の老婦《おみな》といふ。この老等《おきなら》、この井に至りて、竊《ひそ》かに天女一人《ひとり》の衣裳《きもの》を取り蔵《かく》しき。やがて衣裳ある者は皆天《あめ》に飛び上がりき。ただ、衣裳なき女娘《をとめ》一人留《とど》まりて、即ち身《み》は水に隠して、独り懐愧《は》ぢ居りき。ここに、老夫《おきな》、天女に謂《い》ひけらく、「吾《あ》は児《こ》なし。請ふらくは、天女娘《あまつをとめ》、汝《いまし》、児と為《な》りませ」といひき。即ち相副《たぐ》へて宅《いへ》に往《ゆ》き、即ち相住むこと十余歳《とゝせあまり》なりき。ここに、天女、善く酒を醸《か》み為《つく》りき。一杯《つき》飲めば、よく万《よろづ》の病除《い》ゆ。その一杯の直《あたひ》の財《たから》は車に積みて送りき。時に、その家豊かに、土形《ひぢかた》富めりき。故《かれ》、土形《ひぢかた》の里といひき。此《こ》を中間《なかつよ》より今時《いま》に至りて、すなはち比治の里といふ。

後、老夫婦等《おきなおみなら》、天女に謂ひけらく、「汝《いまし》は吾が児にあらず。蹔《しまら》く仮《かり》に住めるのみ。早く出で去《ゆ》きね」といひき。ここに、天女、天を仰ぎて哭慟《なげ》き、地《つち》に俯《うつぶ》して哀吟《かな》しみ、やがて老夫等《おきなら》に謂ひけらく、「妾《あ》は私意《わがこころ》から来つるにあらず。こは老夫等が願へるなり。何ぞ猒悪《いと》ふ心を発《おこ》して、忽《たちまち》に出だし去《す》つる痛きことを存《おも》ふや」といひき。老夫《おきな》、ますます発瞋《いか》りて去《ゆ》かむことを願《もと》む。天女、涙を流して、微《すこ》しく門《かど》の外《と》に退《しりぞ》き、郷人《さとびと》に謂ひけらく、「久しく人間《ひとのよ》に沈みて天《あめ》に還ることを得ず。復《また》、親故《したしきもの》もなく、居らむ由《すべ》を知らず。吾《あれ》、いかにせむ、いかにせむ」といひて、涙を拭ひて嗟嘆《なげ》き、天《あめ》を仰ぎて歌ひしく、

　天の原ふりさけ見れば霞立ち
　　家路まとひて行方知らずも

遂に退き去《ゆ》きて荒塩の村に至り、即ち村人等《たち》に謂ひけらく、「老夫老婦《おきなおみな》の意《こころ》を思へば、我が心、荒塩に異なることなし」といへり。よりて比治の里の荒塩の村といふ。また、丹波《たには》の里の哭木《なきき》の村に至り、槻《つき》の木に拠《よ》りて哭《な》きき。故《かれ》、哭木の村といふ。また、竹野《たかの》の郡船木《こほりふなき》の里の奈具《なぐ》の村に至り、即ち村人等に謂ひけらく、「ここにして、我が心なぐしくなりぬ。古言《ふること》に、平善《たひらけ》きをば、奈具志《なぐし》と云ふ」といひて、すなはちこの村に留まり居りき。こは、いはゆる竹野の郡の奈具の社《やしろ》に坐《いま》す豊宇賀能売命《とようかのめのみこと》なり。

（丹後国風土記逸文）

丹後国風土記曰、丹後国丹波郡、郡家西北隅方、有㆓比治里㆒。此里比治山頂有㆑井。其名云㆓真奈井㆒。今既成㆑沼。此井天女八人、降来浴㆑水。于㆑時、有㆓老夫婦㆒。其名曰㆓和奈佐老夫和奈佐老婦㆒。此老等至㆓此井㆒、而竊取㆓蔵天女一人衣裳㆒。即有㆓衣裳㆒者、皆天飛上。但无㆓衣裳㆒女娘一人留、即身隠㆑水而、独懐愧居。爰老夫謂㆓天女㆒曰、「吾無㆑児、請天女娘　汝為㆑児。」即相副而往㆑宅、即相住十余歳。爰天女、善為㆑醸㆑酒。飲㆓一坏㆒、吉万病除之。其一坏之直財、積㆑車送之。于㆑時、其家豊、土形富。故云㆓土形里㆒。此自㆓中間㆒、至㆓于今時㆒、便云㆓比治里㆒。後老夫婦等、謂㆓天女㆒曰、「汝非㆓吾児㆒。蹔借住耳。宜㆓早出去㆒。」於㆑是、天女仰㆑天哭慟、俯㆑地哀吟。即謂㆓老夫等㆒曰、「妾非㆘以㆓私意㆒来㆖。是老夫等所㆑願。何発㆓猒悪之心㆒、忽存㆓出去之痛㆒。」老夫増発㆑瞋願㆑去。天女流㆑涙、微退㆓門外㆒、謂㆓郷人㆒曰、「久沈㆓人間㆒、不㆑得㆑

還レ天。復無二親故一、不レ知レ由レ所レ居。吾何々哉々。」拭レ涙嗟歎、仰レ天哥曰、「阿麻能波良　布理佐兼美礼婆　加須美多智　伊幣治麻土比天　由久幣志良受母。」遂退去而、至二荒塩村一、即謂二村人等一云、「思二老老夫婦之意一、我心无レ異二荒塩一者。」仍云二比治里荒塩村一。亦至二丹波里哭木村一、拠二槻木一而哭。故云二哭木村一。復至二竹野郡船木里奈具村一、即謂二村人等一云、「此処我心成二奈具志久一。古事平善者云二奈具志一」乃留二居此村一。斯所レ謂竹野郡奈具社坐、豊宇賀能売命也。

『丹後国風土記』は散逸しているが、この「奈具社」は、『古事記裏書』『元々集』巻七、『塵袋《ちりぶくろ》』第一などに採録されている。『風土記』は、和銅六年（七一三）の官命によって地方各国庁で筆録編修した公文書で、その内容は、物産、土地の肥沃《ひよく》、地名の由来、古老の伝承など多岐《たき》にわたる。この「奈具社」の伝承は、「附説」にも述べたように、表面の類似以上に『竹取物語』と深い関係がありそうに思われる。底本は『日本古典文学大系２』。

伊《いか》香《ごの》小《を》江《うみ》

古老《ふるおきな》の伝へて曰《い》へらく、近江《あふみ》の国伊香《いかご》の郡《こほり》、与胡《よご》の郷《さと》。伊香の小江《をうみ》、郷《さと》の南にあり。天《あめ》の八女《やをとめ》、倶《とも》に白鳥《しらとり》と為《な》りて、天《あめ》より降《くだ》りて、江《うみ》の南の津《つ》に浴《かはあ》みき。時に、伊香刀美《いかとみ》、西の山にありて遥かに白鳥を見るに、その形奇異《あや》し。因《よ》りて若《も》しこれ神人《かみ》かと疑《おも》ひて、往きて見るに、実《まこと》にこれ神人なりき。ここに、伊香刀美、やがて感愛《めづるこころ》を生《おこ》してえ還り去らず。竊《ひそ》かに白き犬を遣《や》りて、天《あま》の羽衣《はごろも》を盗み取らしむるに、弟《いろと》の衣を得て隠しき。天女、すなはち知《さと》りて、その兄七人《いろねななたり》は天上《あめ》に飛び昇るに、その弟《いろと》一人はえ飛び去らず。天路《あまぢ》永く塞《とざ》して、すなはち地民《くにつひと》と為《な》りき。天女の浴《かはあ》みし浦を、今、神の浦といふ、是《これ》なり。伊香刀美、天女の弟女《いろと》と共に室家《をひとめ》と為りて、此処《ここ》に居《す》み、遂に男女《をとこをみな》を生みき。男二人、女二人なり。兄の名は意美志留《をみしる》、弟《おと》の名は那志登美《なしとみ》、女《むすめ》は伊是理比咩《いぜりひめ》、次の名は奈是理比売《なぜりひめ》。こは伊香連《いかごのむらじ》等《ら》が先祖《とほつおや》、是なり。後に、母《いろは》、すなはち天の羽衣を捜《さが》し取り、着て天に昇りき。伊香刀美、独り空しき床を守りて、唫詠《ながめ》することやまざりき。

（帝王編年記・養老七年）

古老伝曰、近江国伊香郡、与胡郷。伊香小江、在㆓郷南㆒也。天之八女、倶為㆓白鳥㆒、自㆑天而降、浴㆓於江之南津㆒。于㆑時、伊香刀美、在㆓於西山㆒、遙見㆓白鳥㆒、其形奇異。因疑㆓若是神人乎㆒、往見之。実是神人也。於㆑是、伊香刀美、即生㆓感愛㆒、不㆑得㆓還去㆒、竊遣㆓白犬㆒、盗㆓取天羽衣㆒、得㆓隠弟衣㆒。天女乃知、其兄七人、飛㆓昇天上㆒、其弟一人、不㆑得㆓飛去㆒。天路永塞、即為㆓地民㆒。天女浴浦、今謂㆓神浦㆒是也。伊香刀美、与㆓天女弟女㆒、共為㆓室家㆒、居㆓於此処㆒、遂生㆓男女㆒。男二女二。兄名意美志留、弟名那志登美、女伊是理比咩、次名奈是理比売。此伊香連等之先祖是也。後、母即捜㆓取天羽衣㆒、着而昇㆑天。伊香刀美、独守㆓空床㆒、唫詠不㆑断。

「伊香小江」は、内容・文体から、『近江風土記』の逸文かと目されるが、決定すべき根拠はない。羽衣伝説の最も古い、最も典型的な説話の記録である。『帝王編年記』で養老七年の条に収める根拠も不明。『帝王編年記』は二十七巻から成る編年体の歴史書。内容は神代から後伏見天皇に至る間の、古書・記録の抜萃・抄録。まま本書によってのみ現在に遺《のこ》された資料も含まれる。「伊香小江」もその一例である。編者は僧永祐と伝える。底本は『日本古典文学大系2』。

万葉集

昔、老翁《おきな》ありき。号《な》を竹取の翁と曰《い》ひき。此の翁、季春の月にして、丘に登り遠く望むときに、忽《たちまち》に羹《あつもの》を煮《に》る九箇《ここのはしら》の女子《をとめ》に値《あ》ひき。百嬌儔《たぐひ》無く、花容止《やむこと》無し。時に、娘子等《をとめら》、老翁を呼び嗤《わら》ひて曰はく、「叔父《をぢ》来《きた》りて、此の燭《そく》の火を吹け」といふ。ここに翁、「唯々《をを》」と曰ひて、漸《やや》く趍《おもむ》き徐《やや》く行きて、座の上に着接《まじは》る。良久《ややひさ》にして娘子等、皆共に咲《ゑみ》を含み、相推譲《おしゆづ》りて曰はく、「阿誰《たれ》か此の翁を呼べる」といふ。爾乃《すなはち》竹取の翁、謝《こた》へて曰はく、「慮《おも》はざるに、偶《たまたま》神仙《ひじり》に逢へり。迷惑《まと》へる心敢《あ》へて禁《さ》ふる所なし。近づき狎《な》れし罪は、希《ねが》くは贖《あが》ふに歌をもちてせむ」といふ。すなはち作る歌一首　短歌を并せ

たり

緑子の　若子《わくご》が身には　たらちし　母に懐《うだ》かえ　褨襁《ひむつき》の　平生《はふこ》が身には　木綿《ゆふ》肩衣　純裏《ひつら》に縫ひ着　頸着《くびつ》きの　童児《わらは》が身には　夾纈《ゆひはた》の　袖着衣《そでつけごろも》　着しわれを　にほひよる　子らが同年輩《よち》には　蜷《みな》の腸《わた》　か黒《ぐろ》し髪を　ま櫛《くし》もち　ここにかき垂《た》り　取り束《つか》ね　挙げても纏《ま》きみ　解き乱り　童児《わらは》になしみ　さ丹《に》つかふ　色懐《なつか》しき　紫の大綾《おほあや》の衣《きぬ》　住の江の　遠里小野の　ま榛《はり》もち　にほしし衣《きぬ》に　高麗《こま》錦《にしき》　紐《ひも》に縫ひ着け　指《さ》さふ重《かさ》なふ　並み重ね着《き》　打麻《うつそ》やし　麻績《をみ》の児《こ》ら　あり衣の　宝の子らが　打栲《うちたへ》は　経《へ》て織る布　日曝《ひさらし》の　麻《あさ》紵《てづくり》を　信巾裳《ひれも》なす　愛《は》しきに取りしき　屋《いへ》に経《ふ》る　稲置《いなき》丁女《をみな》が妻問ふと　われに遣《おこ》せし　をちかたの　二綾下沓《ふたあやしたくつ》　飛ぶ鳥の　飛鳥《あすか》壮士《をとこ》が　長雨《ながめ》禁《い》み　縫ひし黒沓《くろくつ》　さし穿《は》きて　庭に彷徨《たたず》め　退《まか》り勿《な》立ちと　障《さ》ふる少女《をとめ》が　髣髴《ほの》聞きて　われに遣《おこ》せし　水縹《みはなだ》の　絹の帯を　引帯なす　韓帯《からおび》に取らし　海神《わたつみ》の　殿の蓋《いらか》に　飛び翔《かけ》る蜾蠃《すがる》の如き　腰細に　取り飾《かざ》らひ　真《ま》澄鏡《そかがみ》　取り並《な》め懸けて　己が顔　還らひ見つつ　春さりて　野辺を廻《めぐ》れば　おもしろみ　われを思へか　さ野つ鳥　来鳴き翔《かけ》らふ　秋さりて　山辺を行けば　懐しと　われを思へか　天雲も　行き棚引ける　還り立ち　路を来れ

ば　うち日さす　宮女《みやをみな》　さす竹の　舎人《とねり》壮士《をとこ》も　忍ぶらひ　かへらひ見つつ　誰が子ぞとや　思はえてある　かくの如《ごと》　せられし故に　古《いにしへ》　さざきしわれや　愛《は》しきやし　今日やも子等に　不知《いさ》にとや　思はえてある　かくの如　せられし故に　古の　賢しき人も　後の世の　鑑《かがみ》にせむと　老人《おいびと》を　送りし車　持ち還り来《こ》し　持ち還り来し

反歌二首

死なばこそ相見ずあらめ生きてあらば白髪子らに生《お》ひざらめやも

白髪し子らも生ひなばかくの如若けむ子らに罵《の》らえかねめや

娘子《をとめ》らの和《こた》ふる歌九首

愛《は》しきやし翁《おきな》の歌に欝悒《おほほ》しき九《ここの》の児らや感《かま》けて居らむ

辱《はぢ》を忍び辱を黙《もだ》して事も無くもの言はぬ先にわれは依りなむ

否《いな》も諾《を》も欲しきまにまに赦《ゆる》すべき貌《かたち》は見ゆやわれも依りなむ

死《しに》も生《いき》もおやじ心と結びてし友や違《たが》はむわれも依りなむ

何為《なにせ》むと違《たが》ひはをらむ否も諾も友の並み並みわれも依りなむ

豈《あに》もあらじ己《おの》が身のから人の子の言《こと》も尽くさじわれも依りなむ

はだ薄穂《すすき》にはな出でと思ひてある情《こころ》は知らゆわれも依りなむ
住の江の岸野の榛《はり》に染《にほ》ふれど染はぬわれやにほひて居らむ
春の野の下草靡《なび》きわれも依りにほひ依りなむ友のまにまに

（巻十六）

『万葉集』の巻十六は、「由縁《ゆえん》ある雑歌」を集録している。この竹取の翁にも何らかの説話的背景が推測されるが、『竹取物語』との関係は、直接にはたどることが困難である。「竹取」にもタケトリ・タカトリの両訓が古くから争われ、またタケトリとしても「菌取」の宛字とする説もあって未解決の問題が多い。底本は『日本古典文学大系7』。

富士山の記

都良《みやこのよし》香《か》

富士山は、駿河の国に在り。峰削《けつ》り成せるが如く、直《ただ》に聳《そび》えて天に属《つづ》く。其の高さ測《はか》るべからず。史《し》籍《せき》の記《しる》せる所を歴《あまね》く覧《み》るに、未だ此の山より高きは有らざるなり。其の聳ゆる峰鬱《さかり》に起《おこ》り、見るに天際《てんさい》に在りて、海中を臨《のぞ》み瞰《み》る。其の霊基の盤連《ばんれん》する所を観るに、数千里の間に亙《わた》る。行旅《かうりよ》の人、数日を経歴して、乃《すなは》ち其の下《ふもと》を過ぐ。之《ここ》を去りて顧《かへり》み望めば、猶《なほ》し山の下《ふもと》に在り。蓋《けだ》し神仙の遊萃《いうすい》する所ならむ。承和年中に、山の峰より落ち来《きた》る珠玉あり、玉に小さき孔《あな》有りきと。蓋《けだ》し是れ仙簾《せんれん》の貫《つらぬ》ける珠ならむ。又貞観十七年十一月五日に、吏民旧《ふる》きに仍《よ》りて祭を致す。日午《ひる》に加へて天甚だ美《よ》く晴る。

仰ぎて山の峰を観るに、白衣の美女二人有り、山の巓《いただき》の上に双《なら》び舞ふ。巓を去ること一尺余《ひとさかあまり》、土人《くにひと》共に見きと、古老《こらう》伝へて云ふ。

山を富士と名づくるは、郡《こほり》の名に取れるなり。山に神有り、浅間大神《あさまのおほかみ》と名づく。此の山の高きこと、雲表《うんぺう》を極めて、幾丈《いくつゑ》といふことを知らず。頂上に平地有り、広さ一許里《いちりばかり》。其の頂《いただき》の中央《なから》は窪み下りて、体炊甑《かたちすいそう》の如し。甑《こしき》の底に神《あや》しき池有り、池の中に大きなる石有り。石の体驚奇《かたちきやうき》なり、宛《あたか》も蹲虎《そんこ》の如し。亦《また》其の甑の中に、常に気有りて蒸《む》し出づ。其の色純《もは》らに青し。其の甑の底を窺《うかが》へば、湯の沸《わ》き騰《あが》るが如し。其の遠きに在りて望めば、常に煙火《えんくわ》を見る。亦《また》其の頂上に、池を匝《めぐ》りて竹生《お》ふ、青紺柔《せいこんじう》愞《ぜん》なり。宿雪《しゆくせつ》春夏消えず。山の腰より以下《しもつかた》、小松生ふ。腹より以上《かみつかた》、復《また》生ふる木無し。白沙《はくさ》山を成せり。其の攀《よ》ぢ登る者《ひと》、腹の下に止《とど》まりて、上に達《いた》ることを得ず、白沙の流れ下るを以《も》ちてなり。相伝ふ、昔役《え》の居士《こじ》といふもの有りて、其の頂に登ることを得たりと。後に攀ぢ登る者、皆額《ひたひ》を腹の下に点《つ》く。大きなる泉有り、腹の下より出づ。遂に大河《だいか》を成せり。其の流寒暑水旱《ながれかんしよすいかん》にも、盈縮《えいしゆく》有ること無し。山の東の脚《あし》の下《もと》に、小山有り。土俗《くにひと》これを新山《にひやま》と謂《い》ふ。本《もと》は平地なりき。延暦二十一年三月に、雲霧晦冥《くわいめい》、十日にして後に山を成せりと。蓋し神の造れるならむ。

（本朝文粋巻十二）

富士山記

都良香

富士山者、在㆓駿河国㆒。峯如㆓削成㆒。直聳属㆑天。其高不㆑可㆑測。歴㆓覧史籍所㆑記、未㆑有㆘高㆓於此山㆒者㆖也。其聳峯欝起、見在㆓天際㆒、臨㆓瞰海中㆒。観㆓其霊基所㆓盤連㆒、亘㆓数千里間㆒。行旅之人、経㆓歴数日㆒、乃過㆓其下㆒。去㆑之顧望、猶在㆓山下㆒。蓋神仙之所㆓遊萃㆒也。承和年中、従㆓山峯㆒落来珠玉、玉有㆓小孔㆒。蓋是仙簾之貫珠也。又貞観十七年十一月五日、吏民仍レ旧致レ祭。日加レ午天甚美晴。仰観二山峯一、有二白衣美女二人一、双二舞山巓上一。去巓一尺余、土人共見、古老伝云。山名二富士一、取二郡名一也。山有レ神、名二浅間大神一。此山高、極二雲表一、不レ知二幾丈一。頂上有二平地一、広一許里。其頂中央窪下、体如二炊甑一。甑底有二神池一、池中有二大石一。石体驚奇、宛如二蹲虎一。亦其甑中、常有レ気蒸出。其色純青。窺二其甑底一、如二湯沸騰一。其在レ遠望者、常見二煙火一。亦其頂上、匝レ池生レ竹、青紺柔愞。宿雪春夏不レ消。山腰以下、生二小松一。腹以上、無二復生木一。白沙成レ山。其攀登者、止二於腹下一、不レ得レ達レ上、以二白沙流下一也。相伝、昔有二役居士一、得レ登二其頂一。後攀登者、皆点二額於腹下一。有二大泉一、出レ自二腹下一、遂成二大河一。其流寒暑水旱、無レ有二盈縮一。山東脚下、有二小山一。土俗謂二之新山一。本平地也。延暦廿一年三月、雲霧晦冥、十日而後成レ山。蓋神造也。

都良香（八三四？〜八七九）は、律令的文学精神を体した最後の学儒と言われる。学力は当代に冠絶し文《もん》章生《じょうのしょう》から身を起して大内記・文章博士《はかせ》に至り、『文徳実録』は実質的に彼の力によって成ったという。彼の文学の特質は、従前の美文を排し、現実を直視する実用の散文に力を注いだことで、この「富士山記」なども、そうした新文学の代表的作品である。底本は『日本古典文学大系69』。

古今和歌集序

いにしへの代々《よよ》の帝、春の花の朝《あした》、秋の月の夜ごとに、さぶらふ人々を召して、ことにつけて歌を奉らしめ給ふ。あるは花を恋ふとて、たよりなき所に惑ひ、あるは月を思ふとて、しるべなき闇にたどれる心を見給ひては、賢しき愚かなりと知ろしめしけむかし。しかあるのみにあらず、さざれ石にたとへ、筑波山にかけて君を願ひ、よろこび身に過ぎ、たのしび心にあまり、富士の煙《けぶり》によそへて人を恋ひ、松虫の音に友をしのび、高砂、住の江の松も相生ひのやうにおぼえ、男山の昔を思ひ出でて、女郎花《をみなへし》の一時をくねるにも、歌をいひてぞなぐさめける。……あるは呉竹のうきふしを人に言ひ、吉野川を引きて世の中を恨みきつるに、今は富士の山も煙たたずなり、長柄《ながら》の橋も造るなりと聞く人は、歌にのみぞ心を慰めける。

『古今和歌集』は誰も知るように最初の勅撰集であるが、その仮名序は撰者の中心人物たる紀貫之の筆になると考えられている。序は日付けをもち、それが延喜五年（九〇五）四月十八日に奉られたものであることを明示する。底本は筋切《すじぎれ》。

大和物語

これも、同じ皇女《みこ》（桂皇女《かつらのみこ》）に、同じ男（源嘉種《よしたね》）、
長き夜をあかしの浦に焼く塩の

けぶりは空に立ちやのぼらぬ

かくて、忍びつつ逢ひ給ひけるほどに、院（亭子院《ていじのいん》）に八月十五夜せられけるに、「参り給へ」とありければ、参り給ふに、院にては逢ふまじければ、「せめて今宵《こよひ》は、な参り給ひそ」と留《とど》めけり。されど、召しなりければ、え留まらで、急ぎ参り給ひければ、嘉種、

竹取《たかとり》がよよに泣きつつとどめけむ
　君は君にと今宵しもゆく

（七十七段）

『大和物語』は、主として古今集時代から後撰集時代にかけての実在人物をめぐる和歌説話の集録である。ことに目立つのは宇多法皇の文学サロンとの密接な関係であり、右の一段ももちろんその一例である。これは延喜九年のことと考えられ、『竹取物語』の直接的な影響の最初の例といえる。ここで信頼すべき諸本がほぼ「タカトリ」とする点で一致していることは、『竹取物語』の題号の決定に大きな示唆《しさ》を与える。『大和物語』の編者は不明、成立年代は、天暦五年（九五一）以後でかつさほど時を隔てぬ間と推定される。底本は『日本古典文学全集8』。

うつほ物語

（帝）「志むかしよりさらに譬《たと》ふるものなく多かれば、なほさて思ひてあれど、今はたなほさてのみ

はえあるまじきを、天下にかく急ぐ志の固くありとも、里にものし給はむに、はたえものせじを、ここにものし給はばなむよかるべき。『やがてもさぶらひ給へ』と聞えむとすれど、さまざまに過ぐしがたきことなむ、この月はある。十五夜にかならず御迎へをせむ。『この調べを、かかることの違《たが》はぬほどに、かならず十五夜に』と思ほしたれ。」尚侍《ないしのかみ》（俊蔭女）「それはかぐや姫こそさぶらふべかんなれ。」上「ここには、珠の枝贈りてさぶらはむかし。」尚侍「子安貝は、近くさぶらはむかし。」

（内侍の督）

『うつほ物語』は二十巻におよぶ大作で、最初の長編物語であるが、その始発点では『竹取物語』の求婚説話的形態を追う形で、多大の影響を受けている。右の部分は、かつて東宮時代に俊蔭の女《むすめ》に思いを焦がしたことのある朱雀帝が、二十年後思わぬ再会の機に恵まれた際、再びの逢瀬の約束を求めて説得につとめる条《くだり》である。『うつほ物語』の作者は不明、成立年代は、この引用箇所あたりは、円融朝（九六九〜九八四）後半ごろか。底本は前田家本。

源氏物語

はかなき古歌《ふるうた》、物語などやうのすさびごとにてこそ、つれづれをもまぎらはし、かかる住《すま》ひをも思ひ慰むるわざなんめれ。（末摘花は）さやうのことにも心遅くものし給ふ。……古《ふ》りにたる御厨子《みづし》あけて、『唐守《からもり》』『藐姑射《はこや》の刀自《とじ》』『かぐや姫の物語』の絵に画《か》きたるをぞ、時々のまさぐりものにし給ふ。

(蓬生)

まづ、物語の出で来はじめの祖《おや》なる『竹取の翁』に『うつほの俊蔭』を合はせてあらそふ。(左方)「なよ竹の世々に古《ふ》りにけること、をかしき節もなけれど、かぐや姫のこの世の濁りにもけがれず、はるかに思ひのぼれる契り高く、神代《かみよ》のことなんめれば、あさはかなる女、目及ばぬならむかし」と言ふ。右は、かぐや姫の昇りけむ雲居《くもゐ》はげに及ばぬことなれば、誰も知りがたし。この世の契りは、竹の中に結びければ、下《くだ》れる人のこととこそは見ゆめれ。一つ家《いへ》の内は照らしけめど、百敷《ももしき》のかしこき御光にはならばずなりにけり。阿部のおほしが千々《ちぢ》の黄金《こがね》を捨てて、火鼠《ひねずみ》の思ひ片時《かたとき》に消えたるも、いとあへなし。庫持の皇子の、まことの蓬萊《ほうらい》の深き心も知りながら、いつはりて珠の枝に疵《きず》をつけたるを過ちとなす。絵は巨勢《こせ》の相覧《あふみ》、手は紀《き》の貫之《つらゆき》書けり。紙屋紙《かんやがみ》に唐《から》の綺《き》を褙《はい》して、赤紫の表紙、紫檀《したん》の軸、世の常のよそひなり。

(絵合)

(大夫監《たいふのげん》は)三十ばかりなる男《をのこ》の、丈《たけ》高くものものしくふとりて、きたなげなけれど、思ひなしうとましく、荒らかなるふるまひなど、見るもゆゆしく覚ゆ。色あひ心地よげに、声いたう嗄《か》れてさへづりゐたり。懸想人《けさうびと》は、夜《よ》に隠れたるをこそ、よばひとは言ひけれ、さまかへたる春の夕暮なり。秋ならねども、あやしかりけりと見ゆ。

(玉鬘)

夢のやうなる人を見奉るかなと、尼君は喜びて、(浮舟を)せめて起こしすゑつつ、御髪《ぐし》手づからけづり給ふ。さばかりあさましうひき結《ゆ》ひてうちやりたりつれど、いたうも乱れず、とき果《は》てたれば、つやつやとけうらなり。一年《ひととせ》足《た》らぬつくも髪多かる所にて、目もあやに、いみじき天人の天下れるを見たらむやうに思ふも、あやふき心地すれど、(尼君)「などかいと心憂《う》く、かばかりいみじく思ひきこゆるに、御心を立てては見え給ふ。何処《いづく》に誰《たれ》と聞こえし人の、さる所《ところ》にはいかでおはせしぞ」と、せめて問ふを、いとはづかしと思ひて、(浮舟)「あやしかりしほどに、皆忘れたるにやあらむ、ありけむさまなどもさらに覚え侍らず。ただほのかに思ひ出づることとては、ただいかでこの世にあらじと思ひつつ、夕暮《ゆふぐれ》ごとに端近《はしちか》くてながめしほどに、前《まへ》近く大きなる木のありし下《した》より、人の出で来て、率《ゐ》て行《い》く心地なむせし。それよりほかのことは、われながら、誰《たれ》とも思ひ出でられ侍らず」と、いとらうたげに言ひなして」(浮舟)「世の中になほありけりと、いかで人に知られじ。聞きつくる人もあらば、いといみじくこそ」とて泣い給ふ。あまり問ふをば苦しと思《おぼ》したれば、え問はず。かぐや姫を見つけたりけむ竹取の翁よりも、めづらしき心地するに、いかなるものの隙《ひま》に消え失《う》せむとすらむと、静心《しづこころ》なくぞ思しける。

(手習)

『源氏物語』がかなり色濃く『竹取物語』の影響を蒙《かうむ》っていることは、右の抜萃箇所が、他のどの作品よりも具体的に『竹取物語』の内容を反映していることに照らしても納得されよう。ことに「絵合」の記事は、『竹取物語』の当時の受け入れられ方をよく示していてくれる点で貴重である。ここで最大の問題点は「阿部のおほし」という称呼であるが、これは『源氏物語』の方に誤写を認めるほかないのではなかろうか。「おほし」はもと「大臣」であろう。「臣」が片仮名のトのごとく略記されるのは常のことであり、それが

「し」に変る可能性は大きい。あるいは「大じン」の撥音無表記から変化したものかもしれない。『源氏物語』の作者は紫式部。成立年代は、ほぼ一条朝後半、十一世紀初頭としてよいであろう。底本は『新潮日本古典集成』。

栄花物語

今宵（八月十五夜）の月はめでたきものと言ひおきたれど、まことに明《あ》かきはいとありがたうのみありけるに、今宵の月ぞ、まことにかぐや姫の空に昇りけむその夜の月かくやと見えたる。風さへ涼しく吹きたるに、時々この御辺《あた》り近う赤雲の立ち出づるは、わが君（故尚侍嬉子《きし》）の御有様と見ゆるに、せむかたなく悲しかりける。上の御前《おまへ》（倫子《りんし》）は、御格子もをろさで、やがて端におはしまして、「かの岩蔭はいづ方ぞ」など、人に問はせ給ひて、そなたざまにながめさせ給ふに、赤き雲の見ゆれば、まづそれならむかしと、御衣《ぞ》の袖のみならず、御身さへ流れさせ給ふ。

（楚王の夢）

『栄花物語』は、正編三十巻、続編十巻から成る歴史物語。「楚王の夢」は第二十六巻で、これを含む正編の成立は、万寿四年（一〇二七）以後間もなくと考えられる。作者は赤染衛門説が有力。底本は『日本古典文学大系76』。

浜松中納言物語

（吉野姫君）様よきほどに扇に紛はして、少しそばみ給へる、今日は常よりもひきつくろひ給へるに、いとど目も及ばずをかしげに、程のいとささやかにらうたげなるに、かかれる髪のかんざしよりして、言ふ限りなう清げにかをるばかりに、匂ひいみじううつくしげなるほど、「大江の皇子の娘の王女の、秋の月によそへられけむは、かうこそありけめ」と、たをたをとやはらかに、なまめかはしきもてなしなど、さまざまめでたしと見えつる御有様どもに劣らず、いみじう目もおどろかれぬるを、「かれはめでたきもことわりに、人の御有様、もてかしづかれ給へるよりはじめて、おろかならむはまた口惜しかりなむかしと、思はるる方もあるぞかし。さばかりはげしき奥山の中より、いかでかかる人生ひ出でけむ」と、竹の中より見つけたりけむかぐや姫よりも、これはなほ珍しうありがたき心地して……。

（巻四）

『浜松中納言物語』は、夢と転生をテーマに、唐と都と吉野を舞台にくりひろげられる浪漫物語である。『更級日記』巻末の藤原定家の識語によれば、この物語は『更級日記』著者の手に成るという。成立年代については諸説あるが、後朱雀朝（一〇三六〜四五）ごろか。底本は『日本古典文学大系77』。

夜の寝覚

箏《しやう》の琴人は、長押の上にすこし引き入りて、琴は弾きやみて、それによりかかりて、西にかたぶくままに曇りなき月を眺めたる、この居たる人々ををかしと見るにくらぶれば、むら雲の中より望月のさやかなる光を見つけたる心地するに、あさましく見驚き給ひぬ。「これこそは、行頼がほめつる三の君なんめれ。長押の端なるは姉どもなんめり。これこそ、その際《きは》のすぐれたるならめ。いかで目もあやにあらむ」とまもるに、「容貌《かたち》はやむごとなきにもよらぬわざぞかし。竹取の翁の家にこそ、かぐや姫はありけれ」と見るにも、このほどのさまは、なほめづらかなり。　　（巻一）

『夜の寝覚』は、一人の女主人公の苦悩の生涯を描く心理主義的な物語。作者は不明。成立年代も未詳であるが、後冷泉朝（一〇四五～六八）の初期ごろか。底本は、『日本古典文学全集19』。

狭衣物語

世とともにもの嘆かしげなる気色こそ、心得られね。何事のさはあるべき。いみじからむかぐや姫なりとも、そこ（狭衣）の思はむことは避《さ》るべきやうなし。仲澄の侍従の真似するなんめり。人もさぞ言ふなる。　（巻二）

（宮の中将）「姨捨《おばすて》ならぬ月の光は、ありがたげなる御心にこそ侍んめれど、隔てなくだに承りなばしも、竹の中にも尋ね侍りなまし。言ふとも人に」など恨むる様も人よりはをかしきをや、よそへられ給ひけむ、「妹の姫君もかやうにや」と思ひやられて、（狭衣）「いみじう事あり顔に言ひなし給ふものかな。この御心得給ふさまにはあらで、……身にそふ影より外に言問ふ人もなきを、その「竹の中」も、御心にはまかせ給ひつらむものを。昔より、人よりはこよなく頼み聞えたるかひなくのみ言ひなし給ふこそ、まめやかに心憂けれ」と恨み給ふ気色も、心得たれど、（中将）「いでや、めでたきにつけても、思し数まへし果ては、いかなるもの思ひの種とかならむ」と思ふが、口惜しかりけり。……（狭衣）「まめやかには、昔より頼み聞えたるを、見知り給はぬさまこそ心憂けれ。竹の中にも尋ねて、世にしばしかけとどめ給へ」と恨み給へば、（中将）「いで、その翁も、この有様にては、無益《むやく》にこそ侍らめ」など言ふほどに、さるべき人々あまた参り給へれば、ものむつかしき紛らはしごとにて、詩《ふみ》作りなどして、夜もすがら遊び明かし給ひけり。

二、三日ありて、この中将のもとに、（狭衣）「うちつけなるやうに覚え侍れど、かの聞えし竹取の翁、なほ語らひ給ひてむや。野辺の小萩も、さていかが。頼み聞えてなむ。このさかしらせさせ給

へ」とて、中に、

一方に思ひ乱るる野のよしを
風のたよりにほのめかしきや

とある返事に、やがて、中将の、「竹取にほのめかし侍りしかど、いとありがたく。げにこそ扇も散らし侍りしか。

吹きまよふ風のけしきも知らぬかな
萩の下なる蔭の小草は

と思ひたる気色も口惜しう見え侍りし。これも一つ方につつみ侍りつるにや、とぞ見給ふる」などある。（巻三）

『狭衣物語』は、『源氏物語』に次ぐ好評をもって迎えられ、中世を通じて多くの読者をもった作品である。作者は六条斎院家の宣旨とする説が有力。成立は白河朝（一〇七二〜八五）のころか。底本は『日本古典文学大系79』。

大鏡

また、さぶらひける女房を召し使ひ給ひけるほどに、おのづから生れ給へる女君、かぐや姫とぞ申しける。この女君を、小野宮の寝殿の東面《おもて》に帳《ちやう》立てて、いみじうかしづき据ゑたてまつり給ふめり。いかなる人か御婿になり給はむとすらむ。

（太政大臣実頼伝）

『大鏡』は、文徳天皇から後一条天皇まで（八五〇〜一〇二五）の藤原氏全盛時代を語った紀伝体の体裁をとる歴史物語である。作者は不明であるが、摂関政治に批判的な男性知識人と考えられ、その成立年代はほぼ堀河朝（一〇八六〜一一〇七）の初期ごろかと推定される。底本は『日本古典全書』。これは、他の例と異なり、実在人物にかぐや姫という名がつけられたというのが珍しい。

今昔物語集

竹取の翁、見つけし女の児《ちご》を養へる語《こと》

今は昔、□天皇の御代に、一人の翁ありけり。竹を取りて籠《こ》を造りて、要する人に与へて、その功《く》（値）を取りて、世を渡りけるに、翁、籠を造らむがために、篁《たかむら》に行き、竹を切りけるに、篁の中に一の光あり。その竹の節の中に、三寸ばかりなる人あり。翁、これを見て思はく、「われ年ごろ竹取りつるに、今かかる物を見つけたること」を喜びて、片手にはその小さき人を取り、いま片へに竹を荷《にな》ひて家に帰りて、妻《め》の嫗《おうな》に、「篁の中にして、かかる女の児をこそ見つけたれ」と言ひければ、

嫗も喜びて、初めは籠に入れて養ひけるに、三月《みつき》ばかり養はるる、例の人になりぬ。その児、漸く長大するままに、世に並びなく端正《たんじやう》にして、この世の人とも覚えざりければ、翁・嫗いよいよこれをかなしび愛して傅《かしづ》きける間に、この事、世に聞え高くなりにけり。

しかる間、翁、また竹を取らむがために、篁に行きぬ。竹を取るに、その度は、竹の中に黄金《こがね》を見つけたり。翁、これを取りて家に帰りぬ。しかれば、翁たちまちに豊かになりぬ。居所《きよしよ》に宮殿《くうでん》・楼閣《ろうかく》を造りて、それに住み、種々《くさぐさ》の財《たから》、庫倉《くら》に充ち満てり。眷属《くゑんぞく》あまたになりぬ。また、この児を儲《まう》けてより後は、事に触れて思ふ様《やう》なり。しかれば、いよいよ愛し傅くこと限りなし。

しかる間、その時の諸《もろもろ》の上達部・殿上人、消息を遣《や》りて懸想《けさう》しけるに、女、さらに聞かざりければ、皆、心を尽して言はせけるに、女、初めには、「空に鳴る雷《いかづち》を捕へて持て来《きた》れ。その時に逢はむ」と言ひけり。次には、「優曇華《うどんぐゑ》といふ花ありけり。それを取りて持て来れ。しからむ時に逢はむ」と言ひけり。後には、「打たぬに鳴る鼓《つづみ》といふ物あり。それを取りて得させたらむ折に、自ら聞えむ」など言ひて、逢はざりければ、懸想する人々、女の容貌《かたち》の世に似ずめでたかりけるに耽《たし》びて、ただかく言ふに随ひて、たへがたきことなれども、旧《ふる》く物知りたる人に、これらを求むべき事を問ひ聞きて、或いは家を出でて海の辺《ほとり》に行き、或いは世を捨てて山の中に入り、かく様《やう》にして求めける程に、或いは命を亡ぼし、或いは帰り来らぬ輩《ともがら》もありけり。

しかる間、天皇、この女の有様を聞しめして、「この女、世に並びなくめでたしと聞く。われ行きて見て、実《まこと》に端正《たんじやう》の姿ならば、すみやかに后とせむ」と思して、たちまちに大臣・百官を引き率《ゐ》て、かの翁の家に行幸《みゆき》ありけり。

すでにおはしまし着きたるに、家の有様微妙《みめう》なること、王の宮に異ならず。女を召し出づるに、即ち参れり。天皇これを見給ふに、実に世に譬《たと》ふべきものなくめでたかりければ、「これは、わが后とならむとて、人には近づかざりけるなんめり」と、嬉《うれ》しく思しめして、「やがて具して宮に帰りて、后に立てむ」と宣ふに、女の申さく、「われ、后とならむに限りなき喜びなりといへども、実には、おのれ、人にはあらぬ身にて候ふなり」と。天皇の宣はく、「汝、さはいかなる者ぞ。鬼か、神か」と。女のいはく、「おのれ、鬼にもあらず、神にもあらず。ただし、おのれをば、ただ今空より人来りて迎ふべきなり。天皇速《すみや》かに帰らせ給ひね」と。

天皇、これを聞き給ひて、「こはいかに言ふ事にかあらむ。ただ今空より人来りて迎ふべきにあらず。これは、ただわが言ふ事を辞《いな》びむとて言ふなんめり」と思し給ひけるほどに、しばしばかりありて、空より多くの人来りて、輿《みこし》を持て来りて、この女を乗せて、空に昇りにけり。その迎へに来れる人の姿、この世の人に似ざりけり。

その時に、天皇、「実にこの女はただ人にはなき者にこそありけれ」と思して、宮に帰り給ひにけり。その後は、天皇、かの女を見給ひけるに、実に世に似ず容貌《かたち》・有様めでたかりければ、常に思し出でて、わりなく思しけれども、さらに甲斐なくて止みにけり。

その女、遂にいかなる者と知ることとなし。また、翁の子になれることも、いかなる事にかありけむ。すべて心得ぬことなりとなむ、世の人思ひける。かかる希有《けう》の事なれば、かく語り伝へたるとや。

（巻三十一・第三十三）

『今昔物語集』は全三十一巻、天竺《てんじく》・震旦《しんたん》・本朝（つまり当時の観念での全世界）にわたる説話一千余を類聚した、日本文学史上最大の説話集である。その資料としては、成書はもちろん未整理な説話資料もおびただしく利用されたらしい。編者は不明であるが、成立年代は、鳥羽天皇の天永二、三年（一一一一〜一一一二）以後間もないころと推定される。底本は『日本古典文学大系26』。

袖《しう》中《ちゆう》抄《せう》

一、余呉《よご》の海

よごのうみに来つつなれけむ乙女子《をとめご》が

天の羽衣ほしつらむやぞ

顕昭云ふ、これは曾丹《そたん》三百六十首の中に、七月上旬の歌なり。歌の心は、昔、近江《あふみ》国余呉の海に、織女降りて水浴《あ》み給ひけるに、そこなりける男、行き合ひて、脱ぎおきける天の羽衣を取りたりければ、織女え帰り昇り給はで、やがてその男の妻になりて居にけり。子ども生みつづけて年来《としごろ》になれども、もとの天上へ昇らむの志失《う》せずして、常には哭《ね》をのみ泣きて、明かし暮らしけるに、この男の物へまかりけるあひだに、この生みたる子の、ものの心知るほどになりたりけるが、「何事に母はかく泣き給ふぞ」と言ひければ、しかじかのこと、初めより言ひければ、この子、父の隠し置きたりける天の羽衣を取り出だしたりければ、母喜びて、それ着て飛び上がりにけり。昇りける時に、この契りけることは、「われはかかる身にてあれば、おぼろけにては会ふまじ。七月七日ごとに降りて、この海の水を浴ぶべし。その日にならば、相待つべし」とて、母子、共に別れの涙をなむ流しけるぞあはれなる。さて、その子孫は今までありとなむ申し伝へたる。

或人《ある》の申ししは、「河内国《かはち》天の川にこそさることはありけれ。織女《たなばた》の子孫、今に河内にあり」と申ししかども、曾丹が詠めるは、中比《なかごろ》の人、確かに申しける事にこそ。疑ふべからず。近江にも河内にも共にありける事なるべし。

（第十六）

『袖中抄』は、六条藤家の顕昭の著作で、歌語約三百についての詳細な研究である。六条家歌学の代表的著述とされる。成立は、文治元年（一一八五）から建久四年（一一九三）の間と推定される。底本は『日本歌学大系別巻二』。『曾根好忠集』にもこの歌は収められているが、多くは「四方の海」もしくは「田子の浦」に誤られている。好忠の歌の詠作年代は、天禄初年（九七〇ごろ）か。

海道記

昔、採竹翁《たけとりのおきな》といふ者ありけり。女《むすめ》を赫奕《かくや》姫《ひめ》といふ。翁が宅《いへ》の竹林に、鶯の卵、女の形にかへりて巣の中にあり。翁、養ひて子とせり。長《ひととな》りて好《かほよ》きこと比《たぐひ》なし。光ありて傍を照らす。嬋娟《せんけん》たる両鬢《りやうびん》は秋の蟬《せみ》の翼、宛転《えんてん》たる双蛾《さうが》は遠き山の色、一たび咲《ゑ》めば百《もも》の媚《こび》生《な》る。見聞《けんもん》の人はみな腸《はらわた》を断つ。この姫は、先生《せんしやう》に人として翁に養はれたりけるが、天上に生れて後、宿世の恩を報ぜむとて、暫《しばら》くこの翁が竹に化生《けしやう》せるなり。憐むべし、父子の契《ちぎり》の他生《たしやう》にも変ぜざることを。これよりして青竹の節《よ》の中に黄金出来《しゆつらい》して、貧翁 忽《たちまち》に富人となりにけり。

その間の英華の家、好色の道、月卿光を争ひ、雲客色を重ねて、艶言をつくし、懇懐をぬきんづ。常に赫奕姫が家屋に来会して、絃を調べ、歌を詠じて遊びあひたりけり。されども、翁姫、難問を結びて、依《よ》り解《と》くる心なし。時の帝《みかど》、この由《よし》を聞しめして、召しけれども、参らざりければ、帝、御狩の遊びのよしにて、鶯姫が竹亭に幸《みゆき》し給ひて、鴛《をし》の契を結び、松の齢《よはひ》を引き給ふ。翁姫、思ふところありて後日を契り申しければ、帝、空しく帰り給ひぬ。

諸《もろもろ》の天これを知りて、玉の枕、金《こがね》の釵《かんざし》、いまだ手なれざるさきに、飛車を下して迎へて天に昇りぬ。関城のかためも雲路に益なく、猛士が力も飛行には由なし。時に秋の半《なかば》、月の光陰《くも》りなき比《ころ》、夜半の気色《けしき》、風の音信《おとづれ》、物を思はぬ人も物思ふべし。君の思ひ、臣の懐《おも》ひ、涙同じく袖《そで》をうるほす。かの雲を繋《つな》ぐに繋がれず、雲の色惨々《さんさん》として、暮《くれ》の思ひ深し。風を追へども追はれず、風の声札《さつ》々として、夜の恨み長し。華氏は奈《な》木《ぼく》の孫枝なり、薬の君子として万人の病を癒《いや》す。鶯姫は竹林の子葉なり、毒の化女《けじよ》として一人《いちじん》の心を悩ます。方士が大真院を尋ねし貴妃の私語《ささめき》、再び唐帝の思ひに還《かへ》る。使臣が富士の峰に登る、仙女の別れの書《ふみ》、永く和君の情を焦せり。

翁姫、天に昇りける時、帝の御契さすがに覚えて、不死の薬に歌を書きて、具して留《とど》めおきたり。

その歌にいふ、

　今はとて天の羽衣きる時ぞ
　　君をあはれと思ひいでぬる

帝、これを御覧じて、忘れ形見は見るも恨めしとて、怨恋《えんれん》に堪《た》へず、青鳥《せいてう》を飛ばして雁札《がんさつ》を書きそへて、薬を返し給へり。その返歌にいふ、

　逢《あ》ふことの涙にうかぶわが身には
　　死なぬ薬もなににかはせむ

使節、智計を廻《めぐら》して、天に近き所はこの山に如《し》かじとて、富士の山に登りて焼き上げければ、薬も書も、煙にむすぼほれて空にあがりけり。これより、この嶺《みね》に恋の煙を立てたり。よりてこの山をば不死の峰といへり。しかして郡《こほり》の名につきて富士と書くにや。

『海道記』は、いつのころからか、鴨長明《かものちょうめい》の作とか、源光行の作とか伝誦されるようになったが、内容からみて、いずれも当らない。これは貞応二年（一二二三）四月に京から鎌倉へ旅した紀行文で、道々事に触れての感想を述べたもの。作者はその時「五旬の齢」と自ら言っている。底本は岩波文庫本。

風葉和歌集

天の迎へありて昇り侍りけるに、帝に不死の薬奉るとて
竹取のかぐや姫
今はとて天の羽衣きるをりぞ君をあはれと思ひ出でける
御かへし
逢《あ》ふことの涙にうかぶわが身には死なぬ薬もなににかはせむ
とて、不死の薬も、この御歌に具して、空近きを選びて、富士の山にて焼かせさせ給へりけるとなむ。
（巻八・離別）

石上の中納言、つばくらめの子安貝え取り侍らで、かぎりになりぬと聞きて、とぶらひに遣はすとて
かぐや姫
年を経て波立ち寄らぬ住の江のまつかひなしと聞くはまことか
（巻十八・雑三）

『風葉和歌集』は、文永八年（一二七一）十月、大宮院姞子《きつし》の命によって撰進された。『竹取物語』から当時の物語まで、二百に及ぶ作品から、物語作中歌千五百首ほどを選んで収めている。撰者は藤原為家かと推定される。底本は『増訂校本風葉和歌集』。

富士の煙によそへて人を恋ふといふ事、大方、恋は身を焦がす故に煙にたとへていふ。しかれども、今、富士の煙とは、殊に恋より立つによりて、ここにあぐるなり。日本紀にいふ、天武天皇の御時、駿河国に作竹翁といふ者あり。竹をそだてて売る人なり。ある時、竹の中に行きて見れば、鶯の卵子《かひこ》あまたあり。その中に金色の子あり。不思議に思ひて、取りて帰りて家に置く。行きて七日を経て家に帰るに、家光りて見ゆ。行きて見れば美女あり。かの女光を放つ。「何人ぞ」と問ふに、答へていはく、「吾は鶯のかひこなり」と言ふ。翁、わが娘とす。赫奕姫《かくやひめ》と名づく。駿河国司金樹宰相、この由を帝に奏す。帝、かの女を召して御覧ずるに、実に厳《うつく》しき顔なり。やがて思ひ給ひて愛し給ふこと、后の如し。三年を経て、かの女、王に申さく、「吾は天女なり。君、昔契《ちぎり》ありて、今下界に下る。今は縁すでに尽きたり」とて、鏡を形見に奉りて失《う》せぬ。王、この鏡を抱きて寝給ふ。胸に焦がるる思ひ、火となりて鏡につきて、わきかへりわきかへりすべて消えず。公卿僉議《くぎやうせんぎ》して、土の箱を造りて、その中に入れて、本《もと》の所なればとて、駿河国に送り置く。なほ燃えやまざりければ、人恐れて富士の頂《いただき》に置きぬ。煙絶えず。これによりて、富士の煙を恋に詠むなり。

朱雀院の御時、富士の煙の中に声ありて、

山は富士《ふじ》煙《けぶり》も不尽の煙にて

知らずはいかにあやしからまし

「これは何人ぞ」と問ひたりければ、「赫奕姫」と答ふと言へり。

『古今和歌集序聞書三流抄』は、中世に広く行われた『古今集』序の注釈書である。個々の伝本の書名としては様々な名称が附されているが、本説・故事をもって注釈の基本の態度とするもののうち、最も根幹的な一類について、片桐洋一氏によって命名されたものである。その成立年代は弘安（一二七八〜八八）の末年ごろかと考えられ、注釈者は藤原為家の子為顕あるいはその流れを汲む者と推定されている。底本は片桐洋一『中世古今集注釈書解題二』。

古今和歌集大江広貞注

むかし、竹取翁といふ者ありけり。竹の中に鶯の巣をくひて、子を生めりけるが、いかにかはしたりけむ、この親の鶯死ににけり。あはれがりて、この卵子《かひこ》を翁取りて温めけるほどに、みな鳥になりてあり。なかに一つの卵子の中より、眉目《みめ》美しき女子出でたり。これを不思議がり、うつくしみてはぐくみけるほどに、やや大人びければ、この世に例《ためし》少なきほどの眉目《みめ》容貌《かたち》なり。さるほどに、上《かみ》十善の天皇より、下《しも》百官の寮《つかさ》の臣下にいたるまで、これを聞き及びて心を尽さずといふことなし。時の帝《みかど》より、参らすべきよし、度々御気色《みけしき》ありけれども、この翁が思はく、「いみじき帝と申すとも、なほ下界の王なんどは、婿《むこ》に取らじ」と思ひて、帝釈《たいしゃく》にたてまつらむの志深くて、空へこの女を率《ゐ》て昇りにけり。さて、その名残りを悲しみ給ひて、思しめし余ることを書き集めて、空へ焼き上げらるべきよし仰せ言ありて、かの富士の山は、高き山の聞えあればとて、かの富士の山にて、この書《ふみ》を焼かれけり。その煙《けぶり》は絶えで、天をさして上る。それよりこの方、富士には煙立ちけり。

『古今和歌集大江広貞注』は、藤原為家の『古今集』注釈を基幹とし、それに雑多な故事などを附加して成った、冷泉流の注釈書である。成立は永仁五年（一二九七）以後まで降ることは確実であるが、それ以上詳しくは判定できない。底本は片桐洋一『中世古今集注釈書解題 一』。

本文校訂一覧

一、『竹取物語』の伝本の現状から、底本の墨守は、必ずしも望ましいとは考えられないので、底本の尊重を基本としながら、諸本を参照して本文を立てた。
一、現存諸本のいずれもが原形を保持していないと認められる場合には、最小限度に私意を以って本文を改めた箇所もある。
一、底本を改変した箇所のすべては、次の一覧表に掲げた。
一、表中、上段に本書に採択した本文を挙げ、下段に底本の本文を掲げた。行頭の漢数字は当該箇所の頁数、アラビア数字は行数を示す。
一、採択本文は、比較の便宜上、仮名表記で示したものもある。また〈　〉内は、底本の傍書を採用したもの、傍点を施した部分は、底本のイ本校合によったものである。
一、改訂箇所の依拠本文については、繁雑にわたるのを避けて一々注さない。武藤本・島原本・蓬左文庫本によるものが多いが、詳しくは中田剛直『竹取物語の研究 校異篇』を参照されたい。

九	3	さぬき(讃岐)	さかき
	4	ありける	ありけり
一〇	7	裳着す	裳きせ
	8	けうら	けさう
一一	3	男	をのこ
	6	穴を	あなあなを
一二	2	おとも(音も)	物とも
	7	来けり	□けり
	8	右大臣	左大臣
	8	みうし(御主人)	みむらし
一三	13	心ざし	こゝろ
一四	2	わが子	我に

一五	10	知らでは	しらても
一七	10	人の御恨みもあるまじと言ふ	〈ナシ〉
一八	1	五人の人々も、よきことなり	〈ナシ〉
	3	入りて言ふ	いりて
一九	9	見せ給へ	見給へ
二〇	13	だにも	たにそ
二一	5	詠みていれたり(入れたり)	よみすていてたり
二三	4	かぐや姫	くやひめ
	5	たばかり	にはかり
二四	7	この珠の枝	このえた
	10	たを〈ら〉でただに(手折ら)	たをりてさらに
二五	11	とりがたき(と取り難き)	とりかたき

二五	11	かくあさましく	あさましく
二六	8	いふらむ	いへらん
二七	8	さしめぐらして	〈ナシ〉
	9	かなまり(金鋺)	かなまる
	12	この女	この女の
二八	7	このはな(花)	はな
二九	9	をのこ(男)	をとこ
	9	をのこ(男)	おとこ
	10	て申す	〈ナシ〉
	11	たくみづかさ(内匠寮)	くもむつかさ
	11	まつりしこと	まつりしかと
三一	6	うなづきをり	うなつけり
	7	かぐや姫	かくやひめの
三三	13	たまさかなる	玉さかる
三四	2	みうし(御主人)	みむらし
	2	おはしけり	おはしける
三六	3	いま	〈ナシ〉
	7	さしたり	さゝたり
三七	5	かはきぬ(皮衣)	かはき
	9	わびさせ	わひさせ給
三九	4	よみ給ひける(詠み)	よみける
四一	4	五色の光	〈ナシ〉
	10	君のつかひ(使)	てむのつかひ
四二	2	おりのぼる(下り上る)	のほる
四三	10	ことゆかぬ	ゆかぬ
	11	れいざま(例様)	れいやう
	13	色々に	色ゝ
四五	6	打ちかけ	かけ
四六	9	をちなく	をとなし
四八	9	人々	人ゝの
四九	6	玉をぞ	玉を
五〇	5	なにの(何の)	なしの
	9	みるだにも(見る)	みるにも
	9	ただし	たし
	10	はららくる	はらくか
五一	4	あるごと	あなこと
五二	8	燕の	つはくらめ
	9	あななひ(麻柱)	あない
	13	給はむなむ	給はん
五三	7	ささげて	さけて
五四	5	申すやうに	申やう
	9	なきなり	なきや
	10	われぱかり	たれはかり
五五	3	のたまふ	の給て
	10	御心地は	御心は
五六	3	なりけり	なり

五六	7	御心地も	心ちも
	8	いたいけしたる	いたいけたる
五八	4	あはざんなる(婚はざんなる)	あはさる
	7	かしこまりて	かしこまれり
	9	かたちいうに(容貌優に)	うちいうに
	9	おはすなり	おはす
六〇	13	このよしを	このよし
六一	1	殺してける	ころしける
	11	おきなの手に(翁の)	おきなの
六二	5	つかうまつりて	〈ナシ〉
	11	言ふ	〈ナシ〉
六三	13	ちかかんなり(近かんなり)	ちかくなり
六四	4	御覧ぜむに	〈ナシ〉
六五	4	と思してげにただ人にはあらざりけり	〈ナシ〉
六六	10	よるべく(寄るべく)	よるへ
六八	6	と制し	せいし
	8	十五日の月に	十五日に
六九	5	うましき	うとましき
	7	ものをか	ものか
	12	なにごとぞ(何事ぞ)	なにそ
七〇	8	泣きなど	なと
七一	3	今まで	〈ナシ〉
	3	さのみやは	さのみは
七一	5	それをなむ	それなむ
	5	よりてなむ	よりなむ
	8	なげかむが(嘆かむが)	なけかむ
七三	1	つかはさせ	つかせ
	11	と申す。御使	と申「御つかひおほせこと、ておきなにいはく……まうてこはとらへさせむと申」御つかひ 「　」内重複
	11	まゐりて(参りて)	いりて
七四	2	中将	少将
	3	二千人	六千人
	13	外《と》にさらさむ(曝さむ)	ほかにさらむ
七五	12	いと	と
七六	1	なかりければ	なけれは
	8	おとろへ給へる(衰へ)	をとろへる
七七	2	ほどなり	ほとなく
	8	しれにしれて(痴れに痴れて)	しれて
八〇	7	御心ち(心地)	御くち
	9	もてより(持て寄り)	もちより
八一	11	侍りぬる	侍ぬ
八二	1	あはれと	あはれ
八三	7	〈ひき〉ぐして(引き具して)	くして
八四	8	御文	にまた

髪上げ姿（紫式部日記絵巻）

裳　（佐竹本三十六歌仙絵　小町）

帳　　台（春日権現験記絵）

賓頭盧

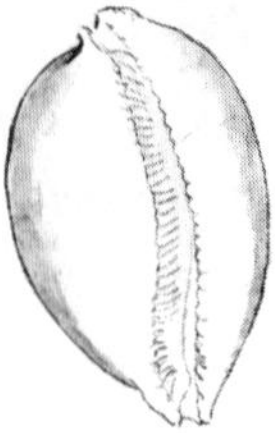

子安貝

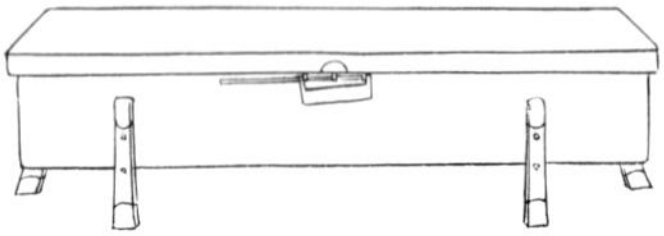

長　櫃

文　挟（年中行事絵巻）

唐　櫃

紙　燭（年中行事絵巻）

羅　蓋（絵因果経）

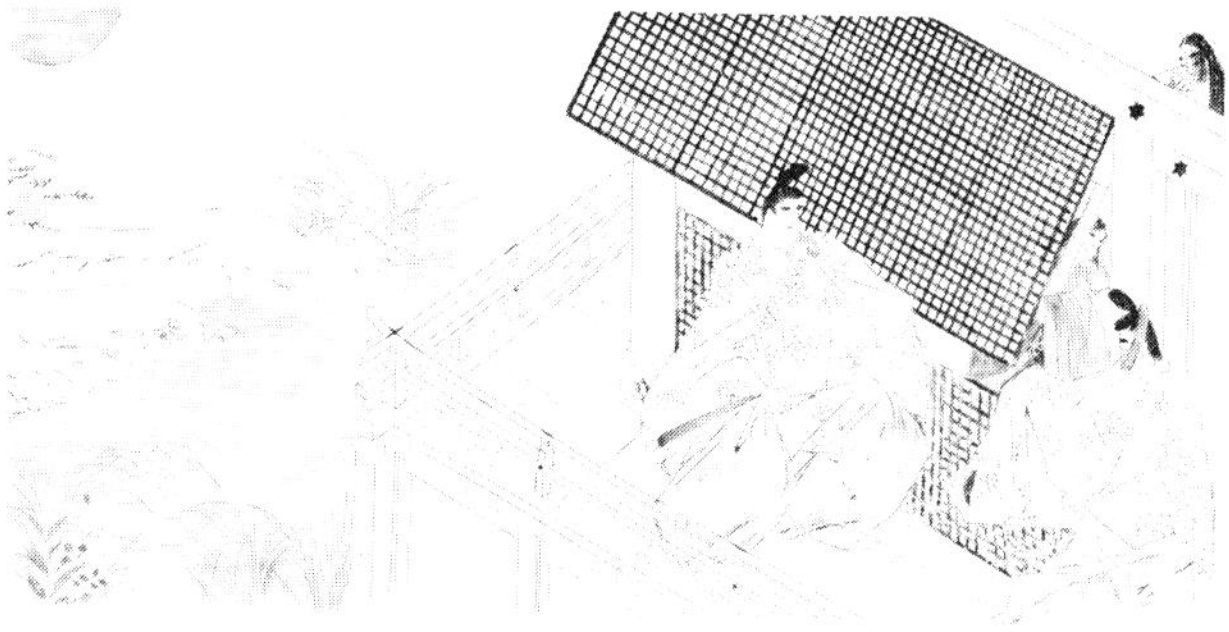

格　子（紫式部日記絵巻）

腰　輿（春日権現験記絵）

帝行幸輦（枕草子絵巻）

新潮日本古典集成〈新装版〉

竹《たけ》取《とり》物《もの》語《がたり》

平成二十六年十月三十日 発行
令和 六 年十月 十 日 二 刷

校注者 野《の》口《ぐち》元《もと》大《ひろ》

発行者 佐藤隆信
発行所 株式会社 新潮社
〒一六二-八七一一 東京都新宿区矢来町七一
電話 〇三-三二六六-五四一一（編集部）
〇三-三二六六-五一一一（読者係）
https://www.shinchosha.co.jp
印刷所 大日本印刷株式会社
製本所 加藤製本株式会社
装画 佐多芳郎／装幀 新潮社装幀室
組版 株式会社DNPメディア・アート

ISBN978-4-10-620808-9 C0393

■新潮日本古典集成

古事記	西宮一民
萬葉集 一〜五	青木生子　井手至　伊藤博　清水克彦　橋本四郎
日本霊異記	小泉道
竹取物語	野口元大
伊勢物語	渡辺実
古今和歌集	奥村恒哉
土佐日記　貫之集	木村正中
蜻蛉日記	犬養廉
落窪物語	稲賀敬二
枕草子 上・下	萩谷朴
和泉式部日記　和泉式部集	野村精一
紫式部日記　紫式部集	山本利達
源氏物語 一〜八	石田穣二　清水好子
和漢朗詠集	大曽根章介　堀内秀晃
更級日記	秋山虔
狭衣物語 上・下	鈴木一雄
堤中納言物語	塚原鉄雄
大鏡	石川徹
今昔物語集　本朝世俗部 一〜四	阪倉篤義　本田義憲　川端善明
梁塵秘抄	榎克朗
山家集	後藤重郎
無名草子	桑原博史
宇治拾遺物語	大島建彦
新古今和歌集 上・下	久保田淳
方丈記　発心集	三木紀人
平家物語 上・中・下	水原一
金槐和歌集	樋口芳麻呂
建礼門院右京大夫集	糸賀きみ江
古今著聞集 上・下	西尾光一　小林保治
歎異抄　三帖和讃	伊藤博之
とはずがたり	福田秀一
徒然草	木藤才蔵
太平記 一〜五	山下宏明
謡曲集 上・中・下	伊藤正義
世阿弥芸術論集	田中裕
連歌集	島津忠夫
竹馬狂吟集　新撰犬筑波集	木村三四吾　井口壽
閑吟集　宗安小歌集	北川忠彦
御伽草子集	松本隆信
説経集	室木弥太郎
好色一代男	松田修
好色一代女	村田穆
日本永代蔵	村田穆
世間胸算用	金井寅之助　松原秀江
芭蕉句集	今栄蔵
芭蕉文集	富山奏
近松門左衛門集	信多純一
浄瑠璃集	土田衞
雨月物語　癇癖談	浅野三平
春雨物語　書初機嫌海	美山靖
與謝蕪村集	清水孝之
本居宣長集	日野龍夫
誹風柳多留	宮田正信
浮世床　四十八癖	本田康雄
東海道四谷怪談	郡司正勝
三人吉三廓初買	今尾哲也